DE HONDENOPPAS VAN EEN MILJARDAIR

MISHA BELL

♠ MOZAIKA PUBLICATIONS ♠

Copyright © 2024 Misha Bell
www.mishabell.com/nl/

Uitgegeven door Mozaika Publications, onderdeel van Mozaika LLC.
www.mozaikallc.com

Ontwerp cover: Najla Qamber Designs
www.qamberdesignsmedia.com

Vertaling: Missy Veerhuis

ISBN: 978-1-63142-927-9
Print ISBN: 978-1-63142-925-5

HOOFDSTUK 1
LILLY

H oe kan hij in vredesnaam heet zijn? Alles aan Bruce Roxford is ijskoud, van zijn arctische blauwe ogen tot de ijzige frons op zijn lippen. Zelfs zijn donkere, naar achter gekamde haar heeft een koele, blauwzwarte glans in plaats van de gebruikelijke warme bruine ondertonen.

"Ja?" eist hij, zonder zijn voordeur verder te openen.

Waarom doet hij alsof zijn beveiligingsmensen niet hebben aangekondigd wie ik ben? Om nog maar te zwijgen van het feit dat we een afspraak hebben — en het is niet zo dat er willekeurige mensen van en naar zijn enorme landgoed komen en gaan.

Ik doe mijn best om niet te rillen van de kilte die hij uitstraalt en zeg, "Ik ben Lilly Johnson."

Geen antwoord.

"De hondentrainer."

Stilte.

"Ik ben hier voor een sollicitatiegesprek met Bruce Roxford?"

Wat ik niet zeg, is dat het sollicitatiegesprek slechts een voorwendsel is om de harteloze klootzak uit te schelden. Zijn bank heeft me mijn ouderlijk huis afgenomen, dus toen ik zijn advertentie zag waarin hij op zoek was naar iemand in mijn vakgebied, wist ik dat het het lot was.

Misschien moet ik hem nu gewoon uitschelden?

Nee. Dan slaat hij de deur in mijn gezicht en laat hij zijn beveiliging me van het terrein af begeleiden. Ik moet hem als een geboeid publiek hebben. Voordat ik hem persoonlijk zag, had ik bedacht dat ik ons in een kamer zou opsluiten en het briefje zou voorlezen dat ik voor de gelegenheid zorgvuldig heb samengesteld. Op die manier zou ik geen beledigingen of beschuldigingen vergeten. Nu ik echter oog in oog met dit enorme mannelijke exemplaar met brede schouders sta, ben ik er minder zeker van om alleen met hem te zijn, vooral in een vijandige situatie.

Hij slaat zijn gespierde arm voor zijn gezicht en fronst naar zijn A. Lange & Sohne-horloge. "Je bent te laat. Tot ziens."

De woorden raken me als scherven van hagel.

"Vijf minuten te laat," antwoord ik, trots op hoe stabiel mijn stem is. "Er was file en —"

"File is net zo'n voorspelbaar feit als belastingen." Hij begint de deur voor mijn gezicht te sluiten.

Ik zuig lucht naar binnen. Er is geen tijd om mijn

hele donderpreek te lezen. Een snelle versie zal moeten volstaan.

Voordat ik iets venijnigs kan loslaten, schiet er een waas van zwart dons uit de kleine kier tussen de deur en het kozijn.

Een cavia?

Nee. Hij kwispelt met zijn staart en likt aan mijn schoenen.

Oh, natuurlijk. Het is een pup — wat logisch is, gezien de advertentie.

Mijn hart maakt een sprongetje. Dit is een langharige chihuahua — en ook nog eens een prachtige, met een zijdeachtige pikzwarte vacht, een witte vacht op de borst, een snoet die me aan een kleine beer doet denken, en bruine vlekken boven zijn ogen die op nieuwsgierige wenkbrauwen lijken. Beter nog, het gebrek aan blaffen van blijdschap en enkelbijten doet me denken dat dit misschien wel het vriendelijkste lid van dit specifieke ras is.

Ik hurk en aai zijn hemelse vacht. "Hallo daar. Wie ben jij?"

De pup laat zich op zijn rug vallen en onthult dat hij inderdaad een brave *jongen* is, in tegenstelling tot een meisje.

Een bitterzoete pijn knijpt in mijn borst terwijl ik het kleine kale plekje op zijn buik krab. Het is vijf jaar geleden dat ik Roach verloor, de hondenliefde van mijn leven, en ook hij was een chihuahua — alleen veel groter, minder vriendelijk voor vreemden en met een gladde vacht.

3

Wanneer ik een nieuw lid van dit ras tegenkom, dan tast tot op de dag van vandaag een vleugje verdriet de vreugde aan om een hond te ontmoeten. Gelukkig zijn er, omdat ze klein zijn, maar weinig mensen die formeel chihuahua's laten trainen, dus heb ik hierdoor nog nooit een klant hoeven te laten gaan. In ieder geval wint de vreugde snel als ik mijn vingers beweeg om aan de donzige borst van de pup te krabben, en hij eruit begint te zien alsof hij aan de heroïne zit.

"Dat vind je fijn, nietwaar, lieverd?" zeg ik.

Zoals gewoonlijk geeft mijn verbeelding me de reactie van de hond — die om de een of andere onbekende reden wordt uitgesproken met de onmogelijk diepe stem van James Earl Jones, ook bekend als Darth Vader:

Hou ik van buikmassages? Dat is hetzelfde als vragen of ik het fijn vind om naar de maan te huilen. Of aan mijn ballen te likken. Of het eten van een —

Ergens ver boven me hoor ik iemand geïrriteerd uitademen.

Oh shit. Ik was vergeten waar ik was. Het komt vaker voor als er honden bij betrokken zijn.

Ik ga in mijn volledige lengte rechtop staan (die, toegegeven, amper anderhalve meter is) en staar uitdagend in de blauwe ogen van mijn aartsvijand — die nu groter lijken, als visgaten in een ijskoud meer.

"Hoe heb je dat voor elkaar gekregen?" vraagt hij eisend.

Ik stop nerveus een haarlok achter mijn oor. "Wat voor elkaar gekregen?"

Hij gebaart naar de chihuahua die staat te kwispelen. "Colossus is nooit vriendelijk. Tegen wie dan ook."

Dus misschien is hij wel typerend voor zijn ras, grijns ik, niet in staat om mezelf tegen te houden. "Colossus? Wat is hij, één kilo?"

"Anderhalve kilo," zegt hij, zijn uitdrukking nog steeds streng. "Heb je spek in je zakken?"

Ik heb het gevoel dat ik op proef ben en trek mijn zakken tevoorschijn om te laten zien dat ze leeg zijn. "Ik geef honden nooit spek. Zelfs de veiligste soorten hebben te veel vet en natrium, om nog maar te zwijgen van andere smaakstoffen die —"

"Oké," onderbreekt hij me heerszuchtig.

Ik knipper met mijn ogen naar hem. "Oké, wat?"

"Je hebt de baan."

HOOFDSTUK 2
BRUCE

Het kleine wezen — en ik heb het niet over de pup — trekt een van haar indrukwekkend donzige wenkbrauwen op. "Heb ik de baan?"

"Ja."

Ze zal mijn allereerste werknemer zijn die te laat komt, maar tussen Colossus die haar leuk vindt en de redevoering over het spek, is ze de beste kandidaat die ik tot nu toe heb gezien. Hoe belachelijk het ook is, deze functie is moeilijker in te vullen dan die van mijn CTO.

"Gewoon zo ineens?" vraagt ze terwijl ze zachtjes de pup oppakt, die haar dit tot mijn schrik toestaat zonder een enkele bijtpoging te doen.

Het heeft me een hele week gekost voordat hij me toestond om naar hem te reiken zonder dat hij op mijn vingers beet — en geen van mijn medewerkers heeft dit tot nu toe bereikt.

Ik doe de deur verder open om haar naar binnen te

laten gaan. "Een van mijn handelsgeheimen is mijn vermogen om voor elke klus de juiste persoon te kiezen."

De andere donzige wenkbrauw voegt zich bij de eerste. "Weet je zeker dat je handelsgeheim niet je bescheidenheid is?"

Ik doe alsof ik het niet heb gehoord. Ik heb geen idee waarom Colossus haar leuk vindt. Hij is er duidelijk vreselijk in om iemands karakter te beoordelen. Ik wed dat het iets stoms was, zoals het feit dat ze de kleinste mens is die hij ooit heeft ontmoet, waardoor hij zich een grotere hond voelt. Of het kan zo simpel zijn als het feit dat ze lekker ruikt. Terwijl ze langsloopt, ontdek ik tonen van kersen en wierook in haar parfum, samen met iets bloemigs.

Ze wacht tot ik de voordeur sluit voordat ze Colossus op de grond zet — een aandacht voor detail die ik waardeer. We kunnen het niet gebruiken dat de domme pup naar buiten rent.

"Wat zijn dat in hemelsnaam?" Ze wijst naar de plasmatten die als een blauw tapijt door het hele huis liggen.

Ik trek een gezicht. "Colossus is niet zindelijk."

Ze trekt haar sierlijke neus op. "Ik geef de voorkeur aan de term 'gedomesticeerd'."

Hoewel mijn wenkbrauwen enorm inferieur zijn aan die van haar, trek ik er toch een op. "Is er een praktisch verschil tussen een 'zindelijke' en een 'gedomesticeerde' chihuahua?"

Ze vernauwt haar lichtbruine ogen naar me. "Zit er een verschil tussen 'hard' zijn en een 'eikel' zijn?"

Als dat een poging is om me te beledigen, dan is het net zo zwak als haar poging om taalkunde te gebruiken. "'Domesticeren' laat het klinken alsof we een wolf temmen."

Zoals gewoonlijk verbijstert het me dat Colossus 99,9% van zijn DNA met een felle moordmachine deelt. Aan de andere kant, de nietige mens voor me en ik delen nog meer DNA, wat gewoon bewijst hoeveel verschil dat kleine percentage kan maken.

Haar neusrimpel verspreidt zich naar haar voorhoofd. "Ik hou ook niet van het woord 'temmen'. Ik associeer het met trainingsmethoden die dwang en mishandeling gebruiken."

Mijn tanden klemmen zich onwillekeurig op elkaar. "Zijn er mensen die dergelijke methoden gebruiken?"

Domme pup of niet, als ik iemand erop betrap Colossus te dwingen of te mishandelen, dan zou dat het laatste zijn wat ze ooit zullen doen.

Ze kijkt me aan alsof ik haar heb gevraagd of de tandenfee echt is. "Er zijn zelfs mensen die hondengevechten organiseren."

Zulke mensen hebben geluk dat ik alleen de leiding heb over een bankimperium en niet over de hele wereld. Anders zouden die klootzakken hondenvoer zijn.

"Vertel me eens over *jouw* methoden," eis ik.

"Positieve bekrachtiging." Ze knielt naast Colossus en krabt onder zijn kin — waar hij, te oordelen naar het gekke gekwispel van zijn staart, enorm van lijkt te genieten. "Ik vind iets dat de hond leuk vindt en geef dat iets wanneer ik gedrag zie dat ik wil herhalen."

Dat snap ik. In wezen is het niet zo heel anders dan eindejaarsbonussen geven — waar ik in uitblink om te geven. Of lof — iets waarvan mensen beweren dat ik er slecht in ben.

"Ik zal je met de havermoutkoekjes moeten bewapenen waar hij gek op is," zeg ik nors.

De pup vindt degene die mijn chef-kok maakt lekker, maar hij is dol op die van mijn eigen recept alsof ze met opiaten zijn gevuld.

Ze staat op. "Houdt hij van pindakaas?"

"Hij zou er zijn ziel voor verkopen. Aan de andere kant houdt hij van alles wat eetbaar is — en ook van veel oneetbare items. Tot nu toe ben ik niets tegengekomen dat hij niet lekker vindt."

Ze houdt haar hoofd schuin op een manier die me aan Colossus doet denken. "Zelfs citrus?"

Ik gnuif. "Hij is dol op sinaasappels. Hij smeekte ook om een citroen, maar ik had gehoord dat ze maagklachten kunnen veroorzaken, dus heb ik hem er geen gegeven."

Ze kijkt de pup vol ongeloof aan. "Hoe zit het met groenten?"

"Komkommer lijkt zijn favoriete eten te zijn."

Ze kijkt me sceptisch aan. "Hoe zit het met groene groente?"

Ik voel me onlogisch trots als ik zeg, "Ik heb hem

rucola, spinazie en boerenkool gegeven — en hij heeft het allemaal opgegeten."

"Zonder maagklachten?"

"Niks."

"Wauw," zegt ze. "Dat is geweldig. Door eten gemotiveerde honden maken het leven van een trainer gemakkelijker."

Voordat ik haar kan waarschuwen voor het te veel voeren van Colossus, rent mijn huishoudster naar binnen, met mijn rinkelende mobiele telefoon in haar handen.

"Het spijt me, meneer Roxford," zegt ze. "Dit ding blijft afgaan."

Afgaande op de beltoon is het iemand van kantoor, en ze zouden me niet durven storen als het niet iets te maken had met de cryptocurrency die we aan het ontwikkelen zijn — mijn passieproject op dit moment.

"Ik ga dat aannemen." Ik gris de telefoon weg en kijk naar mijn nieuwe medewerker. "In de tussentijd kun je beslissen wanneer je in gaat trekken."

HOOFDSTUK 3
LILLY

k raap mijn kaak van de vloer terwijl de dame uit *Downton Abbey* zich weg haast en "meneer Roxfords" lange benen hem wegvoeren.

Intrekken? Voor puppytraining? Is hij gek, of is mijn gehoor niet goed meer?

Ik haal mijn telefoon uit mijn tas en lees nog een keer de advertentie die me hier heeft gebracht.

O wauw. Onderin staat dat dit een inwonende baan is. Aangezien ik maar één sollicitatiegesprek wilde, had ik niet de moeite genomen om zo ver naar beneden te lezen.

Ik kijk naar Colossus. "Weet jij waarom hij een inwonend iemand wil?"

De kleine pup gaat op zijn kont zitten en geeft me zijn volledige aandacht — iets wat ik meestal aan honden moet leren.

Geeft de zee van plasmatten je geen idee, of ga je me te schande zetten door het me te laten zeggen? O, en als ik het zeg, mag ik dan alsjeblieft een havermoutkoekje? Met pindakaas?

Ja, natuurlijk. Pups moeten 's nachts uitgelaten worden. Heel vaak. De 'vele oneetbare items' waren waarschijnlijk ook een verwijzing naar het scheuren en consumeren van de plasmatten... of toiletpapier... of grind.

Yep. Pups zijn als onhandige stofzuigers met tanden. En wekkers zonder sluimerknop. Toch is het inhuren van iemand om een pup de klok rond te trainen iets wat alleen een miljardair zou doen.

Een kwaadaardige, hebzuchtige miljardair die zijn fortuin heeft verdiend door het stelen van huizen van gewone mensen zoals mijn ouders.

Ik knars met mijn tanden en herinner mezelf eraan om geduldig te zijn. Ik *zal* hem vertellen waar het op staat. Elk moment nu. Zodra hij terug is. Ik had hem al moeten vertellen waar het op staat in plaats van met hem over mijn trainingsmethoden te kletsen, maar de superleuke pup had me in de war gebracht.

Ik denk tenminste dat het de pup was, en niet het feit dat de man die ik het afgelopen jaar heb gehaat, in het echte leven veel te knap bleek te zijn — als je van die hele lange, donkere, gespierde, symmetrische, rijke eikels met blauwe ogen met een ijzige uitstraling houdt.

Waar ik totaal niet van hou.

Het komt door de pup. Dat moet wel.

De genoemde pup kwispelt met zijn schattige volle staart. Ik hurk neer en geef hem nog een buikmassage en fluister, "Het is niet jouw schuld dat je vader een monster is."

Een monster dat op zijn plek gezet moet worden.

Ik haal mijn aantekeningen tevoorschijn en bekijk de meest opvallende punten.

Ja. Daar gaan we. Geen besluiteloosheid meer.

Zodra Roxford terugkomt, ga ik hem met mijn woorden om zijn oren slaan.

Aan de andere kant, misschien moet ik hem nu meteen lokaliseren, zijn telefoon uit zijn handen rukken en ervoor gaan. Als alternatief zou ik dit briefje op de voordeur kunnen plakken en ervandoor kunnen gaan. Of ik kan zelfs de baan aannemen en —

Een geschraap van een keel brengt me terug naar de aarde.

Vervloek hem. Zelfs zijn stomme keel is heet — helemaal gespierd, pezig en met een prominente adamsappel die je gewoon smeekt om eraan te likken of eraan te knabbelen.

"Hier." Hij komt zo dicht bij me dat een vleugje citroengras en limoen aangenaam mijn neusgaten kietelt. "Aangezien ik in mijn kantoor was, heb ik het contract afgedrukt dat je moet ondertekenen. Ervan uitgaande dat je het tarief acceptabel vindt."

Ik scan de stapel papieren die hij me heeft overhandigd totdat mijn ogen op het genoemde tarief landen, waarna ik het document bijna laat vallen.

Gezien Roxfords neiging om mensen uit hun huizen te gooien, nam ik aan dat hij goedkoop zou zijn en op zijn best een minimumloon zou bieden. Maar ik had het mis.

Dierenartsen krijgen niet eens zoveel betaald. Gynaecologen, urologen of proctologen ook niet. En voor zover ik weet... dure escorts ook niet.

Het is het soort geld waarbij ik een idioot zou zijn om niet op zijn minst te overwegen om te vergeten waarom ik hier eigenlijk ben gekomen — en dat geldt ook voor de meeste van mijn andere scrupules en principes.

Nee. Wat denk ik in vredesnaam? Ik kan onmogelijk de pup van de man trainen die verantwoordelijk is voor het verlies van mijn ouderlijk huis. Dat zou hetzelfde zijn als met Hitler naar bed gaan. Of Poetin te baden. Of Mel Gibsons teennagels te knippen.

Maar het geld...

En je hoeft niet met de vijand naar bed te gaan of hem in bad te doen...

Tenzij... wacht eens even. Terugkomend op escorts en proctologen, is het mogelijk dat hij iets van me verwacht dat geen puppytraining is? Of in ieder geval niet het soort pups waar ik normaal mee werk? Ik heb gehoord dat er zoiets bestaat als BDSM-puppyspel...

Allemachtig. Is dit waarom dit een inwonende positie is met een contract?

Is dit landhuis de plek waar zijn Rode Kamer van Pijn is?

Hoe beledigend... en toch bizar verleidelijk.

Nee, niet verleidelijk. Walgelijk — dat is wat ik bedoelde.

Hoewel, nu ik erover nadenk, er staat een echte chihuahuapup voor me, dus —

"Nou?" eist hij, terwijl hij zijn ijzige ogen vernauwt. "Werkt dit voor je?"

"Het loon lijkt redelijk," lukt me om te zeggen. "Maar — zodat er geen misverstanden zijn — welke diensten verwacht je in ruil daarvoor van mij?"

Hij kijkt naar Colossus. "Ik wil dat hij het hondenequivalent van een doctoraat in hogere wiskunde verdient... van Harvard."

"Bedoel je, hem in een hulphond veranderen?"

Waarom is een deel van mij teleurgesteld over het gebrek aan vage seksuele gunsten?

Roxford geeft me een blik die impliceert dat ik een totale idioot ben. "Wat voor soort hulphond kan een klein wezen als Colossus worden?"

"Oh, het zou je verbazen."

"Verbaas me dan."

"Hij zou diabetici kunnen waarschuwen voor een lage bloedsuikerspiegel, angstaanvallen afwenden, enzovoort."

Hij kijkt me dubieus aan. "En je kunt hem trainen om die dingen te doen?"

Ik denk niet dat dit het moment is om te onthullen dat hoewel het trainen van hulphonden mijn doel in het leven is, ik momenteel niet veel ervaring heb. In plaats daarvan kies ik voor mijn meest indrukwekkende prestatie. "Nou, mijn nicht is een vruchtbaarheidsconsulent die een Yorkie bezit die niet veel groter is dan Colossus, en ik heb haar geleerd hoe ze kan zien of een vrouw ovuleert."

Voor het eerst krijgen zijn ooghoeken rimpeltjes die een hint van een glimlach vormen. "Heb je het de hond of je nicht geleerd?"

"De hond, maar als ik genoeg lychee bitterkoekjes had, dan wed ik dat ik het mijn nicht net zo goed zou kunnen leren, ervan uitgaande dat ze het goed zou vinden om helemaal in het kruis van haar klanten te kruipen."

Hij glimlacht voluit en het is glorieus. Als je die glimlach zou kunnen verpakken, dan wed ik dat het veel trieste dingen in de wereld zou kunnen genezen, zoals depressie, angst en constipatie. Het is jammer dat je het kraken bijna kunt horen terwijl zijn gezichtsspieren op een onbekende manier buigen. Ik betwijfel of hij deze glimlach meer dan twee keer per jaar gebruikt.

"Dus..." Hij laat de glorieuze glimlach veel te snel verdwijnen. "Wat dacht je ervan om hem het equivalent van de basisschool te leren?"

"Dat zou betekenen om hem te leren op de juiste plaatsen te plassen, plus dingen als 'zit', 'blijf', 'wacht' en 'los'."

Hij kijkt naar de oceaan van plasmatten die tot aan de horizon zijn uitgespreid. "Maak van het zindelijk worden je topprioriteit."

Als ik een hond was, dan zouden mijn nekharen omhoog gaan staan. "Blaf je altijd opdrachten naar mensen zonder ook maar een 'alsjeblieft' en 'dank je wel' te zeggen?"

Hij staart me onbeschaamd aan. "Als je alsjeblieft en dank je wel wil horen, dan zouden we via e-mail moeten communiceren... en dan zou ik je tarief moeten halveren."

Wauw. "Nee, *dank je*."

"Geweldig. Zorg er dan voor dat tegen het einde van de week de plasmatten het huis uit zijn."

"Einde van de week?" gnuif ik. "Dat zou lastig zijn, zelfs als ik *vandaag* in zou trekken."

Hij mist geen tel. "Dan trek je vandaag in."

Ik staar hem aan. "Wat? Nee! Ik heb andere klanten. Ik heb mijn eigen huis, dus ik heb verhuizers nodig. Ik —"

Hij zwaait afwijzend met zijn hand. "Ik zal mijn assistent je klanten iemand anders laten zoeken. Ik zal hem over een uur ook verhuizers voor je laten inhuren."

Shit. Hij meent het.

Ik kan onmogelijk vandaag hier intrekken... toch? Ik heb nog niet eens besloten om deze baan aan te nemen. Sterker nog, ik weet dat ik deze baan niet moet aannemen. Zelfs als hij niet de man was die mijn ouders van hun huis had beroofd, zou ik minstens een week nodig hebben om alle voor- en nadelen te evalueren. De laatste zijn ontelbaar — en de klootzakbaas is slechts het topje van de ijsberg. Er is de overdreven schattige chihuahua waar ik gevoelens voor zou kunnen ontwikkelen als we nog meer tijd samen doorbrengen — wat zeker tot liefdesverdriet zal leiden dat vergelijkbaar is met wat ik heb meegemaakt toen ik Roach verloor. En dan is er de —

"Als je vandaag bij me intrekt, dan geef ik je een aanmeldbonus," zegt de bovengenoemde klootzak. "Je dagtarief keer honderd."

Mijn mond valt open.

"En als je tegen het einde van de week van de plasmatjes af bent, dan krijg je nog een bonus — je dagtarief keer duizend."

Heilige puppy plas. Ik weet dat hij me met het geld pest, maar tegen dit soort bedragen kan ik geen nee zeggen. De opleiding voor hulphondentrainer en de certificaten zijn niet goedkoop. De huur van mijn ouders ook niet, waar ik ze mee help.

In feite biedt hij het soort geld aan waarmee ik ze met een aanbetaling voor een nieuw huis kan helpen.

Mijn hartslag gaat sneller als de opwinding door mijn aderen schiet.

Het zou de ultieme poëtische gerechtigheid zijn als ik zijn geld zou gebruiken om de mensen te helpen die hij eruit heeft gezet.

Maar nee. Ik kan deze beslissing onmogelijk zo impulsief nemen. Ik moet erover nadenken. Ik moet beslissen of dit logisch is. Ik ben geen 'grijp het moment'-mens. Ik denk graag na voordat ik handel, om alle mogelijke implicaties te analyseren en —

Zijn gezicht wordt donkerder van ongeduld, zijn arctische ogen worden kouder als hij naar me staart en ik er in paniek uit flap, "Als ik ja zeg, waar verblijf ik dan?"

Zijn blik is nu puur ijs. "Als?"

"Ja. Als." Ik til mijn kin op en negeer het zweet dat over mijn ruggengraat druppelt. "Ik verblijf niet in een kast onder de trap, à-la Harry Potter."

"Je verblijft in de grootste gastenkamer." Hij gebaart in de verte, waar, mogelijk kilometers verderop, mijn toekomstige kamer is. "Nog andere eisen?"

Nu ik dichter bij het nemen van een beslissing ben, voel ik me iets rustiger. "Ik weiger je meneer Roxford te noemen."

Zijn gezicht is moeilijk te lezen, dus ik heb geen idee of hij een grapje maakt als hij vraagt, "Hoe zit het met 'meneer?'"

Ik gnuif. "Echt niet. En voordat je het vraagt, vergeet dingen als 'meester', 'mister', 'mijn heer', 'grote pief', 'monsieur', 'señor', 'heer —'"

Gromde hij net?

"Noem me Bruce." De naam wordt tussen zijn tanden door gezegd. "Ik neem aan dat je wilt dat ik je *Lilly* noem?"

Ik slik moeizaam. Ik vind het leuk hoe hij mijn naam zegt, zelfs als hij er grapjes over probeert te maken.

"Dat klopt... *Bruce*." Ugh. Waarom voelt *zijn* naam op mijn lippen zo verboden en intiem? Ik reik met moeite naar mijn sarcasme. "En als je mijn naam zegt, probeer dan niet te klinken alsof je een citroen eet."

Hij ontbloot zijn tanden. "Laat me je naar je kamer leiden."

Hij leidt me dieper het landhuis in. De plasmatten kraken onder onze voeten en ik hoor het getrippel van Colossus ons volgen.

We passeren een bibliotheek die groter is dan die in *Belle en het Beest*. De kamer daarna is gevuld met een harnascollectie die in een museum niet zou misstaan. We blijven lopen en ik blijf staren, vooral als we een kleine bioscoop passeren.

Hij stopt plotseling met lopen, dus ik loop tegen hem aan en Colossus stoot met zijn kleine natte neus tegen mijn hiel.

"Hier." Bruce opent een paar hoge deuren.

Met kwispelende staart rent Colossus de kamer binnen en verdwijnt onder het supergrote bed.

Ik staar. De luxe kamer is twee keer zo groot als mijn hele appartement, met meubels die aan een chic hotel doen denken en de hoge plafonds aan een kathedraal.

Bruce stapt naar binnen en opent een andere deur. "Deze badkamer zal van jou zijn."

De badkamer is vijf keer zo groot als die ik thuis heb.

"Dit zal werken," zeg ik in een understatement van de eeuw. Mijn eigen accommodaties voor gasten zijn een uittrekbare bank en een freebie-tandenborstel die ik van de tandarts heb gekregen.

Hij sluit de badkamerdeur. "Ik laat de verhuizers de kamer leeghalen en je spullen hierheen brengen."

De ruimte leeghalen voor mijn spullen? "Niet nodig, bedankt." Dat zou hetzelfde zijn als het ruilen van een strakke Lamborghini voor een paard en buggy gemaakt door de uitvinders van de Nissan Cube.

Hij kijkt om zich heen alsof hij de meubels voor het eerst ziet. "Wil je de kamer gebruiken zoals hij is?"

Ik knik krachtig. "Zolang de lakens maar schoon zijn."

Er zit vloeibare stikstof in zijn blik. "De lakens zijn nieuw. Dat geldt ook voor de handdoeken. Idem voor de tandenborstel en —"

Colossus komt onder het bed vandaan, met een mot ter grootte van zijn gezicht in zijn mond.

"Nee!" schreeuwt Bruce. "Eet geen —"

Te laat. De kleine chihuahua kauwt op de mot en slikt hem dan door.

Gezien hun relatieve grootte zou dit hetzelfde zijn als het vangen en doorslikken van een duif.

"Stoute hond," zegt Bruce streng.

Colossus ploft op zijn kont en kijkt met grote, bezielde ogen die geen schuldgevoel tonen naar zijn mens.

Wat is er mis met heerlijke luchtrozijnen? Zij eten kleren, ik eet hen — dit is wat mijn stemtweeling Mufasa met De Cirkel van het Leven bedoelde. Ik zou bereid zijn om de volgende in te ruilen voor een havermoutkoekje. Vooral een vliegend koekje.

Instinctief plaats ik mezelf tussen Bruce en Colossus. Ik stel me voor dat een man die mijn ouderlijk huis zou kunnen stelen in staat is om een pup te schoppen. "Motten worden voor honden als veilig beschouwd om te eten."

"O?" Bruce doordringt de lettergreep met zoveel sarcasme dat ik hem wil slaan.

"Motten dragen geen bekende ziekten met zich mee en ze zijn niet giftig." Ik weet dit omdat Roach *dol* was op motten eten, en vliegen, en — ironisch genoeg — ook op kakkerlakken, als hij ze kon vangen.

Bruce slaat zijn armen over elkaar. "Hij moet luisteren als ik hem verbied om iets te eten."

"Hoe niet tiranniek," zeg ik snauwend.

Zijn neusvleugels trillen. "Denk je niet dat een wezen met een brein ter grootte van een walnoot hulp kan gebruiken bij het nemen van dergelijke beslissingen?"

"Ter grootte van een walnoot?" Ik bekijk het hoofd van Bruce met een overdreven grondigheid. "Dat zou je schedel nog dikker maken dan ik dacht."

Bruce ontbloot zijn tanden — die toevallig perfect zijn, verdomme. "Is dat zo?"

"Reken maar." Ik kijk hem boos aan en vergeet alle voorzichtigheid. "En als je stront wilde eten, dan zou ik je dat laten doen."

"Weet je wat, *Lilly*? Vergeet de baan. Je bent ontslagen."

"Geweldig." Ik duik in mijn tas om het briefje eruit te halen. Als ik het geld niet krijg, dan ga ik hem in ieder geval een mondvol geven.

Dit is misschien wel het beste. Ik haal diep adem en zeg, "Je bent een harteloze machine — en de belichaming van wat er mis is met de wereld. Hoe kon —"

Colossus jankt erbarmelijk en laat me stoppen waar ik mee bezig was.

Ik kniel snel. "Wat is er aan de hand?"

Zou die mot hem kwaad kunnen doen? Hij heeft er niet veel op gekauwd, dus het is mogelijk dat hij daar maagklachten van kon krijgen.

De pup kijkt van mij naar Bruce en jankt dan weer.

Oh shit. Ik ken dit gedrag. Hij —

"Hij houdt niet van ruzie," mompelt Bruce binnensmonds — wat ik net wilde concluderen.

Ik voel me vreselijk. Natuurlijk zal de pup de vijandigheid in de kamer oppikken. Honden zijn immers sociale wezens. Ik gedroeg me als een Bruce.

"Alles is in orde," zeg ik tegen Colossus. "Bruce en ik spraken gewoon met passie."

De pup kalmeert indrukwekkend snel. Als ik Roach per ongeluk in dit soort situaties zou brengen, dan zou hij een paar minuten mopperen.

Hoewel Roach al lang weg is, voel ik me schuldig over de ruzies die ik voor zijn neus met mijn ex had. Ik voel me niet zo slecht over de situatie van vandaag, omdat de schuld bij Bruce ligt.

Nu we het er toch over hebben, sta ik op en vernauw mijn ogen tot spleetjes naar hem. "Is er een kans dat je nadat ik ben vertrokken *niet* je vreselijke zelf kunt zijn in de buurt van de pup?"

"Je gaat niet weg," zegt hij met opeengeklemde

tanden. "De hond vindt je leuk en ik heb geen idee waarom."

"Wacht, wat?" Ik staar hem aan. "Probeer je te zeggen...?"

"Vergeet wat ik heb gezegd. Je hebt nog steeds de baan. Voorlopig." Hij ziet eruit alsof de woorden hem meer kosten dan dit landhuis.

Mijn hart springt op — en niet alleen vanwege het geld. In een mum van tijd is waar ik bang voor was uitgekomen: ik ben al zo gehecht aan deze chihuahua dat hem achterlaten bij zijn koelbloedige eigenaar niet iets is wat ik prettig zou vinden om te doen.

"Dat wil zeggen, als je je kunt gedragen," voegt hij eraan toe voordat ik een zucht van opluchting kan uitademen.

Het kost alles wat ik in me heb om omwille van Colossus kalm te blijven. "Mezelf gedragen?"

"Je zult vanaf nu hartelijk zijn. Of je kunt vertrekken."

Diep ademhalen. Ik kan dit. "Op één voorwaarde." Mijn stem is iets scherper dan ik van plan was. "Hetzelfde geldt voor jou."

Hij staart me ongelovig aan. "Ik was niet de prikkelbare."

"Nee?" Ik haal nog een keer diep adem en laat hem los. "Zie je wel? Dat heb ik laten gaan." Hoewel ik hem had kunnen vertellen dat als hij de Wikipedia-pagina onder 'lul' had geopend, hij zijn eigen foto zou zien.

"Het is een begin," zegt hij. "Wil je nu mijn eerdere vraag beantwoorden?"

Blijf rustig. "Welke?"

Hij kijkt naar zijn pluizige pupil. "Kan de hond geleerd worden om iets niet te eten waarvan ik niet wil dat hij het eet?"

"Ja. Dat is waar ik het eerder over had toen ik het commando 'los' noemde. Houd er rekening mee dat het veel gemakkelijker is om een hond oneetbare voorwerpen los te laten laten."

"Begrepen." Hij gebaart door de kamer. "Waarom bekijk je niet alles en stel je een lijst samen van wat je hier moet hebben?"

Het is meer dat hij het te moeilijk vindt om na die ene vraag hartelijk met me om te gaan.

En dat is prima.

Ik voel hetzelfde!

Ik kijk al om me heen als Bruce vertrekt en Colossus plichtsgetrouw volgt.

Wacht. Is de pup met hem meegegaan? Of het is het Stockholmsyndroom, of hij is echt niet zo slim.

HOOFDSTUK 4
BRUCE

Als ik moet kalmeren, dan hou ik ervan om te lezen, boksen of koken.

Lezen is nu uitgesloten, omdat ik denk dat ik me nu niet op een boek kan concentreren. Boksen lijkt in deze specifieke context verkeerd: ik ben boos op een klein schepsel en ook nog eens een vrouw, dus als ik me haar gezicht op de boksbal zou voorstellen, dan zou ik mijn mannenkaart moeten overhandigen.

Dan blijft koken over, en ik weet precies wat ik ga maken — de havermoutkoekjes waar Colossus en ik van houden.

Ik moet het de hond nageven. Als het om eten gaat, dan wedijvert zijn IQ plotseling met de gecombineerde scores van Lassie, Scooby Doo en Cujo. Zodra ik het eerste ingrediënt tevoorschijn haal, havermout, wordt hij super enthousiast en ik weet zeker dat hij heeft uitgevogeld wat er gaat gebeuren.

Ik negeer hem voorlopig en pak lijnzaad, courgette, amandelboter en ahornsiroop — ingrediënten die door de dierenarts zijn goedgekeurd.

De hond jankt.

"Goed dan." Ik geef hem een beetje van elk van de ingrediënten en hij verslindt ze alsof het het eerste voedsel is dat hij ooit heeft geproefd.

"Nu moet je wachten," zeg ik streng en ik ga verder met mijn werk.

Tegen de tijd dat ik het beslag heb gemaakt, voel ik me al rustiger. Ik weet niet eens waarom ik überhaupt zo boos werd. Mijn beste gok is dat het al een tijdje geleden is dat ik met iemand zo onaangenaam onprofessioneel als Lilly te maken heb gehad. Ik ben haar cliënt, maar toch praat ze tegen me alsof ze een hekel aan me heeft — maar we hebben elkaar pas vandaag ontmoet.

Dat denk ik tenminste.

Nee, ik weet het zeker.

Ze is niet het soort vrouw dat ik zou vergeten. Niet met die pluizige wenkbrauwen die boven die groenige lichtbruine ogen zijn gebogen, en die pittigheid.

Om de een of andere ondoorgrondelijke reden vormen mijn lippen een glimlach en wordt mijn pik hard.

Ik kijk naar beneden. Wat de fuck, pik? Hoe zit het met deze reactie? Denk je dat Lilly en ik een stel zijn? Hoop je dat er goedmaak-seks aan de horizon staat?

Ik kan geen belachelijker idee bedenken dan dat wij tweeën aan het daten zijn. Ik bedoel, Lilly is aantrekkelijk, op een jongensachtige manier, maar wat maakt het uit, gezien hoe tegenstrijdig ze is? Het maakt ook niet uit, maar ik ben niet van plan om met wie dan ook te daten terwijl het cryptocurrency-project al mijn tijd en energie vereist. Hoe dan ook, als ik eenmaal aan daten toe ben, dan zal het niet met iemand zoals zij zijn. Afgezien van prikkelbaarheid is ze mijn medewerker en daarom uitgesloten. Ze is ook tien jaar jonger dan ik en is ze op een leeftijd waarop ze waarschijnlijk alleen maar selfies wil maken in nachtclubs, genoemde selfies op haar social media wil plaatsen en geobsedeerd is door Justin Bieber of waar de meisjes tegenwoordig ook om mogen gillen. En ze is veel te sierlijk. Ik zou me als een verdomde oger voelen als we iets zouden doen... wat we niet zullen doen.

Fuck. Dat beeld helpt niet bij de verdomde erectie.

Misschien helpt het om een oven van 250 graden te openen?

Nee. Ongelooflijk.

Ik leg de koekjes erin en stel mijn telefoontimer in op tien minuten.

De pup zit geduldig en gehypnotiseerd door de oven.

Ik stap om hem heen en sluit mezelf op in de aangrenzende badkamer.

Kut. Mijn pik is ondanks alles nog steeds hard. Je zou denken dat *ik* de hormoongedreven drieëntwintigjarige was in plaats van Lilly.

Ik probeer over de bankvoorschriften van de overheid na te denken. Niets. Ik verleg mijn focus naar audits. Nog steeds stijf. Ik haal de grote wapens tevoorschijn — mensen die luid op hun eten kauwen en slurpen.

Ongelooflijk. Zelfs dat helpt niet.

Ik knars op mijn tanden en pak mijn pik vast — de enige trefzekere manier om van deze overlast af te komen.

Terwijl ik verder ga, doe ik mijn best om binnen tien minuten klaar te zijn, terwijl ik beelden van Lilly uit mijn gedachten hou.

De tijdslimiet is een succes.

De beeldonderdrukking is een enorme mislukking.

HOOFDSTUK 5
LILLY

Na het scannen van de kamer, heb ik mijn lijst met bezittingen opgesteld — en hij is niet lang. Vrijwel alleen mijn kleren en schoenen. En natuurlijk mijn videospelletjes.

Net als ik op het punt sta om te vertrekken, loopt er een dunne man met een Mario-achtige snor de kamer binnen.

"Hallo, Lilly." De manier waarop hij mijn voornaam zegt, maakt duidelijk dat hij mensen meestal op een formelere manier aanspreekt. "Ik ben meneer... Ik bedoel, Johnny. De assistent van meneer Roxford."

"Wiens assistent?" Ik weiger die klootzak "meneer" wat dan ook te noemen.

Johnny draait aan zijn snor. "Je maakt een grapje, toch?"

Ik heb medelijden met het hulpje en zeg, "Je moet Bruce bedoelen."

"Ja. Meneer Roxford." Deze keer trekt hij nerveus

aan de snor en het is een wonder dat hij er geen haren uit trekt.

Ik gnuif. "Ja. Bruce."

"Juist." Hij reikt weer naar de snor, maar stopt halverwege. "Hij heeft me gevraagd om je lijst met dingen om te verhuizen te halen."

Ik geef hem het vel papier dat ik in mijn hand heb.

Johnny trekt zijn hand niet weg en zegt, "En je sleutels, alsjeblieft."

Ik ruk de lijst weg. "Mag ik geen toezicht houden op de verhuizers?"

Johnny's linkeroog trilt. "Meneer... *Bruce* zei dat als ze iets kapot maken, hij het zal vervangen. Hij zei ook dat het absoluut noodzakelijk is dat je onmiddellijk met de training van Colossus begint."

"Nou," sis ik. "Het lijkt erop dat Bruce voor het eerst in zijn leven zijn zin niet krijgt."

En als hij me hiervoor wil ontslaan, dan is dat maar zo.

———

Terwijl Johnny, zijn snor, en ik door het landhuis lopen, bespeur ik een heerlijk aroma dat mijn maag laat grommen.

Wanneer heb ik voor het laatst gegeten?

We komen de keuken binnen en ik zie de bron van de lekkere geur — een dienblad met koekjes dat Bruce uit de oven haalt.

Kookt hij?

Nee.

Een persoonlijke chef-kok moet die daar hebben achtergelaten en hij haalt ze er gewoon uit. Hoe dan ook serieuze huiselijke inspanningen voor een miljardair.

Mijn hartslag gaat omhoog.

Colossus zit bij de tafel met een koekje in zijn mond.

"Komt dat heet uit de oven?" schreeuw ik en ik spring naar de pup toe. "Hij zal gewond raken!"

Bruce stapt me in de weg. "Dat is de eerste partij." Er is een trilling in zijn kaak te zien. "Ik heb natuurlijk gewacht tot het was afgekoeld voordat ik het aan de hond gaf. Wat voor nalatige sadist denk je dat ik ben?"

De ergste soort, maar ik zeg dit niet omdat we slechts enkele minuten geleden hebben afgesproken om beschaafd te zijn.

"Ter info, ze staat erop om toezicht te houden op de verhuizing," zegt Johnny verklikkend.

Moet ik hem vertellen dat verklikkers hun karma krijgen voordat hun snorren worden afgeschoren?

"Ik sta het toe," zegt Bruce grootmoedig.

"Sta je het toe?" zeg ik door opeengeklemde tanden en ik vergeet even de hartelijkheid. Op een rustigere toon zeg ik, "Als het Uwe Hoogheid behaagt, ben ik terug voordat je 'de top één procent' kunt zeggen."

Bruce draait zijn brede rug naar me toe. "Pak gewoon je bezittingen, zodat je aan je taken kunt beginnen. En het is het hoogste nul-nul-één procent."

Helemaal terug naar mijn auto brainstorm ik over een aantal slimme reacties op de laatste opmerking van Bruce, maar het beste wat ik kan bedenken is: *ik hoop dat Colossus zijn "taken" op je voet doet.*

Mijn auto ziet er komisch klein uit op de gigantische oprit voor het landhuis, en terwijl ik mijn route terug naar huis begin, besteed ik aandacht aan de details van het enorme landgoed.

Er zijn twee meren aan weerszijden van het landhuis, waardoor er vanuit alle hoeken een prachtig uitzicht is. Aan de andere kant van het dichtstbijzijnde meer is een ongerept bos met een kudde herten die ronddartelt. Het is een wonder dat Bruce niet tot ze uitgestorven waren op ze heeft gejaagd, zoals zijn soort zo graag doet. In de buurt van het tweede meer is er een tuindoolhof en een golfbaan. Het uitlaten van de hond moet hier aanvoelen als een wandeling door een luxe resort.

Mijn telefoon gaat.

Ik kijk wie het is.

Ah. Het is Aphrodite, mijn nicht. En nee, we zijn niet Grieks, dus mijn tante kan officieel als kindermishandelaar worden beschouwd omdat ze haar dochter zo heeft genoemd.

"Hé, nicht," zegt ze zodra ik opneem.

"Hé, Aphro," antwoord ik met een glimlach. "Bedankt dat je checkt hoe het met me gaat... een beetje te laat."

Ik heb haar verteld wat ik zou gaan doen, voor het geval Bruce *American Psycho* zou worden.

Ze klinkt bezorgd als ze vraagt, "Moet ik je uit de gevangenis halen?"

"Ik heb niet echt gedaan wat ik van plan was om te doen." Ik ben blij dat dit geen videogesprek is, dus ze kan me niet van schaamte zien blozen.

"Waarom niet? Wat is er gebeurd?" eist ze.

Ik zucht. "Hij heeft me een aanbod gedaan dat ik niet kon weigeren."

Ze snakt naar adem. "Heeft hij een pistool tegen je hoofd gezet?"

"Wat? Nee!"

"Nou, dat is wat die uitdrukking in *The Godfather* betekent."

Ik adem uit. "Ik ben er vrij zeker van dat je het ook in een situatie kunt gebruiken waarin iemand je een hoop geld aanbiedt."

"Wacht even," gilt ze. "Bedoel je dat je voor de man gaat werken?"

Ik pak het stuur steviger vast. "Als hondentrainer."

Er is een geschokte stilte aan de andere kant van de lijn.

"Hij heeft een super schattige pup," zeg ik defensief. "En het geld is waanzinnig."

"Wat is de naam van je bankier ook alweer?" vraagt Aphrodite op die eigenaardige manier waar ik een hekel aan heb.

Wetende dat ik er spijt van zal krijgen, vertel ik het

haar toch. Ze typt op een paar toetsen en fluit dan. "Super schattige... *pup*, nietwaar?"

Ik wed dat ze naar de foto op de Wikipediapagina van Bruce kijkt — wat de echte Bruce niet echt recht doet.

"Ik weet wat je denkt," zeg ik. "En je hebt het mis."

"Ik denk dat als je voor jezelf een miljardair wilde hebben, het slim was om hem te ontmoeten op de dag dat je ovuleert. Mannen voelen zich in die periode meer tot ons aangetrokken."

"Pardon?" Ik dwing mezelf om rustiger aan te doen. Ik nader de beveiligingspoort van het landgoed en het laatste wat ik wil is een berisping van Bruce dat ik een van zijn bewakers in het ziekenhuis heb laten belanden. "Waar heb je het over?"

"Je ovuleert," zegt Aphrodite, van het woord genietend. "Toen we je vanmorgen zagen, heeft Uranus het aan je geroken."

Grr. Ik had Uranus geen kans moeten geven om zijn zeer specifieke vaardigheden op mij te gebruiken. "De volgende keer dat je een hondentrainer nodig hebt, zal ik er niet zijn om je te helpen," grom ik, hoewel ik me afvraag of deze stomme eisprong kan verklaren waarom ik ijzige Bruce heet vind — in puur fysieke zin.

"Wees niet boos," zegt Aphrodite terwijl ik door het hek rijd en de weg op ga. "Ik dacht dat je het wel zou willen weten voor het geval je toevallig iets met hem zou krijgen. Op die manier kun je beslissen wat je wilt: jezelf beschermen tegen een ongewenste zwangerschap of het tegenovergestelde."

"Het tegenovergestelde?"

"Je weet wel, een miljardair met een baby vangen," zegt ze behulpzaam.

Ik knars op mijn tanden. "Er zal met dat monster geen seks zijn. En zeker geen baby's."

Ze zucht. "Je hebt een vriendje nodig en deze man is een miljardair die een lust voor het oog is."

"Ik heb geen vriendje nodig, maar als dat wel zo was, dan is de eigenaar van de kwaadaardigste bank ter wereld de laatste man die ik zou overwegen. Je tante en oom zijn door hem hun huis kwijtgeraakt."

"Ik weet zeker dat hij hun lening niet persoonlijk heeft afgehandeld," zegt ze. "Het argument kan worden gemaakt dat ze hun huis zijn kwijtgeraakt omdat ze hun hypotheek niet hebben betaald."

"Ik ga dit niet nog een keer met je bespreken," zeg ik. "De eigenaar van een bedrijf is uiteindelijk verantwoordelijk voor wat zijn bedrijf doet. Hoe dan ook, zelfs als hij die vervloekte bank niet had, dan zou ik nooit met een klant uitgaan. Eentje die ook nog eens een eikel is."

Ze neuriet. "Ik vind het heel interessant hoeveel je hier al over hebt nagedacht."

Ik druk iets te enthousiast op het gaspedaal. "Heb ik niet."

"Protesteer je niet een beetje veel?"

"Nee." Ik tik op de rem. Het is niet de moeite waard om hier een bekeuring voor te krijgen.

"Nou," zegt ze. "Je realiseert je vast wel dat hij niet voor altijd je cliënt zal zijn, en het is mogelijk dat je hem nog niet goed genoeg kent om zeker te zijn van zijn eikeligheid."

Ugh. "Vergeet het, Aphro. Zelfs als hij op magische wijze in een aardig persoon zou veranderen die een heleboel goede doelen bezat, dan zou zijn familie hem nooit met iemand zoals ik laten daten. Zij zijn het soort rijk van oud geld, terwijl jij en ik *white trash* zijn."

"We zijn bedrijfseigenaren," zegt Aphrodite defensief.

"Van kleine bedrijven," zeg ik. "En onze ouders kunnen dat niet eens zeggen."

Mijn vader doet zwembadonderhoud en mijn moeder maakt andermans huizen schoon; beide werken voor een bedrijf dat eigendom is van iemand anders. De moeder van Aphrodite is een kapster en haar vader was een anonieme spermadonor waar haar moeder een one-night-stand mee heeft gehad. De ouders van Bruce staan daarentegen bekend om filantropie en het organiseren van fondsenwervingen in New York. Ik betwijfel of ik weet wat ik tegen ze zou moeten zeggen als ik ze zou ontmoeten.

Ze zucht. "Onze ouders behoren tot de lagere, lagere, lagere middenklasse."

"Ja," zeg ik sarcastisch. "Hetzelfde inkomen als Joe Dirt."

"Weet je," zegt ze, "stemmingswisselingen en prikkelbaarheid komen heel vaak voor tijdens de eisprong."

Ik kreun. "Kun je mijn voortplantingsorganen buiten het gesprek houden, alsjeblieft?" De volgende keer dat ik bij haar thuis ben, ga ik Uranus trainen om in haar schoenen te plassen.

"Oké," zegt ze. "Maar alleen als je me alles vertelt."

Dus ik doe precies dat, en het duurt het grootste deel van mijn rit naar huis, want als ik bij het deel kom waar ik bij Bruce intrek, moet ik mijn weigering herhalen om het kind van Bruce te baren.

"Ik verwacht dagelijkse rapporten," zegt ze als ik eindelijk klaar ben.

"Natuurlijk." Ik hang op en parkeer naast mijn groezelige appartementencomplex.

De verhuizers staan al voor mijn deur te wachten, en ze zien er erg duur uit, voor verhuizers. Ik wist niet eens dat dat iets was. Ze noemen me 'mevrouw' en ze behandelen mijn troep met zorg — waardoor ik me afvraag of Bruce hen meer betaalt dan de dingen die ze op het punt staan te verplaatsen waard zijn.

Hoe dan ook, als het om mijn seksspeeltjes en videogames gaat, wil ik niet dat de verhuizers er iets mee doen. Als ze niet kijken, steek ik de Eekhoorn — een clitorale vibrator ter grootte van een lippenstift — van mijn nachtkastje in een Converse-schoendoos waar ik dergelijke dingen in bewaar, en dan ontkoppel ik mijn Nintendo Switch-dock van de tv en stop ik dat en het systeem in een speciale draagtas, samen met al mijn favoriete games.

"Kan ik je helpen dat te dragen?" vraagt een van de verhuizers, naar de schoenendoos reikend.

Ik doe een stap achteruit. "Nee, bedankt."

"En dat?" Hij gebaart naar de draagtas met de games.

"Nee." Ik doe weer een stap achteruit... en struikel over mijn salontafel — dat is wanneer er veel dingen tegelijk gebeuren.

Ik sla met mijn armen om me heen.

De schoenendoos en de draagtas vliegen uit mijn handen.

Een verhuizer vangt me voordat ik mijn rug breek.

Een andere verhuizer vangt de tas met de games, maar de zijkant van de schoenendoos raakt de salontafel en springt open, waardoor seksspeeltjes in verschillende richtingen vliegen, die een paar van de verhuizers raken.

O shit.

Laat iemand me *nu* vermoorden.

Met een vuurrood gezicht, maak ik mezelf los van mijn redder, pak de Eekhoorn van de vloer en stop hem in mijn zak.

Alleen mis ik de zak en valt het ding weer op de grond, waardoor ik nog een keer moet bukken.

Misschien was het beter geweest als ik mijn hoofd ergens tegen had gestoten.

Tot mijn schrik pakken de kerels de speeltjes op die het dichtst bij hen in de buurt liggen en stoppen ze dan nonchalant terug in de schoenendoos.

Wauw. Geen grinnik, geen knipoog, en ook geen gniffel. Dit moeten de meest professionele verhuizers ter wereld zijn.

"Bedankt," mompel ik als de vervloekte doos aan me wordt overhandigd. "Ik zie jullie in het landhuis."

Ik sta op het punt te ontsnappen als ik degene die me heeft gevangen hoor zeggen, "Als we je niet zien, dan laten we de spullen gewoon in je nieuwe kamer achter en kun je ze daarna herschikken."

Als ik geld had, dan zou ik ze een enorme fooi geven als zwijggeld. Die man moet weten dat ik een maaltijd ga eten en op de terugweg iets anders zal doen om tijd te rekken, zodat ik hem en zijn bemanning nooit meer onder ogen zal komen.

———

Als ik naar het landhuis rijd, is de voordeur gesloten en is de verhuiswagen nergens te bekennen.

Oef.

Ik bel aan en als een geval van déjà vu doet Bruce open, en zijn ogen zijn nog ijziger.

"Wat nu weer?" vraag ik, mezelf eraan herinnerend om beleefd te blijven.

Hij ziet eruit alsof hij me wil onthoofden of erger. "En je bent weer te laat."

HOOFDSTUK 6
BRUCE

illy grijpt haar bezittingen beschermend vast. "Hoe kan ik te laat zijn als ik je niet heb verteld wanneer ik terug zou zijn?"

Het feit dat ze een punt heeft, maakt me alleen maar woedend — maar ik houd het in omdat de hond momenteel achter me staat. "Je nieuwe pupil heeft twee ongelukjes gehad."

Haar ogen veranderen in spleetjes. "Bedoel je *jouw* pup?"

"Je had hier met de verhuizers moeten zijn." Die een uur geleden zijn vertrokken.

"Mag ik niet eten?"

Ze is hier pas twee seconden, maar er begint zich een knallende pijn in mijn slapen te vormen. "De volgende keer dat je honger hebt, praat dan met chefkok Foxposse, of meneer Cash, of met mevrouw Campbell."

Ze mompelt iets binnensmonds dat lijkt op,

"Natuurlijk heb je een chef-kok." Harder, zegt ze, "Ik heb geen idee wie die mensen zijn."

"Je was in de keuken met meneer Cash," herinner ik haar.

Ze lacht voor het eerst sinds onze kennismaking en ik realiseer me dat het mogelijk is om tanden mooi te vinden. "Heet hij Johnny Cash?"

"Je onprofessionaliteit is zichtbaar." Als een klein vredesoffer reik ik haar de hand om haar te helpen met de schoenendoos die ze in haar handen heeft.

Ze springt achteruit alsof ik haar neus eraf zou bijten. "Raak mijn spullen niet aan."

Ik druk mijn vingers tegen mijn slapen, bereid om de pulserende pijn weg te nemen, samen met de woede die ik beloofde niet te laten zien. "Je hebt mevrouw Campbell ook ontmoet," zeg ik met geforceerde kalmte. "Ervan uitgaande dat je je dingen zo ver terug kunt herinneren als toen ze me eerder mijn telefoon bracht."

Ze laat haar tanden weer zien, slechts een hint ervan, maar het verslaat zeker de vijandigheid. "Is haar voornaam Soep?"

Mijn spieren raken gespannen en de drang om uit te halen is ondraaglijk, maar ik moet mezelf eraan herinneren dat Lilly gewoon een stomme grap maakt. Ze weet niets van mijn problemen met soep, of specifiek gezien, van het feit dat andere mensen het eten. Het slurpen. Erop blazen. Het door hun tanden opzuigen —

Iets van mijn innerlijke strijd moet blijken, want ze zegt, "Jemig. Ik maakte maar een grapje. Ontspan je."

"Je zult mevrouw Campbell — en de rest van mijn personeel — met het grootste respect behandelen," zeg ik. "Is dat begrepen?"

Ze knikt, maar ik zie een stiekeme oogrol. Ik doe alsof ik het niet zie.

"Mag ik nu naar mijn kamer?" Ze tilt haar spullen op.

Ik ga aan de kant en gebaar dat ze naar binnen kan gaan.

Als ze de foyer binnenstapt, begroet Colossus haar met zo'n enthousiasme dat je zou denken dat ze vijf jaar weg is geweest.

"Ik weet het," zegt ze, terwijl ze achter zijn oren aait. "Ik heb jou ook gemist."

Ze klinkt alsof ze het ook echt meent — en dat bevalt me, hoewel ik niet zeker weet waarom.

Als de begroetingen klaar zijn, leid ik haar zwijgend naar haar kamer — want dat is de gemakkelijkste manier voor ons om de stomme hond niet van streek te maken.

"Wees over tien minuten in de keuken," zeg ik nadat ik de deur van de logeerkamer voor haar heb geopend.

"Wauw. Ik krijg negen minuten om me op een nieuwe plek te settelen. Hoe genereus."

"Goed dan," snauw ik. "Maak er twintig minuten van. Je kunt de keuken vinden, toch?"

Ze knikt.

Ik ben een beetje sceptisch, maar als ik dat zeg, dan zal er zeker een ruzie ontstaan.

Ik draai me om om te vertrekken, maar Colossus volgt me niet.

Verrader.

Fuck. Wat denk ik in vredesnaam? Het is maar goed dat de hond tijd met zijn trainer wil doorbrengen.

En als iemand haar kan laten zien waar de keuken is, dan is hij het.

HOOFDSTUK 7
LILLY

Ik zet de doos en de tas neer.

Verdorie.

Mijn bezittingen verspreid over de luxe kamer zien laat echt het verbijsterende feit binnenkomen dat ik naar het landhuis van mijn aartsvijand ben verhuisd.

Als iemand me dit gisteren had verteld, dan had ik het niet geloofd. Ik zou hebben beweerd dat ik onvermurwbaar ben — dat ik, ongeacht hoeveel geld hij naar me zou gooien, mijn poot stijf zou houden.

Het blijkt dat het enige dat nodig is om me toe te laten geven, genoeg geld is om dagelijks een rashond te kopen.

Whatever. Ik ben hier, dus ik kan het me net zo goed gemakkelijk maken.

Het probleem daarmee is dat het me jaren van zorgvuldige overweging heeft gekost om de optimale plek voor elk van mijn spullen in mijn kleine hok te bepalen. Het is onmogelijk dat ik zo'n prestatie hier in de miezerige twintig minuten die me zijn toegestaan kan repliceren.

Voordat ik in paniek kan raken, herinner ik mezelf eraan dat mijn prioriteit de dingen zijn die ik dagelijks nodig heb, zoals mijn kleren. Ik kan op mijn gemak een goede plek voor de videogames vinden — ervan uitgaande dat Bruce het me toestaat.

Ik scan de kamer. Er is een dressoir *en* een kast, maar thuis had ik alleen het laatste.

Waar moet mijn kleding naartoe?

Ik haal mijn laptop tevoorschijn en start een spreadsheet met voor- en nadelen voor de dressoiroptie.

In de rij met voordelen zet ik het feit dat al mijn spullen opvouwbaar zijn. In dezelfde rij voeg ik eraan toe dat een dressoir een luxe is die ik thuis niet had, dus het is misschien leuk om er een te gebruiken.

Aan de kant met nadelen: mijn spullen kunnen kreukels krijgen.

Terugspringend naar de voordelen: een dressoir staat dichter bij het bed, dus het zou sneller zijn om 's ochtends dingen eruit te halen.

Wacht, er is een nadeel dat ik niet mag vergeten: de kast laat dingen hun vorm behouden.

Hmm. Er was die keer die mot in mijn kamer, maar ik weet niet zeker of ze eerder dingen in het dressoir of in de kast zullen eten.

Mijn telefoon piept.

Geweldig.

Het is de timer die ik heb ingesteld om ervoor te

zorgen dat ik niet te laat ben — wat betekent dat ik in de toegewezen tijd niets heb uitgepakt.

Prima, ik geef het toe. Soms vind ik het moeilijk om een beslissing te nemen. Maar hé, het zou in ieder geval moeilijk zijn voor een sluwe autoverkoper om van me te profiteren — niet tenzij ze bereid waren om mijn miljoen vragen te beantwoorden en een jaar op me te wachten om het hypothetische voertuig te kiezen.

Ik doe de deur open en zet een stap in de gang — en dan komt er een harig, klein wezen tussen mijn benen vandaan.

Wacht eens even.

Ik was helemaal vergeten dat Colossus bij me in de kamer was. Ik vraag me af wat hij —

Oh shit. Wat is dat roze ding dat hij in zijn mond heeft?

Alsjeblieft niet.

Maar de waarheid is onontkoombaar. Hij heeft de Eekhoorn.

"Wacht!" roep ik.

Zonder te draaien of te stoppen kwispelt hij met zijn staart, wat zijn mening duidelijk maakt:

Ik heb altijd al op een eekhoorn willen kauwen, maar ik ben blij om in plaats daarvan dit mens-jaagt-op-puppy-spel te spelen.

Het ergste is dat hij naar de keuken gaat.

Nee. Mezelf voor de verhuizers voor schut zetten was al erg genoeg, maar als Bruce dat seksspeeltje ziet, dan zal ik gewoon —

Ik hoor stemmen uit de keuken komen, een vrouw en drie mannen.

Oh, fuck.

Heeft Bruce zijn personeel verzameld om me aan hen voor te stellen?

"Alsjeblieft, Colossus," roep ik. "Stop!"

Hij kwispelt harder met zijn staart en versnelt.

Ik overweeg om dit speeltje in te ruilen voor een havermoutkoekje. Met pindakaas.

Natuurlijk. Een traktatie. Ik klop op al mijn zakken, maar ik heb niets dat ook maar enigszins eetbaar is.

Grr. Als ik al met Colossus zou werken, dan zou ik hem waarschijnlijk kunnen bluffen door mijn hand uit te steken alsof ik een traktatie heb, maar het zal nu nog niet werken.

Wat voor een waardeloze hondentrainer ben ik? Ik heb de hond een kans gegeven in mijn dozen te zitten — en ik heb niet eens een traktatie in mijn zakken.

De keuken komt steeds dichterbij.

Terwijl ik sprint, bid ik tot Anubis, de Egyptische God met een hondenhoofd. *Hou alsjeblieft die pup tegen. Ik alles zal doen. Ik zal vanaf nu altijd een traktatie bij me hebben en de pup zorgvuldig in de gaten houden... en zelfs masturbatie afzweren. In ieder geval met speeltjes.*

Nee. Colossus stopt niet met zijn gekke sprint.

Hijgend strompel ik de keuken binnen, waar het hele team op me wacht, zoals ik al had gevreesd.

Moet ik opnieuw tot Anubis bidden, deze keer voor de vloer om me op te slokken?

Een man met een koksmuts met oranjeachtig haar

en een vergelijkbare tint bruiningsspray op zijn huid heeft een spatel in zijn hand, dus hij moet chef-kok Foxposse zijn. Hij ziet de rennende pup en hij stapt weg alsof hij bang is voor honden... of seksspeeltjes.

Johnny Cash en mevrouw Campbell zijn er ook, en ze staren naar de mond van Colossus — dus ik kan niet hopen dat ze het niet hebben opgemerkt.

Mijn wangen branden zo heet dat je zou denken dat ik ze met een pizzasnijder heb geschoren en pepperspray als aftershave heb gebruikt.

De enige die in actie komt is Bruce. Hij pakt een koekje van het dienblad, hurkt en zegt streng, "Laat los."

Chef Foxposse laat zijn spatel vallen net op het moment dat Colossus de Eekhoorn loslaat.

Het speeltje rolt over de grond. Als iemand het nog niet goed had gezien, dan hebben ze dat nu wel.

Oh, en het trilt. Want natuurlijk gebeurt dat.

"Hier." Bruce breekt een stukje van het koekje af en beloont de pup ermee.

Colossus valt de traktatie aan met een opwinding die andere honden voor spek, pindakaas en katten bewaren.

Dit is mijn kans.

Ik spring naar voren om het speeltje te pakken, maar Bruce pakt het op voordat ik er ben en stopt het vervolgens in zijn zak.

Ik stop even en kom op adem. Ik bedenk me dat ik de kracht om te praten nodig heb om hem op zijn plek te zetten nadat hij me heeft ontslagen.

Bruce kijkt op zijn horloge. "Nu iedereen er eindelijk is, laat me met de introducties beginnen." Hij gebaart naar me. "Dit is mevrouw Johnson, de trainer van Colossus."

"Alsjeblieft," slaag ik erin om eruit te persen. "Noem me Lilly."

Bruce negeert me en zegt, "Mevrouw Johnson, dit zijn chef-kok Foxposse, meneer Cash en mevrouw Campbell."

Elk van de bovengenoemde personen buigt als hun naam wordt genoemd.

Bruce kijkt weer op zijn horloge. "Ik heb een vergadering. Maak kennis met elkaar terwijl ik weg ben."

Hij draait zich om en loopt de kamer uit. Colossus kijkt verlangend naar de tafel waar de koekjes zijn, maar als ze niet op magische wijze in zijn mond vliegen, rent hij achter Bruce aan.

Zodra Bruce buiten gehoorsafstand is, lijkt iedereen opgelucht adem te halen — wat is zoals je zou verwachten als je in het huis van een dictator bent.

Ik schraap mijn keel. "Leuk om jullie allemaal te ontmoeten." *Vraag alsjeblieft niet naar de Eekhoorn. Alsjeblieft.*

"Hoi Lilly," zegt chef-kok Foxposse met een glimlach. "Je mag me Bob noemen."

Huh. Chef Foxposse klinkt zeker chiquer dan Bob.

"Mij ken je al," zegt Johnny en hij draait met zijn snor.

Hij en Bob kijken naar mevrouw Campbell.

Ze zucht. "Als meneer Roxford er niet is, dan mag je me Prudence noemen."

"Goed punt," zegt Bob. "Ik wil het ook graag formeel houden als de baas in de buurt is." Hij grijnst naar mevrouw Campbell. "Dat is gewoon prudent."

De huishoudster rolt met haar ogen en draait zich dan naar me toe. "Hij is een veel betere kok dan een komiek."

"Nu we het er toch over hebben," zegt Bob. "Zou je het erg vinden om voor het avondeten ricotta-gnocchi met witte truffel te eten?"

Maakt hij een grapje? "Dat klinkt geweldig." Als een gerecht in een chic restaurant.

"Wat dacht je van druivenpanna cotta als dessert?"

"Nog beter."

Verdomme. Hoewel ik onderweg hier naartoe heb gegeten, loopt het water me in de mond.

Bob kijkt tevreden en vraagt, "Over het algemeen genomen, welke voedingsmiddelen zijn dan je favoriet?"

Johnny en Prudence wisselen blikken uit. Ik denk dat de chef dit aan iedereen vraagt.

"Ik heb geen favorieten."

"Nou, wat voor soort voedsel vind je lekker?" vraagt hij.

Ik haal mijn schouders op. "Ik weet het niet."

Bob kijkt verward. "Hoe kun je dat *niet* weten?"

"Heb ik nooit besloten," geef ik toe. Niet door gebrek aan proberen. "Welk voedsel ik ook probeer, ik vind het lekker."

"Ik vraag het zodat ik iets naar jouw smaak kan maken," legt Bob uit. "Dus we zullen dat moeten beperken."

Ik haal mijn schouders op. Tenzij hij een helderziende is, is dit een lastige onderneming als het om mij gaat.

"Wat is je favoriete ontbijt om te eten?" vraagt hij. "Dat zou gemakkelijk moeten zijn, toch?"

Ik zucht. "Ik kon nooit kiezen."

Hij doet zijn muts af en krabt aan de bovenkant van zijn kalende hoofd. "Heb je op zijn minst een voorkeur tussen hartig en zoet?"

"Ik vind beide lekker." Dat is het beste antwoord dat ik kan geven zonder een spreadsheet tevoorschijn te halen.

Hij haalt een papiertje uit zijn zak en kijkt ernaar. "Wat dacht je van Eggs Benedict?"

"Die vind ik geweldig." Ik begin nog meer te watertanden.

Bob kijkt weer naar het papier. "Wat dacht je van wafels?"

"Dat klinkt geweldig." Als hij zo doorgaat, dan begin ik als een buldog te kwijlen.

Bob grijnst. "Zie je wel. Het ontbijt van twee dagen is nu geregeld. De eieren worden geserveerd met zelfgemaakte gerookte zalm en mijn kijk op hollandaisesaus. De wafels worden met gekarameliseerde appels, appelciderglazuur, vanilleslagroom en kaneel streusel topping geserveerd."

Wanneer is het avondeten ook alweer? Zo moet het zijn voor de voedselgemotiveerde honden die ik train.

Johnny krult de linkerkant van zijn snor. "Dat zijn de ontbijten die je voor meneer Roxford maakt, toch?"

Bob haalt zijn schouders op. "Ze is onbeslist, dus waarom zou ik mijn leven niet gemakkelijk maken?"

"Ik vind het niet erg," zeg ik. "Wat neemt hij nog meer?"

Bob geeft me het hele menu en alles erop klinkt geweldig, dus ik ga ermee akkoord en geef het papier terug.

Bob steekt het menu in zijn zak. "Dank je wel. Waren Prudence en Johnny maar zo gemakkelijk."

Johnny laat verontwaardigd zijn snor los. "De meeste dingen op die lijst zouden me brandend maagzuur uit de hel bezorgen."

"En ik let op mijn figuur," zegt Prudence. "In tegenstelling tot meneer Roxford sta ik niet elke dag een uur in een boksring te zweten."

Houdt hij van boksen? Bedankt, Prudence. In plaats van over al die maaltijden te fantaseren, kwijl ik nu bij het beeld van de zweterige Bruce.

Ik schraap mijn plotselinge dorstige keel. "Dus wat is de voedselsituatie? Wordt het op een bepaald tijdstip geserveerd?"

"Je kunt op elk moment eten als je bereid bent om de magnetron te gebruiken." Hij trekt zijn neus op. "Maar als je je maaltijden vers wilt hebben, wat ik ten zeerste aanbeveel, dan moet je je aan het schema van meneer Roxford houden."

Prudence kijkt heimelijk om zich heen. "Zorg ervoor dat je niet eet waar hij bij is."

Johnny verbleekt en knikt hier zo uitbundig bij dat zijn snor als vlindervleugels flappert.

"Waarom niet?" vraag ik.

Ze wisselen vreemde blikken uit, maar geen van hen legt het uit.

Niet dat het moeilijk is om dit te begrijpen. Wij zijn de hulp en moeten beneden met onze eigen soort eten, zoals ze dat in *Downton Abbey* doen. Het feit dat dit Florida is en er geen beneden is, doet er niet toe.

"Kunnen we het voordat de baas terugkomt, over het eten van Colossus hebben?" zegt Bob smekend.

"Kook jij zijn eten?" vraag ik bezorgd. Honden hebben andere voedingsbehoeften dan mensen, en ik betwijfel of ze dat op de culinaire school leren.

Bob knikt. "Ja. Ik moest een veterinaire voedingsdeskundige raadplegen en zo."

Oef. "Dus... waar wil je het over hebben?"

Hij haalt een papier tevoorschijn en geeft het aan mij. "Denk je dat hij deze lekker zal vinden?"

Ik kijk ernaar. Het papier is een ander menu en de gerechten erop zijn net zo chique als wat hij voor Bruce maakt. Het goede nieuws is dat de vermelde ingrediënten veilig zijn voor honden. "Ik denk dat Colossus hier dolblij mee zal zijn."

"Ik hoop dat je gelijk hebt," zegt Bob. "Ik wou dat ik zijn reactie kon zien terwijl hij eet."

Mijn hand vliegt naar mijn borst. "Heb je hem niet zien eten?"

"Die hond mag niemand behalve meneer Roxford," zegt Bob defensief. "Als ik in de buurt ben als hij eet, dan gromt hij naar me."

Dat is voedselnijd, een veel voorkomend probleem voor honden en iets wat ik de kleine man moet leren om niet te doen.

Prudence kijkt Bob geruststellend aan. "Als ik de kommen van de pup pak om schoon te maken, dan zijn ze altijd sprankelend schoon. Ik betwijfel of hij de schaaltjes zo uit zou likken als hij niet van het eten zou genieten."

"Misschien niet," zegt Bob, maar hij klinkt niet al te zeker.

"Geef me tijd," zeg ik. "Na een beetje training, weet ik zeker dat je van hem mag kijken als hij eet."

Bob doet een stap achteruit. "Alleen als meneer Roxford het toestaat."

En de tiran slaat weer toe.

"Aangezien we het over eten voor de hond hebben," zeg ik. "Wat kan ik als traktatie gebruiken?"

Bob haalt een grote doos vol lekkers tevoorschijn, inclusief enkele havermoutkoekjes.

"Stuur me gewoon een overzicht van de lekkernijen," zegt Bob en hij geeft me zijn kaartje. "Meneer Roxford wil dat ik de calorieën voor de snacks van de maaltijden aftrek."

Dat brengt controle naar een nieuw niveau, maar in dit geval zal het gunstig zijn voor de gezondheid van Colossus.

"Laat me mezelf bellen vanaf je telefoon," zegt Prudence. "Ik heb geen kaartje."

Nadat ik haar mijn telefoon heb gegeven, blaast Johnny trots zijn snor op. "Ik heb *wel* een kaartje." Hij geeft het aan me. "En als je meneer Roxford een e-mail moet sturen, stuur dan je opzet eerst naar mij."

Bob kijkt heimelijk om zich heen en fluistert dan samenzweerderig, "Het is Johnny's taak om strategisch woorden als 'alsjeblieft' en 'dank je wel' in de e-mails van meneer Roxford te zetten."

Johnny trekt boos aan zijn snor. "Ik doe veel meer dan dat. Wie denk je dat de organisatie doet —"

"Heren." Prudence geeft me mijn telefoon terug en knikt nadrukkelijk in de richting die Bruce opging.

Met gezichten vol paniek, zwijgen de twee mannen, en net op tijd.

Colossus rent terug de keuken in, kwispelend met zijn staart als hij mij ziet, en Bruce volgt, zijn kille uitdrukking een enorm contrast met de vrolijkheid van de hond.

"Ik vertrouw erop dat de introducties nu zijn voltooid?" De vraag is eigenlijk een bevel om je kop te houden.

We knikken — ik met tegenzin, de anderen gehoorzaam.

Bruce gromt goedkeurend en zegt dan, "Iedereen behalve Lilly kan gaan."

Bob, Johnny en Prudence maken zich als kakkerlakken uit de voeten.

Wauw. Jammer dat Johnny niet in staat is om de

preek van Bruce beleefder te maken, zoals hij met zijn e-mails doet.

Als we eenmaal alleen zijn, wordt de uitdrukking van Bruce hoe onmogelijk ook nog kouder.

Geweldig. Ik krijg een speciale behandeling.

Een nestje pups ter grootte van vlinders kwispelen gezamenlijk met hun staart in mijn buik terwijl ik vraag, "Moeten we het over het lesplan van Colossus hebben?"

In plaats van te antwoorden, verkleint Bruce de afstand tussen ons. Dan duikt zijn hand in zijn zak en ik verwacht half dat hij een pistool tevoorschijn haalt en me neerschiet.

Op deze korte afstand zou ik geen schijn van kans maken.

Als ik zie wat hij er daadwerkelijk uithaalt, dan is het nog erger dan een wapen.

Het is mijn vibrator.

Fuck.

Met al die introducties was het me gelukt om het te vergeten, maar nu verandert een nieuwe golf van schaamte mijn wangen in de kleur van de kont van een baviaan.

Bruce schudt beschuldigend met de Eekhoorn. "Colossus had kunnen stikken en sterven."

HOOFDSTUK 8
BRUCE

Lilly kijkt verlegen naar de hond en haar blozende gezicht doet me om de een of andere onbekende reden aan geslagen billen denken.

Verdomme. Het laatste wat ik wil is in een door billenkoek geobsedeerd miljardair-cliché veranderen.

"Je hebt gelijk," zegt ze. "Het was verkeerd om de doos met speeltjes op de grond te zetten."

Heeft ze een hele doos met dit spul? Ik ben nog nooit tegelijkertijd zo woedend en opgewonden geweest, zelfs niet toen ik jaren geleden een naakte vrouw in de menigte van Occupy Wall Street-demonstranten zag.

Ik haal kalmerend adem en duw het speeltje in Lilly's kleine hand. "Zorg ervoor dat dit nooit meer gebeurt."

Ik zou haar willen verbieden om te masturberen, maar ik heb het HR-regelboek niet nodig om te weten dat dat niet iets is dat onder mijn controle valt... helaas.

"Het spijt me," mompelt ze, haar gezicht wordt nog mooier rood.

Was dat een verontschuldiging? Van haar? Ik kan maar beter al mijn sinaasappelsap verkopen, want het gaat hier in Florida sneeuwen.

Lilly doet een stap terug. Ze moet zich hebben gerealiseerd dat we zo dicht bij elkaar stonden dat ze het risico liep om vervuilde lucht in te ademen.

Ze slikt hoorbaar en duwt het speeltje in haar zak.

Eindelijk. Haar het zien vasthouden was veel te interessant voor mijn pik — wat des te ongepaster is gezien het feit dat het ding het leven van Colossus in gevaar heeft gebracht.

"Ik heb nu traktaties." Ze schudt met een doos in een duidelijke poging om de spanning in de lucht kwijt te doorbreken. "Als ik iets uit zijn mond moet krijgen — iets dat de volgende keer niet mijn schuld zal zijn — dan zal dit helpen."

Colossus kijkt haar aan met die uitdrukking die hij onder de knie heeft: een mix van uitgehongerd en aanbiddend. Ik twijfel er niet aan dat hij de haverkoekjes in de doos kan ruiken en ze wil hebben. Heel erg.

Ik weersta de drang om de doos uit haar handen te rukken en forceer kalmte in mijn stem terwijl ik zeg, "Overvoer hem niet."

Ze verbergt de doos achter haar rug. "Bob heeft je gedachten hierover al uitgelegd — die zijn goed. Ik zal de lekkernijen bijhouden en met hem afstemmen om de calorieën van de kleine aan te passen."

Ik ben geïrriteerd dat 'Bob' met haar over iets heeft gesproken dat op mijn agenda stond.

Wacht, ben ik jaloers?

Nee. Dit lijkt veel op wanneer Bob er somber uitziet als ik hem vertel dat ik iets heb gekookt. Niemand vindt het leuk als er inbreuk op zijn werk wordt gemaakt.

"Dus." Ik ga op de dichtstbijzijnde barkruk zitten. "Je begon over je plannen voor de training te praten. Wat zijn ze?"

Ze klimt op een kruk bij me in de buurt. Als ze eenmaal zit, bungelen haar benen ver boven de vloer. "Ik kan me voorstellen dat zindelijkheidstraining je topprioriteit is?" Ze gebaart naar de matten die ons omringen.

"Correct." Arme mevrouw Campbell kan wel een pauze gebruiken omdat ze die dingen om de paar uur moet verschonen. "Hoe gaat dat in zijn werk?"

Ze kijkt naar haar kleine student. "Pups gaan na maaltijden, speeltijd en dutjes. Ze hebben ook bepaalde signalen voordat ze moeten gaan. Ik ga de signalen van Colossus ontdekken, zodat ik hem naar buiten kan brengen zodra het nodig is. Ik zal snoepjes gebruiken nadat hij zijn ding heeft gedaan, wat hem zou moeten helpen om te leren dat naar buiten gaan het beste is."

Klinkt vervelend redelijk. "Zal dit hem ervan weerhouden om binnen ongelukjes te krijgen?"

"Het zal helpen," zegt ze. "Maar we willen ook dat hij het gevoel heeft dat dit hele landhuis zijn hol is, omdat honden een instinct hebben om niet in hun hol naar het toilet te gaan."

Huh. "Hoe gaan we dat doen?"

Ze kijkt om zich heen. "We kunnen zijn toegang tot allesbehalve een klein deel van het huis beperken en het dan langzaam openen. Misschien kunnen we babyhekjes gebruiken, of een bench, of —"

"Nee." Ik heb een andere trainer afgewezen omdat hij aandrong op deze "benchtraining", die naar mijn smaak te veel op een hondengevangenis lijkt. "Colossus heeft vanaf het begin toegang gehad tot het hele huis. Punt uit."

Ik vind het leuk om in het landhuis te ijsberen, en de stomme hond jankt als hij me niet kan bereiken.

Ze zucht. "Ga je het hele trainingsproces micromanagen?"

Ik haal mijn schouders op. "Alleen als je stomme trainingsideeën hebt."

Haar kenmerkende wenkbrauwen ontmoeten elkaar in het midden van haar voorhoofd. "Ik denk dat we door het hele huis een heleboel veilige plekken voor hem kunnen creëren. Zet in elke kamer een hondenmand met wat speelgoed. Hij zou op die manier het idee van een hol kunnen krijgen."

"Goed," zeg ik. "Kom met meer van dat soort oplossingen."

"Natuurlijk," zegt ze tussen haar tanden door, alsof ze het steakmes zou kunnen pakken dat in de buurt ligt en een scène uit Scream zou kunnen naspelen... op mijn geslachtsdelen.

Over gevaar gesproken. "Volg me," zeg ik tegen Lilly en ik riskeer het om ondanks het mes mijn rug naar haar toe te keren.

Zij en Colossus volgen me de hele weg naar de garage.

"Hier bewaar ik alles wat met het uitlaten van de hond te maken heeft," leg ik uit terwijl Lilly met verbijsterde ogen mijn autoverzameling scant.

"Oh?" Ze bekijkt de opslageenheid die ik voor de taak heb gereserveerd. "Wat is dat?" Ze wijst naar het speciale klauwbestendige vest dat ik voor Colossus heb laten maken — een met Mohawk-achtige spikes.

"Dat is voor zijn veiligheid. Er zijn op het landgoed adelaars, haviken en uilen gezien."

"Ah." Ze onderzoekt het vest en ziet er verrassend goedkeurend uit.

Ik denk dat het nu een goed moment is om haar de andere gadget te laten zien die ik eerder vandaag heb laten maken. Het is voor haar: een glanzende kinderfietshelm met een Mohawk die overeenkomt met die op het vest van de hond.

"Dit zou de vogels verder moeten afschrikken." Ik geef haar de helm.

Ze staart ernaar. "Is die voor mij?"

"Ja. Het zou jullie allebei veiliger moeten houden." En als een bepaald iemand er belachelijk uitziet als ze het draagt, dan is dat gewoon een bonus.

Ze blijft naar de helm staren zonder hem aan te nemen.

Met een zucht loop ik naar haar toe, zet zachtjes de

helm op haar kleine hoofd en bind hem dan onder haar sierlijke kin vast.

Fuck. Ze ruikt weer naar kersen en wierook en ik herken eindelijk de bloemige geur — rozen.

Ze staart me met geopende lippen aan. Lippen die als sirenes hun duivelse liedjes zingen. Mijn ademhaling versnelt en warmte beweegt zich door mijn lichaam terwijl een magnetische kracht me naar haar toe trekt.

Mijn lippen zijn slechts enkele centimeters van de hare verwijderd als ik me realiseer dat ze haar adem inhoudt alsof ze bang is dat ik haar zou kunnen verstikken, en haar ogen zijn groot en met iets gevuld dat verdacht veel op paniek lijkt.

Shit.

Wat ben ik aan het doen?

Ik ga abrupt rechtop staan en onderzoek nadrukkelijk hoe ze er in de vervloekte helm uitziet — alsof dat is wat ik al die tijd heb gedaan.

Helaas ziet ze er ondanks het extraatje van Mad Max nog steeds onpeilbaar sexy uit.

Ze knippert naar me en raakt haar lippen aan, alsof ze op de automatische piloot staat. Dan pakt ze haar telefoon en gebruikt ze de camera aan de voorkant om naar zichzelf te kijken.

Een geïrriteerde gnuif ontsnapt aan die verleidelijke mond van haar. "Anders nog iets?" zegt ze. "Misschien moet ik voor elke wandeling geteerd en bevederd worden, zodat de vogels denken dat ik een van hen ben?"

"Eigenlijk wel." Ik pak een luchthoorn en duw hem in haar handen. "Gebruik dit als je ook maar een schaduw ziet. Het zou de vogels moeten laten schrikken, en ik heb de beveiliging opgedragen om je te hulp te schieten als ze het horen."

Ik zal ook komen, met een jachtgeweer, maar dat hoeft ze niet te weten.

Ze schudt geërgerd haar hoofd, waardoor de stekels op haar vogelafschrikkende helm gaan rinkelen. "Wat nog meer?"

"Kom niet in de buurt van de meren," zeg ik. "Er zitten alligators in."

Ze gnuift. "In tegenstelling tot jou, ben ik een inheemse Floridiaan."

Zo. Veel gemakkelijker om er niet aan te denken om die mond te kussen als ze zulke dingen uitspuwt. "Hoe weet je dat ik niet inheems ben?"

Ze krimpt ineen. "Als ik je zou vertellen dat ik over je heb gelezen, zou dat je ego ter grootte van een mastiff dan stimuleren?"

"Nee." Toch is het idee dat ze geïnteresseerd was om iets over me te leren aantrekkelijk.

"Ik weet alleen dat je het grootste deel van je carrière op Wall Street hebt gewerkt," zegt ze. "Aangezien dat in New York is, dacht ik dat je niet echt een Floridaman bent."

"Dat is misschien maar het beste," zeg ik. "'Floridaman' roept een beeld op van iemand die een bekeuring krijgt voor het onder invloed besturen van een grasmaaier... en dan tijdens de arrestatie probeert de agent meth te verkopen."

Ze knijpt haar ogen tot spleetjes. "Net zoals 'New Yorker' een beeld oproept van een onbeleefde, ellendige, luide, snobistische workaholic."

Ik gnuif. "Onbeschoft? Dat is gewoon hoe buitenstaanders de efficiënte manier noemen waarop New Yorkers spreken. Ellendig? Die heb ik nog nooit gehoord. Luid? Het is een lawaaierige stad. Snobistisch? Dat is precies wat mensen zonder smaak over mensen zeggen die het wel hebben. Wat betreft 'workaholic' — dat is precies wat een lui persoon over iemand zou zeggen die hardwerkend, gedreven en ambitieus is."

Dat laatste weet ik uit eigen ervaring. Alleen omdat ik tachtig uur per week werk, wil dat nog niet zeggen dat het iemand het recht geeft om me met een verslaafde te vergelijken. Sterker nog, als de mensen om me heen competenter waren, dan zou ik met alle liefde minder werken.

"Oh ja," zegt Lilly sarcastisch. "Ik vergat 'argumentatief'."

Ze heeft het lef om mij argumentatief te noemen? "Het lijkt erop dat sommige Floridianen als spreekwoordelijke potten zijn. Wij New Yorkse ketels hebben daar een term voor: 'oen'."

"Wordt die term niet meestal op mannen toegepast?" snauwt ze.

Ik haal mijn schouders op. "Ja, maar als de kleine

schoen past, dan kunnen er uitzonderingen worden gemaakt."

Stampte ze net met die kleine schoen?

"Hoe dan ook," zegt ze, en ik zie dat ze zich inspant om beleefd te blijven. "Als je klaar bent met de beledigingen, dan denk ik dat Colossus en ik nu die wandeling zullen gaan maken."

"Goed idee." Ik open de garagedeur. "En onthoud, blijf uit de buurt van die meren."

Ze haast zich weg, met de riem op sleeptouw en zonder zelfs maar een bedankje te zeggen.

Ik was haar niet met het alligatordeel aan het plagen. We hebben er een paar die zo groot zijn dat ze niet alleen de hond zouden opeten — ze zouden haar als toetje nemen.

Een ongewenst beeld van mij die haar opeet, sluipt in mijn hersenen — en ik bedoel het niet op een kannibalistische manier.

Fuck.

En zo ineens heb ik weer een stijve.

HOOFDSTUK 9
LILLY

Als de garagedeur sluit, staar ik naar de pup aan mijn voeten. "Heb ik dat gedroomd, of hebben Bruce en ik elkaar bijna gekust?"

Colossus houdt zijn hoofd schuin.

Gekust? Is dat een soort van kontsnuffelen? Hoe dan ook, ik ben geen expert. Nu even iets heel anders — kan ik jullie twee mama en papa noemen?

Dat was echt geen bijna-kus. Hij wilde waarschijnlijk mijn hoofd eraf bijten — letterlijk. Zelfs als ik op mijn aantrekkelijkst ben, ben ik geen aas voor een miljardair, en met de afschuwelijke helm die hij me laat dragen, zou geen enkele man met gezond verstand bij me in de buurt willen komen.

Ik scan het prachtige landschap, de paden, de tuinen en de meren in de verte.

Allemaal leeg.

Mooi. Er is niemand in de buurt om getuige te zijn van mijn schaamte.

Iemand schraapt zijn keel van achter een bolvormige struik.

Daar gaat het idee dat niemand me in dit sukkelige hoofddeksel ziet.

De man die naar voren stapt, is ongeveer zo oud als mijn vader en heeft de meest verweerde huid die ik ooit buiten piratenfilms heb gezien. "Hallo," zegt hij. "Ik ben meneer Hornigold, de landschapsarchitect."

Is dat een chique term voor 'tuinman'?

"Ik ben Lilly," zeg ik. "De hondeninstructeur."

Colossus gromt naar de nieuwkomer. Shit. Ik zal hem snel moeten socialiseren, anders wordt dit alleen maar erger.

"Ik weet wie je bent," zegt hij. "Meneer Roxford wilde dat ik je vertelde dat als de pup een nummer twee doet, je het niet hoeft op te rapen. Een van mijn mensen zal het doen."

"Begrepen," zeg ik met een geforceerde glimlach.

Maar even serieus. Hoe rijk moet je zijn om 'mensen' te hebben die achter je hond aan opruimen?

Het gegrom wordt intenser.

Niet goed.

"Hé," zeg ik tegen de tuinman. "Vind je het erg om me even met de training van de hond te helpen?"

Hij kijkt terughoudend en knikt.

"Hier." Ik gooi hem een stukje van het koekje. "Geef het alsjeblieft aan de hond op een open handpalm."

Neerknielend doet hij wat ik zeg, maar hij ziet er zo bang uit dat je zou denken dat hij met een hondsdolle pitbull te maken heeft.

Colossus stopt met grommen en nadert het koekje.

"Ja," zeg ik liefjes. "Vriendelijk zijn loont."

De pup eet het koekje op en ruikt even aan de hand van de man.

"Kan ik nu gaan?" vraagt de tuinman.

"Ja. Dank je."

Terwijl de man vertrekt, kijkt Colossus me met een verwarde uitdrukking aan:

Ik dacht dat hij de incarnatie van het kwaad was, maar dat kan niet zo zijn. Havermoutkoekjes zijn als kruizen — ze weren het kwaad.

Ik grins naar hem, trek lichtjes aan de riem en zeg, "Laten we gaan."

Met een klein zuchtje trippelt Colossus naar het dichtstbijzijnde stukje gras, ploft op zijn buik en begint een droog blad uit elkaar te scheuren.

"Dat is kattengedrag," zeg ik streng tegen hem. "Hondjes lopen."

Hij negeert me.

"Laten we gaan." Ik trek weer aan de riem.

Nee. Hij is duidelijk niet getraind om aan de lijn te lopen.

Ik zucht. Het is klote dat ik de situatie zo snel moet laten escaleren, maar ik kan er niets aan doen. Ik pak nog een stukje van het koekje en laat het hem zien.

Net als bij de tuinman verandert de houding van de hond onmiddellijk. Hij springt overeind, kijkt me als een gekke hypnotiseur aan en kwispelt met zijn staart.

"Goed oogcontact," zeg ik. "Meestal moet ik pups trainen om dat te doen."

Hij kwispelt harder met zijn staart.

Betekent dat dat ik het koekje krijg? Alsjeblieft, alsjeblieft? Heel erg alsjeblieft?

Ik houd de traktatie nog steeds vast en doe een stap naar voren, dan nog een, terwijl ik de hap als aas laat bungelen.

De hond doet ook een paar stappen, zijn ogen blijven op het object van zijn verlangen gericht.

"Brave jongen," zeg ik en ik geef hem een kleine kruimel.

Als hij het idee snapt, loopt hij nog wat verder, zijn ogen zijn nog steeds niet op de weg gericht.

Ongeveer een blok later is het eindelijk zover, en Colossus rent naar een palmboom en tilt zijn kleine pootje komisch hoog omhoog.

"Brave jongen," gil ik. "Zo'n brave jongen." Ik geef hem een groter stuk van het koekje om mijn punt duidelijk te maken.

Hij maakt tevreden grommende geluiden terwijl hij zijn beloning verslindt, loopt dan naar een grasveld en doet wat serieuzere zaken.

"Ja. Goed gedaan," roep ik enthousiast uit en geef hem meer koek.

Opnieuw valt hij de traktatie hongerig aan, alsof hij al een week honger heeft geleden.

Hmm. Hij is misschien wel de meest door voedsel gemotiveerde hond die ik ooit heb ontmoet, waardoor hij gemakkelijker te trainen is.

Ondanks wat de tuinman zei, is de drang om achter de hond aan op te ruimen sterk, maar ik hou me in.

"Nu kunnen we naar huis gaan," zeg ik tegen Colossus en ik lok hem dan met nog een paar brokken koek terug naar de garage.

Ik verwijder onze punkachtige spullen en breng hem terug naar het huis. Hij stuift meteen weg en ik moet rennen om hem bij te houden.

"Gast!" roep ik. "Waar was deze energie tijdens de wandeling?"

Hij stopt niet.

Ik achtervolg hem helemaal tot aan de bibliotheek, waar hij naar Bruce toe rent, die in een comfortabele fauteuil zit en een boek leest.

Verdomme. Hoe komt het dat het boek hem er nog sexyer uit laat zien? Dit is vooral vreemd, omdat ik meer een gamer dan een lezer ben.

Als hij de hond ziet, glimlacht mijn ijzige werkgever weer voluit — en het is net zo prachtig als voorheen.

Ik schraap mijn keel.

De glimlach verdwijnt zo snel dat ik begin te betwijfelen of die er überhaupt wel was, en hij legt het boek weg voordat ik een glimp van de titel kan opvangen.

"Ik kan maar een paar kostbare minuten per dag lezen," gromt hij. "Is het te veel gevraagd om niet gestoord te worden?"

"Colossus rende hierheen na onze wandeling," zeg ik defensief. "Wilde je dat ik hem gewoon zonder toezicht door het huis liet zwerven?"

"Hoe was de wandeling?" eist hij, mijn vraag negerend.

"Informatief," zeg ik. "Ik zal Colossus onder andere moeten leren hoe hij als een echte hond moet lopen."

Bruce wrijft over zijn slaap. "Ik dacht dat hij het gewoon niet leuk vond om met me mee te lopen."

"Heb je met hem gelopen?" vraag ik.

Bruce staat tot zijn volledige enorme lengte op en slaat zijn armen voor zijn krachtige borst over elkaar. "Waarom is dat zo verrassend?"

"Omdat je overal mensen voor hebt. Waarom niet hiervoor?"

"Ik heb hem regelmatig uitgelaten." Met de boze manier waarop hij de woorden uitspreekt, is het een wonder dat Colossus niet weer jankt. "Zoals ik al zei, dacht ik dat het iets te maken had met de manier waarop ik de riem vasthield."

Ik tuit mijn lippen. "Hoe hield je de riem vast?"

Bruce rolt met zijn ogen. "Hoe moet ik je dat laten zien?"

Hmm. "Ik denk dat je baat kunt hebben bij een les die ik al mijn klanten geef."

Ze vinden de les allemaal een beetje vreemd, maar dat hoeft hij niet te weten.

Hij vernauwt zijn ogen tot spleetjes. "Een les in hondenuitlaten?"

"Precies. Een wandeling is een samenwerking tussen de hond en de mens. Als beide weten wat ze moeten doen, dan werkt het het beste."

Hij kijkt op zijn horloge. "Kun je deze les in twintig minuten proppen?"

Ik knik. "We hebben de riem en wat ruimte nodig — in het ideale geval voorzien van vloerbedekking."

"Volg me," beveelt hij en hij gaat terug naar de garage voor de riem. Daarna neemt hij me mee naar een van de weinige gesloten deuren in het huis.

"Jij gaat niet naar binnen," zegt hij streng tegen Colossus voordat hij de deur opent.

De pup houdt zijn hoofd schuin en vertoont geen teken dat hij het begrijpt.

"Het commando is 'blijf,'" zeg ik. "En hij kent het nog niet."

Met een zucht hurkt Bruce en zegt met een strak gezicht tegen Colossus, "Het tapijt in deze kamer is een zeventiende-eeuwse antiek en kost miljoenen."

Wat? Ik denk niet dat *ik* op zoiets wil staan, laat staan dat ik een pup dat wil laten doen.

"Ik heb een idee." Ik pak een stuk koek en verkruimel het in mijn hand. "Dit zal hem bezighouden." Ik gooi kruimels door de gang en Colossus wordt gek als hij ze probeert te verzamelen.

"Leuke truc." Bruce doet de deur open en laat mij eerst naar binnen gaan.

Ik aarzel. Het tapijt ziet eruit als Perzisch, met een patroon van cirkels en bladeren.

"Mag ik erop staan?" vraag ik, terwijl ik met mijn voet boven de rand zweef.

"Zonder schoenen," beveelt Bruce en hij trekt zijn eigen instappers uit om het te demonstreren — voor het geval ik zo traag van begrip ben.

Shit.

Draag ik die sok met een gat erin?

Ik schuif mijn sneakers uit om het te controleren.

Yep.

Er is hier maar één oplossing — ik doe de sokken ook uit.

Bruce staart verward naar mijn blote voeten. "Is dat voor de les?"

"Zeker," lieg ik en stap op het tapijt.

Wauw. Het voelt onder mijn voeten zo warm en comfortabel aan dat je zou denken dat het van wolken is gemaakt.

Misschien is dit waar de legendes van vliegende tapijten vandaan kwamen?

"Wat nu?" eist Bruce.

Ik haal diep adem. "Nu zal ik doen alsof ik de hond ben — en dan ga jij me uitlaten."

HOOFDSTUK 10
BRUCE

H oorde ik dat net goed? Gaat ze doen alsof ze een hond is?

Misschien is dit een heel vreemde, zelfspottende, grappige manier om zichzelf een teef te noemen?

Nee. Ze bedoelt het letterlijk. Waarom zou ze anders het voorste uiteinde van de riem in een lus veranderen en het om haar buik doen?

Fuck mij. Het touw wikkelt zich onder haar parmantige kleine borsten en duwt ze omhoog zodat mijn toch al overactieve pik ze kan bewonderen.

"Hier." Ze geeft me het handvat van de riem.

Verbaasd neem ik aan wat er wordt aangeboden, nog steeds niet in staat om mijn ogen te geloven.

Ik had geen idee dat dit nog maar het begin is.

Ze knielt voor me neer, alsof ze op het punt staat om een aantal van mijn recente fantasieën uit te laten komen. Dan gaat ze op handen en voeten zitten — wat het begin is van nog meer fantasieën.

Wat. De. Fuck?

Is dit een verleidingspoging? Haar perfect gevormde kont is te zien, wat dit lijkt te bevestigen... maar hoe zit het met de riem? Denkt ze dat ik die kinky miljardair-cliché ben?

"Nou dan," zegt ze over haar schouder. "Laat me je riemtechniek zien."

Dus misschien is dit geen BDSM. Anders zou wat ze doet als leiden van onderaf worden beschouwd. Toch, wat deze kink ook is, misschien vind ik het wel leuk. Mijn pik is bijna pijnlijk hard.

Ze zet een vierpotige stap. Dan nog een. Haar kont trilt zo verleidelijk dat ik wil grommen of die spijkerbroek in stukken wil scheuren.

Nadat ze de volgende stap heeft gezet, gaat de riem strak zitten.

"Je moet met me mee lopen," zegt ze. "Dat of druk op de knop om de riem wat te laten vieren."

Ik staar haar aan. "Wat gebeurt hier in godsnaam?"

"Ik ben de hond, jij bent de hondenuitlater," zegt ze op een grimmige toon die mijn libido een beetje kalmeert — hooguit één of twee procent.

"Dat snap ik," snauw ik. "Waarom zou je de les op deze manier structureren?"

Het idee dat ze dit met andere klanten heeft gedaan — mannelijke klanten — maakt me woedend... wat net zo onlogisch is als de plotselinge drang om haar te bevelen dit met mij te doen en verder met niemand meer.

Ze draait zich om en kijkt op, net zoals ze zou doen als we het op zijn hondjes zouden doen. "Mijn trainingsfilosofie is geïnspireerd op de Gouden Regel: doe alleen bij honden wat ik zelf goed vind om te ervaren."

"Dat klinkt op een vreemde manier logisch," geef ik met tegenzin toe.

In feite heb ik al die tijd zoiets als haar filosofie gevolgd, daarom eet de hond bijvoorbeeld voedsel dat door mijn chef-kok is gemaakt.

"En je zei dat je niet kon beschrijven hoe je de riem gebruikt," vervolgt ze. "Dus nu kun je het me laten zien."

"Goed dan," snauw ik.

"Eindelijk," zegt ze met een oogrol. "Laat me nu zien dat je met me meeloopt en dan doe ik het met jou."

Wil ze dat ik op handen en voeten ga zitten? Dat is weer een hele andere kink, en eentje die ik beslist niet leuk vindt.

Eén probleem tegelijk. Ik verplaats mijn erectie, zodat ik langzaam achter haar aan kan sjokken. "Klaar."

Ze kruipt. Ik volg en houd de riem los.

"Goed gedaan," zegt ze. "Laten we nu doen alsof je niet wilt dat ik daarheen ga." Ze gebaart naar de rand van het tapijt. "Er kan een eekhoorn zitten, of iets dat ik niet zou moeten eten."

Ik trek aan de riem zoals ik in het genoemde scenario met Colossus zou doen.

"Nee," zegt ze streng. "Dat is te hard. Je zou hem kunnen wurgen."

Ik knars op mijn tanden. "Misschien als hij een halsband droeg, ja, maar hij draagt een harnas. Ik zou hem hooguit optillen."

"Je moet de techniek leren die op alle honden kan worden toegepast. Wat als iemand je vraagt om hun grotere hond uit te laten?"

Ze heeft een punt. Op dezelfde manier als ik met deze hond werd opgezadeld, zou ik er nog een kunnen krijgen.

Blijkbaar kan ik tegen sommige mensen geen nee zeggen.

"Ga weer achter de eekhoorn aan," beveel ik.

Dat doet ze, en ik zou zweren dat ze met haar kont schudt terwijl ze kruipt — een beweging die schokgolven door mijn kloppende pik stuurt.

Met een ijzeren wilskracht trek ik zachtjes aan de riem.

"Dat is beter," zegt ze. "Maar echt, waar je voor gaat, is een beetje trekken."

Ik doe mijn best om zachtjes te trekken.

"Bijna," zegt ze.

Ik rol met mijn ogen en doe alsof er een veer op mijn hand is geland — wat in de kleinste microbeweging resulteert.

"Ja," zegt ze opgewonden. "Precies zo."

Natuurlijk. Eerst gaat ze op handen en voeten zitten en dan klinkt ze alsof ze geneukt wordt. Als iemand van mijn personeel op dit moment de kamer binnen zou komen, dan zouden ze ervan overtuigd zijn dat ik haar lastigval, ook al is de waarheid eerder het tegenovergestelde.

"Laat me zien wat je zou doen als ik op het gras zou liggen." Ze voegt de daad bij het woord en gaat liggen — in een vrij goede imitatie van hoe Colossus me gek maakt tijdens wandelingen.

"Kom," zeg ik nors en trek een micro beetje. "Laten we gaan."

Ze gaat op handen en voeten staan en begint te bewegen, dus ik hou de riem los.

"Fout," zegt ze streng.

"Waar heb je het over?" En beseft ze niet dat ze in een perfecte positie zit om een pak slaag op haar kont te krijgen?

"Als hij doet wat je wil, dan moet je positieve bekrachtiging geven."

"Brave meid," grom ik door mijn tanden.

Ze stopt en kijkt me ziedend over haar schouder aan. "Je realiseert je dat honden niet echt Engels spreken, toch? Ze reageren op toon en de jouwe zegt, 'Ik ga je vermoorden'."

Ik vul mijn longen met lucht, adem uit om te ontspannen en doe dan alsof ik met een baby praat terwijl ik zeg, "Brave meid."

"Beter," zegt ze. "Hoewel, gezien het feit dat hij met zijn poot omhooggaat als hij plast en zo, durf ik te wedden dat Colossus zich als een jongen identificeert...

maar aan de andere kant, het is moeilijk om het zeker te weten."

"Ik was me er duidelijk niet van bewust," snauw ik. "Ik gaf *jou* de versterking."

"In dat geval, noem me geen 'meid'." Ze duwt zich overeind. "Jouw beurt."

HOOFDSTUK 11

LILLY

"Nee," blaft Bruce — wat in de geest is dat hij een hond speelt.

"Jezelf in de schoenen van de hond plaatsen is de beste manier om het te leren," leg ik uit.

Zijn lippen drukken zich in een witte streep. "Ik vertrouw wel gewoon op mijn verbeelding."

Ik wrijf over mijn wenkbrauwen omdat ik hoofdpijn voel opkomen, om me vervolgens te herinneren dat ik daar niet de aandacht op moet vestigen. Mensen zoals Frida Kahlo staan bekend om hun prominente wenkbrauwen, maar ik beschouw de mijne als mannenafschrikkers.

Niet dat het me kan schelen wat deze man denkt.

Nee. Het tegenovergestelde. Misschien moet ik ze zelfs voor hem opschudden?

"Wat, geen antwoord terug?" vraagt hij.

Ik gnuif zonder humor. "Hebben mensen zoals jij überhaupt een verbeelding?"

"Hebben mensen zoals jij enige tact?" Hij stampt van het tapijt en schuift zijn voeten in zijn schoenen.

"Ik ben tactvol genoeg om je geen klootzak te noemen," mompel ik terwijl ik mijn eigen schoenen aantrek.

"Je hebt nog tien minuten," zegt hij. "Laten we gaan wandelen en praten."

Ik zucht. "Waarover?"

Zonder te antwoorden opent Bruce de deur. En inderdaad, Colossus zit in de gang te wachten, zijn staart kwispelt een kilometer per minuut.

Ik doe de deur achter ons dicht voordat de pup het tapijt van een miljoen dollar kan verpesten en grijns dan naar hem. "Wie van ons heb je gemist?"

Als antwoord tikt de kleine verrader speels met zijn poot op de schoen van Bruce en kromt dan zijn kont omhoog.

"Die houding betekent dat hij wil spelen," leg ik uit. "En ja, het was inderdaad de inspiratie voor de yogahouding."

Bruce graaft in zijn jaszak en haalt een pluche aap tevoorschijn ter grootte van een muis. "Apport." Hij gooit het speeltje weg.

Colossus gaat achter het speeltje aan, maar brengt het niet terug.

"Dat kan ik hem leren," zeg ik.

Bruce zucht. "Dat is ook iets waarvan ik dacht dat honden dat van nature deden."

"Sommigen komen er zelf achter," zeg ik. "Ik ga het proces gewoon versnellen."

"Juist," zegt hij. "En daar wil ik het met je over hebben. Welke andere lessen staan er op je agenda?"

"Ik denk 'zit'," zeg ik. "Met daarna 'los'."

"Wat nog meer?" Hij pakt het speelgoed op dat Colossus heeft achtergelaten en geeft het aan mij.

Terwijl ik het ding van hem aanpak, strelen onze vingers langs elkaar — en het voelt alsof een blikseminslag zich over mijn hele lichaam heeft verspreid, waardoor al mijn spieren tintelen en mijn zintuigen in de war raken.

Wat voor de duivel? Hebben we te veel statische elektriciteit opgepikt op dat waanzinnig dure tapijt?

Stotterend loop en praat ik en som ik alle dingen op die ik honden in het algemeen kan leren en de voor- en nadelen van het vertrouwd maken van Colossus met elke vaardigheid.

"Ben je altijd zo besluiteloos?" onderbreekt Bruce me als ik halverwege ben om de voordelen uit te leggen om Colossus het 'af'-commando te leren.

"Waarom vraag je dat?" Ik bedoel, het is waar, maar hij heeft het op basis van bijna geen bewijs opgepikt en dat is meer dan vervelend.

"Omdat een expert je meestal gewoon een manier van handelen vertelt. Door me alle voor- en nadelen te geven, klinkt het alsof je wilt dat *ik beslis* — wat zou zijn alsof ik jou zou vragen waar mijn bank in zou moeten investeren."

Ik voeg er bijna aan toe, "Of wiens huis te stelen," maar stop mezelf op tijd. In plaats daarvan zeg ik, "Goed dan. Ik zal beslissen."

Het zal veel angst en moeite kosten, maar ik kan het.

Hopelijk.

"Waarom leer je hem niet gewoon alles wat je weet?" eist Bruce als we een kamer binnenstappen die uitsluitend aan videoconferentiegesprekken lijkt te zijn gewijd — met een gigantisch scherm aan de muur en een chique camera die naar een comfortabele stoel in het midden wijst.

Ik haal mijn schouders op. "Als een grote hond op iemand leunt, dan is dat een probleem. Als een chihuahua hetzelfde doet, dan wordt het als schattig beschouwd."

Bruce opent de laptop die er staat. "Leer hem wat als goed gedrag voor alle honden wordt beschouwd, ongeacht de grootte."

Ik voel een golf van opluchting. Alles aanleren betekent dat ik niet hoef te kiezen, waardoor ik al die beslissingen vermijd.

Bruce zakt in de stoel neer alsof het een troon is en buigt zich dan voorover om Colossus op te pakken, die weet hoe het gaat, omdat hij met alle liefde in de uitgestrekte handen van Bruce springt.

Het kleine schepsel in die grote handen zien trekt aan iets in mijn borst — wat belachelijk is.

"Je kunt een uur pauze nemen," vertelt Bruce me heerszuchtig.

Hé, dat is beleefder dan "je kunt gaan".

Ik draai me om om te vertrekken wanneer er een videogesprek op het scherm verschijnt waar ik nu naar kijk — en Bruce moet het wel aannemen, omdat er een persoon op het scherm verschijnt.

Het is een prachtige vrouw met donker haar dat uit een shampooreclame kan komen, blauwe ogen met mascara en een glad voorhoofd dat uit een Botoxreclame kan komen.

Hmm. Misschien is dit toch geen telefoontje. Misschien is dit een film en is zij de nieuwste ster?

"Brucey, lieverd," tjilpt ze. "Wie is dat?" Ze wijst naar mij.

Dus... dit is toch een telefoontje. En nu snap ik het. Zij en Bruce moeten een eenheid zijn — wat logisch is, want buiten Hollywood en landingsbanen zie je dit soort vrouwen meestal als trofeeën bij miljardairs.

"Dit is Lilly," zegt Bruce. Hij draait zich naar me toe en voegt eraan toe, "Dit is Angela. Ze heeft in het leven van Colossus geïnvesteerd, dus misschien heeft ze op een gegeven moment vragen voor je."

Er brandt een onlogische jaloezie in mijn borst. Het moet zijn dat ik me bezitterig begin te voelen over Colossus, en het irriteert me dat ze meer recht heeft om te beweren dat ze de moeder van de kleine man is dan ik.

Shit. Ze kijken me allebei verwachtingsvol aan.

"Aangenaam kennis met je te maken, Angela," zeg ik door op elkaar geklemde tanden.

"Van hetzelfde," zegt ze. "Ik ben blij dat Peanut eindelijk een oppas heeft."

De oren van Colossus komen omhoog. Hij denkt waarschijnlijk dat hij "pindakaas" heeft gehoord.

Wie is in godsnaam Peanut? Aangezien ze net het woord oppas heeft genoemd, zou ik moeten aannemen dat het een kind is. Hun kind? Ik vind dat niet prettig klinken... puur omdat kinderen hondentraining moeilijker maken, natuurlijk.

Maar wacht eens even. Als ze een kind hebben, waar is hij of zij dan? Ik hoop ook echt dat Peanut gewoon een bijnaam is, net als Brucey.

"Hoe vaak moet ik je het nog vertellen?" gromt Bruce naar Angela. "Hij wordt nu Colossus genoemd."

Wacht.

Peanut is Colossus... maar dat zou betekenen —

"Ik ben geen hondenoppas," zeg ik verontwaardigd. "Dat is niet eens een ding. Ik ben een specialist op het gebied van hondentraining."

Angela kijkt me met samengeknepen ogen aan. "Wat is het verschil?"

Ik vernauw ook mijn ogen tot spleetjes. "Je huurt me in als je een hond wilt trainen om de oppas voor je kind te zijn. En ik denk dat als een hondenoppas een ding was, je haar zou inhuren als je het te druk had om een goede ouder voor je hond te zijn."

Angela's blik wordt ijzig — iets wat ze van Bruce moet hebben geleerd. "Soms krijg je een hond, maar gebeurt het leven."

Ik doe mijn mond open voor een gewelddadig antwoord, maar Bruce zegt, "Lilly ging net weg."

Ah. Natuurlijk. Weggestuurd. Ik til mijn kin op en stamp de kamer uit.

Als die twee zich voortplanten, dan zal het het gebroed van Satan zijn.

HOOFDSTUK 12
BRUCE

Zodra Lilly de kamer uitgaat, zegt Angela, "Die is anders dan de rest van je personeel."

"Oh?" Ik krab op het appelvormige hoofd van Colossus en hij sluit zijn ogen in een gelukzalige uitdrukking.

"Ze is aantrekkelijk," zegt Angela. "Verdacht zelfs. En pittig — waarvan ik dacht dat je het niet kon verdragen."

Ik gnuif. "Je voelt je gewoon defensief en haalt uit."

Angela had de hond oorspronkelijk voor zichzelf gekocht. Toen, na slechts twee weken, had ze me gesmeekt om hem mee te nemen — en ik kon geen nee zeggen. Dat is wat ze bedoelde toen ze Lilly vertelde dat 'het leven gebeurt'.

Angela zucht theatraal. "Je bent genadeloos eerlijk, zoals gewoonlijk. Ik vraag me af hoe *Lilly* daarover denkt."

Niet dit weer. "Abraham Lincoln wordt om zijn eerlijkheid vereerd. Waarom word ik altijd berispt voor de mijne?"

Ze gnuift. "Ik wed dat als zijn vrouw hem ooit zou hebben gevraagd of een jurk haar dik maakte, zelfs Eerlijke Abe nee zou hebben gezegd, ongeacht de waarheid. Dat heet een leugen om bestwil en dat is wat onze samenleving laat functioneren."

Ik zucht. "Jij liegt genoeg voor ons allebei."

"Dat is niet eerlijk. Ik ben altijd eerlijk tegen *jou*."

Ik kan niet anders dan glimlachen. "Dat is de grootste leugen van de dag."

Ze rolt met haar ogen. "Nou, hier is een waarheid: dat Lilly waarschijnlijk problemen gaat veroorzaken."

"Daar zijn we het over eens," zeg ik. "Maar zoals je weet, heb ik niet veel tijd, dus wat dacht je ervan om over de domme hond te praten?"

"Luister niet naar hem," zegt ze tegen Colossus. "Je bent een genie."

"Ja. Een genie dat onlangs een halve rol wc-papier heeft opgegeten."

"Papa en ik houden van je," vervolgt Angela in dezelfde babypraat. "Als hij je dat niet vertelt, dan is dat omdat hij een groot chagrijn is die het niet eens tegen mij zegt."

"Volgens zijn papieren was zijn 'vader' een best-in-show-winnaar met de naam Toby," snauw ik.

"Nee," zegt Angela. "Dat was alleen de spermadonor."

Hoe komt het dat ik zelfs na jaren van met haar discussiëren nog steeds niet heb geleerd dat het tijdverspilling is? Ik verander van onderwerp. "Het gaat in ieder geval goed met de hond. Lilly heeft grote plannen voor zijn training."

De tactische zet werkt en het gesprek draait om alles wat met Colossus te maken heeft. Als ze op de hoogte is gebracht, vraag ik haar hoe het in de Hamptons bevalt — haar huidige stop in haar altijd drukke reisschema.

"Het lijkt verrassend veel op jouw Palm Beach." Ze trekt haar neus op. "Iedereen maakt zijn heggen hoger dan die van zijn buren."

"Dat doet me eraan denken," zeg ik. "Ik zou heggen van twaalf meter moeten nemen om *mijn* landgoed te omringen."

Ze rolt met haar ogen. "Het is al afgezonderd zoals het is. Je hebt de privacy niet nodig."

Ik haal mijn schouders op. "Als er een wedstrijd voor heghoogte is, dan ben ik van plan om te winnen."

"Eerst de autocollectie, nu dit," zegt Angela. "Iemand zou kunnen denken dat je iets probeert te compenseren."

"Serieus?"

"Sorry," zegt Angela schaapachtig. "Dat was onder de gordel."

"Ik ga nu ophangen."

"Wacht," zegt ze. "Heb je vandaag met je ouders gesproken?"

"Nee," zeg ik. "Ik heb *onze* ouders niet gesproken."

"Dan zal dit een verrassing zijn," zegt ze triomfantelijk. "Ik kom op bezoek."

Ik frons. "Met Humphrey?"

"Natuurlijk."

Fuck. Ik weet dat het typisch voor een broer is om iemand met wie zijn zus uitgaat af te keuren, maar in dit geval ben ik gerechtvaardigd, omdat Humphrey de belichaming van een eikel is. "Maar hoe zit het met zijn hondenallergie?" eis ik.

Angela ontmoette Humphrey een paar dagen nadat ze Colossus had gekregen, en het had niet lang geduurd voordat ze besloten om samen op wereldreis te gaan — zonder een hond.

"We verblijven in een hotel," zegt ze. "En als we op bezoek komen, dan kan je Lilly de hond uit de buurt van Humphrey houden. Hij zal ook wat allergiepillen nemen."

Ik adem geërgerd uit. Ik dacht dat een bonus van het hebben van deze hond was dat ik nooit meer in dezelfde ruimte als Humphrey hoefde te zijn.

"Jij vindt het niet leuk als *ik* op de mensen met wie jij uitgaat poep," zegt Angela.

"Wat je wel doet," zeg ik. "Elke keer weer."

Ze haalt haar schouders op. "Het is niet mijn schuld dat je een magneet bent voor op geldbelust tuig."

Ik kijk naar mijn horloge. "We hebben geen tijd meer."

Het is niet eens een excuus. Het is etenstijd voor mij

en Colossus, en ik heb die taak nog niet aan Lilly gedelegeerd.

Angela pruilt. "Je wilt gewoon geen gesprek over je liefdesleven hebben. Of het gebrek daaraan."

Ik tik op de wijzerplaat en zwaai haar gedag.

"Hoelang is het geleden?" vraagt ze koppig. "Eén jaar? Twee?"

Ik antwoord door op te hangen. Het laatste wat ik nodig heb, is om te horen dat ik een goede vrouw in mijn leven nodig heb — wat dat ook mag betekenen.

Colossus kijkt naar beneden en jankt.

Ik zet hem op de grond. "Heb je honger?"

We weten allebei dat de vraag retorisch is. De pup rent de kamer uit alsof hij door bijen wordt aangevallen en torpedeert dan in de richting van de keuken.

Zelfs als ik snel loop, kan ik hem nauwelijks bijhouden.

Als ik in de keuken kom, vertraag ik.

Er is altijd een risico dat ik iemand betrap die daar zit te eten, zoals de keer dat ik binnenkwam bij de chef-kok die zijn alfredosaus proefde, of de keer dat ik —

En daar is het dan.

Met haar rug naar me toe zit Lilly op een barkruk met een vork in haar hand met een stuk gnocchi erop. Ze heeft een koptelefoon op, dus ze merkt mij of de hond niet op.

Voordat ik weg kan kijken, steekt ze de vork in haar mond en begint te kauwen.

Ik huiver en verwacht de gebruikelijke vloed van adrenaline en een golf van walging.

Niets ervan komt.

Wat de fuck? Tot nu toe was het enige wezen wiens eetgewoonte ik kon verdragen de hond — en ik dacht dat het was omdat a) hij meestal slikt zonder te kauwen, en b) hij zijn eten in een nanoseconde opeet.

In morbide fascinatie wacht ik tot ze nog een stuk gnocchi aan haar vork prikt.

Was dat een kreun?

Yep.

Ze geniet *echt* van haar maaltijd.

En ik voel weer niets.

Nou, als ik eerlijk ben, gaat mijn hartslag omhoog, maar dat komt niet door de gebruikelijke redenen. Het is haar gekreun. Ik had me nooit gerealiseerd dat eten zo verleidelijk kon klinken.

Hmm. Ben ik daarom schijnbaar immuun voor haar kauwen? Is dit het beroemde 'hangbrug-effect' uit de psychologie, waarbij mannen vrouwen aantrekkelijker vinden na het ontvangen van een adrenalinestoot door over een brug te lopen? Ja. Dat moet het zijn. Sommige draden zitten niet helemaal goed en mijn lichaam denkt dat ik opgewonden ben in plaats van de gebruikelijke vecht-of-vluchtreactie te voelen.

Lilly slurpt gretig haar drankje door een rietje.

Normaal zou ik nu tegen de muren aan het klimmen zijn, maar ik ben in orde... of beter gezegd, opgewonden.

Ik voel poten tegen mijn scheenbeen tikken.

Ah.

Natuurlijk.

De hond herinnert me eraan waarom ik hier ben.

Ik loop naar de koelkast en pak de sojasausschotel die we als hondenbord gebruiken. De chef-kok heeft zichzelf, zoals gewoonlijk, overtroffen door alle hapjes op een mooie manier op te zetten.

Uit mijn ooghoek zie ik Lilly haar koptelefoon afzetten.

"Hé," zegt ze. "Gaat hij eten?"

Ik zet als antwoord de kom neer.

Colossus kanaliseert de Flash, komt aangerend en verslindt de hele maaltijd in een oogwenk. Hoewel ik dit eerder heb gezien, schud ik mijn hoofd. Waarom laat ik de chef-kok zijn tijd verspillen om het voedsel van de hond er zo representatief uit te laten zien?

Lilly's ogen worden zo groot dat ze er evenredig met haar wenkbrauwen uitzien... althans voor het moment. "Ik heb honden snel zien eten, maar dit kan een Guinness-wereldrecord zijn."

Dan gebeurt het stomste. Mijn longen zetten trots uit, alsof snel eten een prestatie is die vergelijkbaar is met het oplossen van een kwadratische vergelijking, het berekenen van een afgeleide of het programmeren van een videorecorder. "Het is *te* snel," mopper ik. "Soms is hij zo snel dat hij zichzelf ziek maakt."

Ze knikt begrijpend. "Er zijn producten op de markt die hem kunnen vertragen."

"Oh?"

Ze haalt haar telefoon tevoorschijn, doet een zoekopdracht en laat me iets zien dat op een blauwe honingraat lijkt. "Het heet een likmat," zegt ze. "Als je zijn eten vermaalt of door een blender haalt, dan kun je dat ding insmeren en dan zal hij zijn tijd moeten nemen om het eraf te likken."

"Ik dacht dat je de gouden regel volgde," zeg ik. "Je eten oplikken klinkt frustrerend."

Aan de andere kant, de volgende keer dat iemand erop staat om een lunchafspraak met me te hebben, kan dit de manier zijn waarop ik ze laat eten, omdat het alle kauwgeluiden zou elimineren.

Ze gnuift. "Het is duidelijk dat je niet altijd kunt afgaan op hoe een mens zich over iets zou kunnen voelen. Wij ruiken bijvoorbeeld niet aan iemands kont, maar honden zijn er dol op."

"Wil je zeggen dat ik mijn hond kontjes moet geven om aan te snuffelen?"

"Nee," zegt ze. "Ik bedoel, ja, voor socialisatie zou je hem andere honden moeten laten ontmoeten, maar ik probeerde te zeggen dat honden likken erg rustgevend vinden."

Ik maak een mentale notitie om terug te komen op dit socialisatiegebeuren, pak mijn eigen telefoon en koop een paar verschillende soorten likmatten om uit te testen.

"Geweldig," zegt ze als ik haar vertel wat ik heb gedaan. "Zodra ze er zijn, zal ik met Bob samenwerken om de pup langzamer te laten eten."

Ik krimp ineen. "Kun je hem op zijn minst chef-kok noemen?"

Ze rolt met haar ogen, maar zegt, "Goed dan."

Een compromis? Mercurius moet in retrograde zijn.

"Hoe dan ook." Ik loop naar de oven waar mijn eten warm wordt gehouden. "Ik laat je verder van je maaltijd genieten."

"Ah. Juist." Ze pakt haar bord met een schokkerige beweging. "Ik werd gewaarschuwd om niet in jouw aanwezigheid te eten."

"Wie heeft je gewaarschuwd?" eis ik. Mijn personeel zou hier niet over moeten praten.

Ze doet een stap achteruit. "Niemand."

Ik wijs naar het plafond. "Er hangt daarboven een bewakingscamera, dus ik *kan* het zelf uitzoeken." Het is een bluf, tenminste dat ik persoonlijk naar de beelden zou kijken — het kan mensen omvatten die kauwen. Maar ik *zou* er iemand van de beveiliging doorheen kunnen laten kammen als ik daar zin in had.

"Controleer dan maar je verdomde camera," zegt ze tussen opeengeklemde tanden. "Laat mij er gewoon buiten."

Colossus jankt.

Fuck.

Ik haal diep adem en bereid me voor om te de-escaleren. "Het is goed dat ze het je hebben verteld. Je zou er vroeg of laat toch achter zijn gekomen — en geheimhouding maakt deel uit van het contract dat je hebt ondertekend."

"Is dat zo?"

"Ja." En een goede zaak ook, want wat ik haar ga vertellen, deel ik zelden of nooit met mensen.

Ze staart me geïntrigeerd aan. "Dus... wat mag ik niet onthullen?"

Ik haal nog een keer adem. "Ik heb misofonie."

HOOFDSTUK 13
LILLY

k voel me als een kont waar geen hond ooit aan zou willen ruiken. Eikel of niet, deze man heeft een echte aandoening, en hier ben ik dan, die hem ermee zit te bespotten.

Hij begrijpt mijn stilte verkeerd en zegt, "Misofonie is wanneer iemand negatieve reacties heeft op bepaalde triggergeluiden. Denk aan nagels op een schoolbord. In mijn geval is het kauwen en slurpen." Hij huivert terwijl hij het laatste deel zegt.

"Dat weet ik," zeg ik. "Ik heb een DNA-test gedaan en een van de rapporten legde uit wat het is en het vertelde me dat het onwaarschijnlijk is dat ik het heb."

Hij knikt. "TENM2 is het betrokken gen. Ik heb die test niet gedaan, omdat ik niet zeker weet wat het nut van zo'n rapport zou zijn. Als je hebt wat ik heb, dan weet je het."

Yep. Ik voel me met de seconde slechter. Hoe gaat hij op dates met die hete vrouw uit de video als hij de geluiden van mensen die eten niet kan verdragen? Hoe gaat hij met zijn gezin naar etentjes met de feestdagen? Of hoe gaat hij naar zakenlunches?

"Het spijt me," mompel ik.

Hij haalt zijn schouders op. "Het is niet jouw fout."

"Ik bedoelde, het spijt me dat ik er moeilijk over heb gedaan. Het spijt me ook dat ik hier in de keuken ben gaan eten toen ik wist dat het jouw etenstijd was. Ik dacht niet na."

Of misschien wilde een deel van me hem kwaad maken. Of hem zien — maar ik ga mezelf nu niet psychoanalysen.

Hij werpt een blik op mijn bord. "Om eerlijk te zijn, heeft jou zien eten om de een of andere vreemde reden niets veroorzaakt."

Huh. "Is dat eerder gebeurd?"

Hij schudt zijn hoofd. "Het stoort me niet als de hond eet, maar dat is het wel zo'n beetje."

Moet ik me speciaal voelen of heeft hij me net met een hond vergeleken? "Nou," zeg ik. "Als je samen wilt eten, dan vind ik dat prima."

Wacht. Wat zeg ik allemaal? Wat moet ik doen als hij me hieraan houdt? Maar natuurlijk zal hij dat niet doen. Tijd met mij doorbrengen is het laatste wat hij zou —

"Oké," zegt hij zonder met zijn ogen te knipperen.

"Oké?"

Hij zet zijn bord naast het mijne op de bar. "Laten we dit proberen. Als ik geïrriteerd raak of —"

"Je bent altijd geïrriteerd."

Hij ademt uit. "Hoor wie het zegt."

"Sorry," zeg ik. "Ga verder."

"Als ik symptomen voel, dan zal ik opstaan en weggaan."

"Oké." Wie had gedacht dat ik in plaats van tegen mijn aartsvijand te schreeuwen, uiteindelijk met hem zou dineren?

Ik ga zitten, stop eten in mijn mond en kauw zelfbewust. Hij lijkt in orde te zijn, maar ik vraag, "Hoe voel je je?"

"Geweldig," zegt hij.

Durf ik te vragen of het door mijn gezelschap komt?

"Ik ben altijd jaloers geweest op mensen die tijdens werkvergaderingen kunnen eten," vervolgt hij. "Maaltijden zijn mijn minst productieve tijden van de dag — terwijl ik wakker ben."

Daar heb je het. Het is niet mijn gezelschap waar hij van geniet — de workaholic in hem houdt gewoon van de mogelijkheid om te multitasken. Een betere vraag is: waarom zit dit me zo dwars? Ik weet het niet, maar mijn woorden klinken stijf als ik vraag, "Is er iets met betrekking tot training dat je wilde bespreken?"

"Socialisatie," zegt hij. "Je hebt het eerder gezegd. Ik wil meer details."

Klaar met zijn eis, vult hij zijn mond met gnocchi — en verdomme, iets aan de manier waarop hij kauwt, maakt me hongeriger.

"Laat me eerst uitleggen waarom het belangrijk is," zeg ik. "Goed gesocialiseerde honden hebben minder angst en leiden daarom een gelukkiger leven. Ze zijn ook prettiger om in de buurt te hebben, omdat ze niet negatief reageren wanneer ze in bepaalde situaties terechtkomen."

Hij slikt zijn eten door. "Je zult hem dan socialiseren. Wat houdt het in?"

Ik glimlach naar Colossus — die zit en naar ons opkijkt, duidelijk smekend om eten. "Ik weet niet zeker of dit als socialisatie telt, maar hij moet zich met zoveel mogelijk nieuwe geuren, geluiden, omgevingen en texturen op zijn gemak voelen." We willen niet dat hij net als Roach is, die vanwege mijn toezicht op dit gebied weigerde op het zand te stappen.

Bruce knikt en dringt er bij me op aan om door te gaan.

"Hij moet ook aan veel mensen worden voorgesteld, eerst een voor een, dan in groepen. Omdat hij van eten houdt, kunnen deze mensen hem traktaties geven, dus dan vormt hij positieve associaties."

"Oké," zegt Bruce, maar hij ziet er minder blij uit — waarschijnlijk omdat hij een misantroop is en met wat ik net heb beschreven, moeten er dan mensen in de buurt komen.

"Deze mensen moeten zo gevarieerd mogelijk zijn," zeg ik. "Denk aan verschillende fitnessniveaus, leeftijden, etnische achtergronden, handicaps en zelfs verschillende soorten kleding. Als je Colossus niet aan diversiteit blootstelt, dan zou je met een hond kunnen eindigen die naar mensen in een rolstoel blaft, of naar kinderen, of naar iedereen die een zonnebril draagt terwijl ze een paraplu vasthouden."

"Dat klinkt logisch," zegt hij. "Moeten deze mensen naar het huis komen?"

Ik schud mijn hoofd. "Het meest natuurlijke zou zijn om ze buiten te ontmoeten, wat neutraal gebied is. Maar omdat dit een privélandgoed is, weet ik niet zeker of —"

"Ik zal wat regelen," onderbreekt hij me. "Wat nog meer?"

"Hetzelfde idee als het om dieren gaat," zeg ik. "Je wilt niet dat hij gestrest raakt als hij een andere hond, een kat of een eekhoorn tegenkomt."

Hij krabt aan zijn kin. "Ik zal zien wat ik kan doen."

"Dat is de kern ervan." Ik eet de rest van mijn eten op en kijk naar zijn reactie op mijn kauwen.

Niets.

Ik leg mijn vork neer. "Anders nog iets?"

Hij kijkt naar Colossus, die smeekt om alles wat hij waard is. "Ik wil dat hij de nacht doorkomt zonder een ongelukje te hebben."

Ik vecht tegen de drang om de kleine bedelaar een traktatie te geven. "Totdat zijn blaas volwassen is, moet hij 's nachts worden uitgelaten."

"Doe jij dat dan maar," verklaart Bruce.

"Dat was ik van plan," zeg ik. "Waar slaapt hij momenteel?"

Bruce eet nog een hapje en zegt dan, "In mijn slaapkamer."

In. Zijn. Slaapkamer? Maar dat zou betekenen —

Laat maar zitten. Waarom is het grotere mysterie. Hoe komt het trouwens —

"De verdomde hond jankt als ik hem niet binnenlaat," zegt Bruce defensief en beantwoordt daarmee een van mijn miljoen vragen.

Om mezelf de kans te geven om dit te verwerken, neem ik mijn bord mee naar de gootsteen, spoel hem af en stop hem dan in de vaatwasser.

"Doe dat de volgende keer niet," zegt Bruce. "Mevrouw Campbell ruimt wel op."

Ik rol met mijn ogen. "Ik ben opgevoed om zelf op te ruimen."

Hij gnuift. "Waarom zou je dan de vaatwasser gebruiken?"

"Hoe kan ik hem in godsnaam 's nachts uitlaten als hij in je slaapkamer zit?" flap ik eruit.

De wenkbrauwen van Bruce komen bij elkaar. "Wat dacht je ervan om een wekker te zetten, naar me toe te lopen en de hond mee uit te nemen?"

"Vanuit je *slaapkamer*," zeg ik, terwijl ik het laatste woord overdreven zeg.

Laat het aan een man over om er zo lang over te doen om het probleem met dit scenario te beseffen, maar afgaande op de "o"-vorm van zijn lippen, denk ik dat hij het eindelijk snapt.

"Er zal niets ongepast zijn," zegt hij.

Hij hoeft niet zo zeker te klinken — alsof ik de meest onneukbare vrouw ben die hij ooit heeft ontmoet.

"Slaap je naakt?" eis ik — en ik bloos onmiddellijk.

Hij zucht. "Dat hoef ik niet te doen."

Oh, de beelden. De wellustige, overheerlijke beelden. "Ja. Geen naaktheid." Ook al heb ik al spijt van de eis.

"Anders nog iets?" vraagt hij. "Aan welke kant moet ik slapen?"

Dat niet met een antwoord verwaardigend, kijk ik naar de twee grote bekers op het aanrecht die gevuld zijn met een dikke vloeistof — de ene helft is wit en de andere rood.

"Dat is de panna cotta," zegt Bruce als hij ziet waar ik naar kijk. "Als je het lekker vindt, dan mag je de mijne hebben."

Is hij aardig aan het doen?

Ik pak een lepel, zorg ervoor dat ik beide kleuren pak en steek dan de kleverige goedheid in mijn mond.

Wauw. Zo lekker.

De hond kijkt me smekend aan.

Geef dat aan mij. Het lijkt op een vloeibaar koekje. Ik zal alles doen, je mag daarna zelfs mijn tanden poetsen.

Ik schud mijn hoofd. Er zitten druiven in het rode deel van dit gerecht en die zijn giftig voor honden.

Naar Bruce kijkend in plaats van naar de pup, neem ik nog een lepel en deze keer zuig ik onbedoeld met te veel enthousiasme de heerlijkheid van de lepel, wat in een slurpend geluid resulteert, zij het een heel flauw geluid.

Bruce deinst terug alsof hij is geslagen en springt met gebalde vuisten overeind.

Colossus stopt zijn staart tussen zijn benen en jankt erbarmelijk.

"Het *spijt* me," mompel ik en duw de rest van het dessert zo ver mogelijk van me af. "Dat ging per ongeluk." Iets dat ik moet proberen te vermijden als ik in zijn gezelschap ben, om dezelfde redenen als boeren, in mijn neus peuteren en scheten laten.

Bruce sluit zijn ogen, haalt diep adem en laat het er meditatief uit. "Was je me niet aan het testen?"

"Nee." Ik wijs naar mijn rode wangen. "Helpt het dat ik me schaam?"

Hij gaat weer zitten en haalt nog een keer kalmerend adem. "Steeds minder mensen vinden het onbeleefd om aan tafel te slurpen. Voor je het weet, veranderen we in Japan."

Ik laat mijn wenkbrauw de voor de hand liggende vraag stellen.

"De Japanners vinden het acceptabel — en misschien zelfs wenselijk — om dingen als ramen, soba en udon op te slurpen." Hij huivert. "Ze drinken ook soep rechtstreeks uit de kom."

"Ik neem aan dat je daar niet snel heen gaat?"

"Nooit meer," zegt hij. "Voor de goede orde, ik vermijd het in het algemeen om naar Azië te reizen — en tijdens teleconferenties maak ik er een regel van om het eten van welke aard dan ook niet toe te staan."

"Ik begrijp het als je nooit meer met me wilt eten," zeg ik. "Hoewel, als je wilt, kan ik gewoon vloeibare desserts en soepen overslaan terwijl ik bij je in dienst ben."

Waarom praat ik nog steeds? Waarom neem ik aan dat hij weer met me zou willen eten — met de hulp? Dat wil ik ook niet, niet echt, niet als —

"Ook geen milkshakes," zegt hij. "En als je iets drinkt, gebruik dan een rietje, maar stop ongeveer op driekwart en vul hem dan bij of giet het weg."

"Hoe zit het met rauwe oesters?" vraag ik.

Hij trekt zijn neus op. "Na me een lesje over norovirus, hepatitis A *en* salmonella te hebben geleerd, heeft de chef-kok oesters gekookt."

"De gruwel," zeg ik. "Rijke mensen zonder rauwe oesters? Voor je het weet, verbiedt hij kaviaar."

"Kaviaar is niet rauw. Het is gezouten en staat daarom van tijd tot tijd op het menu," zegt Bruce met een strak gezicht. "Maar de chef-kok is wel tegen sashimi — zelfs als iemand de vis voor zijn ogen zou vangen en doden."

Ik grinnik. "Vertrouw *jij* sashimi wel — aangezien het uit Japan komt en zo?"

Voordat hij kan antwoorden, is er een luide vrouwelijke zucht van achter me.

Oh shit. Is dat de vriendin van het videogesprek?

Nee.

Het is Prudence. Ze staart naar de panna cotta die ik ben begonnen alsof het een explosief is, en ik weet nu waarom.

"Ik denk dat ik maar beter met Colossus kan gaan lopen," zeg ik schaapachtig. Het laatste wat ik wil is ingaan op de redenen waarom ik op mijn eerste dag het grootste taboe in het huishouden heb doorbroken.

De ijzige houding van Bruce keert terug —
waardoor ik me realiseer dat het aan het einde van ons
gesprek ontbrak.

"Kom," zeg ik tegen de pup.

Hij beweegt niet.

Ah. Natuurlijk. Er is eten in de buurt.

"Hier." Ik haal een stukje koekje tevoorschijn.

Oh jeetje. Ik heb nu de griezelig gefocuste aandacht
van de harige.

*Geef het. Geef het. Je kunt dat niet tevoorschijn halen en
het niet delen. Ik zal hier sterven van de honger, nu meteen,
ik zweer het.*

"Je kunt dit krijgen als je je harnas aan hebt," zing ik.

Ik weet niet zeker of hij het begrijpt, maar hij volgt
me naar de garage en wacht geduldig terwijl ik zijn
uitrusting aantrek.

"Brave jongen." Ik geef hem het lekkers en hij bijt
bijna in mijn vingers terwijl hij het gretig verslindt.

"Je moet leren hoe je dat beleefder kunt doen," zeg
ik en ik zet mijn maffe hoofddeksel op.

Als we terug naar het landhuis gaan, rent Colossus weg
zodra hij vrij is — en ik volg hem helemaal tot aan de
bibliotheek, net als de vorige keer.

Bruce is daar, opnieuw aan het lezen, maar deze
keer lukt het me om de naam van zijn boek te
herkennen, wat me ertoe aanzet om opgewonden uit te
roepen, "Lees je *The Witcher*?"

Bruce slaat geïrriteerd het boek dicht — en ik herinner me dat hij zei dat hij zichzelf slechts "een paar kostbare minuten per dag" laat lezen.

"Ja," zegt hij, met een stem die minder prikkelbaar is dan ik had verwacht. "*The Witcher* is mijn favoriete boekenserie."

"Wauw," is alles wat ik kan zeggen.

Bruce pakt de pup aan zijn voeten op en legt hem op zijn schoot. "Ben je een fan van Andrzej Sapkowski?"

Ik frons. "Wie?"

Met een oogrol wijst Bruce naar de omslag van het boek.

Ik voel me dom, omdat ik natuurlijk had moeten weten dat hij het over de auteur van het boek had. "Als hij iets te maken had met mijn favoriete spel aller tijden, dan ja, dan ben ik een fan."

"Welk spel?" Bruce krabt Colossus achter zijn oor, waardoor de kleine pluizenbol zijn ogen in gelukzaligheid sluit.

Ik staar hem aan. "Je maakt een grapje, toch?"

Bruce schudt zijn hoofd.

"Ben je een fan van de boeken over de Witcher, maar heb je de games nog nooit gespeeld?"

Hij zucht. "Beperk het voor me. Hebben we het over kaartspellen, bordspellen of —"

"Videogames," zeg ik. "Heb je daar ooit van gehoord?"

Hij krimpt ineen. "Ja. Het is waar jouw generatie boeken mee heeft vervangen."

"Je bent geen zeventig. We zijn van dezelfde generatie," zeg ik. "De allereerste videogame werd in 1958 gemaakt. Dat is ver in het verleden, zelfs voor een relikwie als jij."

"Goed dan," zegt hij. "Je houdt van *The Witcher*-videogames."

"In het bijzonder *The Witcher 3*. Of specifieker, de beste game van de jaren 2010. Ja, ik leefde toen al."

Hij haalt zijn schouders op. "Nog nooit van gehoord."

HOOFDSTUK 14
BRUCE

"Leefde je onder een steen?" vraagt ze en haar wenkbrauwen worden zo geanimeerd dat ik half verwacht dat ze zich bij het gesprek aansluiten.

Ik staar haar aan — wat nu gemakkelijker is, want als ik zit en zij staat, zijn onze ogen bijna op gelijke hoogte. "Dit is afkomstig van de persoon die de naam van de auteur van haar 'favoriete spel' niet kende."

Met een zucht haalt ze haar telefoon tevoorschijn en doet een zoekopdracht. "Nee," zegt ze. "De boeken kwamen op de eerste plaats, maar de auteur heeft gewoon de rechten aan de game-ontwikkelaar verkocht. Hij heeft daarna niets meer voor hen geschreven."

"Zie je wel," zeg ik. "Het is onmogelijk dat die spellen net zo goed kunnen zijn als de boeken."

Haar ogen veranderen in spleetjes. "*De Witcher 3* is een meesterwerk."

"Als jij het zegt."

Ze draait zich op haar hak om. "Ik zal het je bewijzen."

Voordat ik kan antwoorden, stampt ze ergens heen.

Ik staar naar Colossus. "Hoe gaat ze dat aan me bewijzen?"

De pup kwispelt gewoon met zijn staart. Hij vindt het leuk om 's avonds op mijn schoot te zitten en vindt niet veel anders interessant.

Ik reik naar mijn boek en ga verder met lezen totdat ik het getrippel van kleine voetjes hoor, gevolgd door een boze keel die geschraapt wordt.

"Ja?" Ik leg het boek weg voor wat aanvoelt als de honderdste keer.

Ze duwt iets in mijn handen — een gadget dat op een grote smartphone lijkt met aan elke kant een videogamecontroller. "Speel *dit* en ik daag je uit om me te vertellen dat het niet het beste ooit is."

Ik bekijk het scherm, waar ik een computergegenereerde gelijkenis van Geralt, ook wel de Witcher, naast een paard zie staan.

"Ze hebben het haar goed," zeg ik. "En er zijn twee zwaarden. Ik neem aan dat het paard Roach heet."

"Er zijn ook sexy tovenaressen," zegt ze zo verleidelijk dat het in mijn pik weerklinkt.

"Triss en Yennefer?" moet ik gewoon vragen.

Ze lijkt op de spreekwoordelijke kat die de kanarie heeft opgegeten en vraagt, "Betekent dat dat je gaat spelen?"

Ik geef haar mijn boek. "Alleen als jij dit leest."

Ze neemt het boek tussen haar duim en wijsvinger alsof het zou kunnen bijten. "Het is alweer een tijdje geleden dat ik een boek heb gelezen."

Ik maak tsk-tsk-geluiden. "Des te meer reden om *nu* iets te lezen, voordat je hersenen permanent verschrompelen — zoals die van de rest van je trawanten met een korte aandachtsspanne."

"Zegt de oude," zegt ze sarcastisch, bladert dan door de pagina's en ziet er onzeker uit.

"Luister," zeg ik. "De laatste keer dat ik een videogame speelde, was op de middelbare school."

Hier wordt ze een stuk geanimeerder van. "Wat was het spel?

"*Super Mario Sunshine.*"

"GameCube?" vraagt ze opgewonden.

"Ik geloof het wel. Ik heb het ding zelfs nog ergens in opslag."

Haar ogen glanzen. "Ik had de GameCube en dat spel was mijn favoriet toen ik op de basisschool zat."

"Basisschool?" Als ze me een antiek gevoel wilde geven, dan was de missie geslaagd.

"Yep." Ze wijst naar het apparaat in mijn handen. "Dat is ook een Nintendo-console."

Ik draai de gadget om en lees de achterkant ervan. "Nintendo Switch?"

"Heb je er nog nooit van gehoord?" Ze schudt haar hoofd. "Je leeft *echt* onder een steen."

Ik zucht. "Als volwassen zijn hetzelfde is als onder een steen leven, dan ben ik inderdaad schuldig."

"Ik ben volwassen." Alsof ze zich niet bewust is van

het concept van ironie, begeleidt ze de bewering door met een van haar voetjes te stampen.

"Ga je het boek wel of niet lezen?" Ik geef haar de gameconsole terug, omdat ik er zeker van ben dat ze voor de "niet"-optie zal gaan.

Ze grijpt het boek steviger vast. "Ik zal me alleen inzetten om dit uit te lezen als je zweert dat je het hele spel zult verslaan."

"Afgesproken."

Ze grijnst triomfantelijk. "Je weet dat het ongeveer honderd uur is, toch?"

"Wat?" Ik laat de stomme console bijna vallen. "Je zult in een tiende van die tijd het boek uit hebben."

"Dus... je probeert er al onderuit te komen?" Ze geeft me het boek.

"Nee. Het heeft *jou* misschien zo lang gekost om het spel te verslaan, maar ik denk dat als ik me concentreer, ik het sneller kan doen."

Ze grijnst. "Succes."

"Ik heb geen succes nodig."

Haar grijns wordt breder. "Zo mag ik het horen. Oh, en je kunt op 'makkelijk' spelen als dat is wat je nodig hebt."

"Daarom zijn boeken beter," zeg ik nadrukkelijk. "Geen snelkoppelingen."

Ze opent haar mond om een soort van antwoord te geven, maar mevrouw Campbell onderbreekt ons opnieuw. Deze keer draagt ze een dienblad met mijn digestief.

"Nou," zegt Lilly. "Ik kan maar beter gaan."

"Weet je nog waar de kamer is?" vraag ik.

"Ja," zegt ze, maar ze klinkt niet al te zeker.

Ik neem mijn drankje van mevrouw Campbell aan. "Kun je haar laten zien waar het is, evenals de slaapplaats van Colossus?"

"Natuurlijk," zegt mevrouw Campbell.

"Veel plezier," zegt Lilly, naar het videospel in mijn hand knikkend.

Ik wacht tot ze weg zijn voordat ik naar het scherm "Nieuw spel" navigeer.

Een deel van me is eigenlijk opgewonden, maar dat zou heel goed de nasleep kunnen zijn van het feit dat Lilly in mijn aanwezigheid is geweest. Hoe dan ook, ik stel nooit iets uit voor later als het onmiddellijk kan worden gedaan, wat betekent dat het nu een goed moment is om kennis te maken met de siliconenversie van de Witcher.

Dit kost me mijn tijd om te lezen — wat betekent dat ik slechts enkele minuten heb voordat ik weer aan het werk moet.

HOOFDSTUK 15
LILLY

Terwijl Prudence me van mijn kamer naar de slaapkamer van Bruce brengt, onthoud ik de weg, zodat ik mijn stappen kan volgen als ik slaperig ben.

"Wees voorzichtig als je de hond nadert," zegt Prudence terwijl ze de grootste set deuren opent die ik in dit landhuis heb gezien — en misschien überhaupt ooit heb gezien. "Hij kan luidruchtig worden als hij schrikt."

"Dat klinkt logisch. Ik kan ook luidruchtig worden als ik schrik."

Glimlachend gebaart ze naar me om naar binnen te gaan. Ik stap naar binnen en kijk naar mijn omgeving.

De slaapkamer van Bruce is net zo groot als de huizen van veel mensen, maar het enige meubilair is een enorm luxe bed — en een kleine replica van hetzelfde bed op een paar meter afstand.

"Dat is het schattigste wat ik ooit heb gezien," zeg ik. "Maar waarom?"

"Waarom wat, schat?" vraagt Prudence.

Ik wijs naar de miniatuur. "Waarom lijkt het bed van de hond precies op dat van Bruce?"

Ze draait zich heimelijk om om er zeker van te zijn dat we alleen zijn. "Ik weet het niet zeker," zegt ze met lage stem. "Ik denk dat de pup heeft gesmeekt om in het bed van meneer Roxford te slapen, en ik geloof dat hij dacht dat het probleem was dat het hondenbed niet comfortabel genoeg was, dus heeft hij een exacte replica van zijn eigen bed laten maken."

"Heeft het geholpen?" fluister ik terug.

"Misschien. Of misschien is de kleine er tegen die tijd aan gewend geraakt om apart te slapen — het is lastig om het zeker te weten."

Ik bedank haar dat ze me heeft rondgeleid en ga terug naar mijn kamer.

Aangezien mijn spullen nog steeds grotendeels zijn ingepakt, werk ik eraan om me een beetje te settelen, maar weer belemmert de stortvloed aan aanstaande beslissingen mijn vooruitgang.

Ik realiseer me ook dat ik niets zoals een wasmand voor mijn was heb meegenomen, dus ik zal Prudence om een wasmand moeten vragen. Voorlopig kunnen mijn vuile kleren op een stapel op de vloer liggen.

Gapend test ik mijn badkamer en ontdek dat de douche geweldige massages kan geven en dat de vloertegels luxueus warm zijn als je er met blote voeten op gaat staan.

Het bovenste punt-nul-nul-één procent leeft goed, moet ik zeggen. Ik kan er maar beter niet te veel aan wennen.

Na de douche ga ik naar bed, waar ik ontdek dat mijn lakens van zijde zijn gemaakt — of iets anders hemels.

Terwijl ik mijn ogen sluit, tolt mijn geest — vooral rond het feit dat ik vanmorgen op een missie ben gegaan om tegen de verpersoonlijking van het kwaad te schreeuwen om de dag in zijn bed te eindigen.

Of in ieder geval een bed dat hij bezit.

Ongevraagd komt de situatie van mijn ouders in mijn gedachten op de voorgrond. Vlak voordat ik werd geboren, hadden ze hun eerste huis gekocht. Het was bijna afbetaald, maar toen moest mijn vader geopereerd worden en moesten mijn ouders herfinancieren om de medische rekeningen te betalen. Papa's gezondheid stond hem niet toe om weer aan het werk te gaan en mama verloor haar baan omdat ze voor hem moest zorgen. Ik probeerde ze zoveel mogelijk te helpen, maar mijn baan dekte nauwelijks mijn eigen rekeningen. Niemand bij de bank van Bruce gaf een fluit om ons verhaal en mijn ouders verloren het huis.

Een knijpende pijn dringt opnieuw mijn borst binnen, aan al die herinneringen denkend die we nooit meer zullen herbeleven — zelfs niet als ik met het geld dat ik hier ga verdienen mijn ouders kan helpen een ander huis te kopen.

Door Bruce is mijn ouderlijk huis voorgoed verdwenen.

Grr.

Het is onmogelijk dat ik met deze shit in mijn hoofd in slaap kan vallen.

Ik open mijn ogen, pak *The Witcher* en begin te lezen.

Huh. Het is verrassend goed, zelfs voor iemand die al een tijdje geen boek heeft opgepakt. Misschien komt het omdat het een verzameling korte verhalen is en dus niet de lange aandachtsspanne vereist die nodig is voor een roman.

Voor ik het weet ben ik klaar met het eerste verhaal. Knipperend kijk ik op de klok en sla mezelf op mijn hoofd. Ik moet midden in de nacht wakker worden om de hond uit te laten, dus als ik daarvoor behoorlijk wil rusten, dan zou ik nu moeten slapen.

Ik zet een wekker en sluit mijn ogen weer, maar de slaap komt niet — deze keer omdat ik bang ben om over een paar uur de kamer van Bruce binnen te lopen.

Oké.

Tegen de tijd dat ik het tweede verhaal af heb, moet ik met tegenzin toegeven dat het boek beter is dan het spel, althans voor zover je zulke verschillende dingen met elkaar kunt vergelijken. De boekversie van Geralt is cooler, gekwelder, moreel gezien niet goed of slecht en sexyer — en dit laatste komt van iemand die bij de scène in het videospel waarin hij een bad neemt misschien heeft gemasturbeerd.

Natuurlijk spreekt het voor zich dat ik dit nooit aan Bruce zou toegeven.

Verdomme. Ik zou niet aan Bruce moeten denken — niet als ik wat slaap wil krijgen.

Ik sluit mijn ogen en het moment waarop we bijna kusten, komt ineens mijn hoofd binnen.

Goed dan.

Meer lezen.

En nog veel meer, totdat ik me realiseer dat het al tijd is om de hond uit te laten.

Ik sta op, trek wat kleren aan en volg het pad naar de slaapkamer van Bruce.

Ik haal kalmerend adem en open de gigantische deuren.

Wauw. De duisternis is absoluut, alsof het de binnenkant van een zwart gat is. Meestal heeft een kamer wat gadgets met een LED-lampje dat schijnt, of maanlicht dat door de ramen sijpelt, of *zoiets*.

Ach ja. Ik pak mijn telefoon en gebruik hem als zaklamp om naar het kleine replicabed te navigeren. Als ik halverwege ben, zie ik twee kleine groene lichtjes schijnen — de ogen van Colossus.

Ik glimlach en zwaai met mijn telefoon naar hem, wat een vergissing moet zijn, want hij begint luid te blaffen. Veel te luid voor een wezen van zijn grootte.

Shit. Dit is niet goed.

Zijn geblaf klinkt nu als het gehuil van een klein wolvenjong — iets dat schattig zou zijn als het niet midden in de nacht in de slaapkamer van mijn aartsvijand en werkgever zou gebeuren.

Shit. Wat moet ik doen?

Ik ben zo de pineut.

"Alexa, slaapkamerverlichting aan!" schreeuwt Bruce boven het geblaf uit en ik ben even verblind.

De volgende blaf van Colossus is minder jankend, en dan kalmeert hij.

Ik heb het gevoel dat er een guillotine op het punt staat om in mijn nek te vallen en ik kijk met tegenzin naar het grote bed, terwijl ik mijn ogen samenknijp tegen de felle lichten boven mijn hoofd — om vervolgens mijn mond open te voelen vallen.

Bruce draagt niets anders dan een strakke slip en hij torent boven me uit, elke gebeeldhouwde spier in zijn krachtige lichaam staat strak van woede.

HOOFDSTUK 16
LILLY

O f misschien is het geen woede. Kun je een erectie krijgen terwijl je boos bent? Geen idee, maar dat is een epische onder die slip. Zo groot dat ik niet kan geloven dat hij in zijn ondergoed past.

Omdat ik klein ben, heb ik me eerder door dingen overschaduwd gevoeld — maar nooit door iets dat technisch gezien kleiner is dan ik. Maar op de een of andere manier heeft zijn pik dat effect.

Hoe kan Bruce nog genoeg bloed in zijn lichaam hebben om te functioneren — en om al die spieren te bewegen? Hij had de naam van zijn hond Peanut moeten laten en in plaats daarvan zijn pik Colossus moeten noemen. Of Titan. Of —

"Wat is er aan de hand?" eist Bruce.

Ik doe een stap achteruit. "Ik ben hier voor Titan. Ik bedoel, Colossus." Het kost al mijn wilskracht om mijn ogen naar het gezicht van Bruce te trekken in plaats van naar zijn Titan te staren.

"Alexa, dim slaapkamerverlichting," gromt Bruce.

De helderheid neemt af.

Ik zie de moorddadige uitdrukking in de ijzige ogen van Bruce, doe nog een stap achteruit en mompel, "Het spijt me. Het lijkt erop dat Colossus schrok."

Bruce loopt boos naar een nabijgelegen kast en trekt een badjas aan.

De teleurstelling die ik voel, is bijna net zo groot als Titan — wat duidelijk dom is.

"Ik dacht dat je een professional was," zegt Bruce grimmig.

"Wat bedoel je?" eis ik. Het is alsof deze man de superkracht heeft om mijn nekharen overeind te krijgen.

"Ik bedoel dat een hondentrainer in staat moet zijn om haar pupil te komen halen zonder dat hij gek wordt van de stress."

Ik haat hem des te meer omdat hij gelijk heeft. "Het spijt me. De volgende keer zal ik de deur openen en een koekje gebruiken om hem naar buiten te lokken."

Sterker nog, ik zou hier waarschijnlijk eerder aan gedacht hebben als ik niet zo slaperig was.

Bruce schudt zijn hoofd. "Zijn bed verhuist naar *jouw* kamer."

"Prima," zeg ik. "Kunnen we nu gaan?"

Hij wuift me heerszuchtig weg. "Zorg ervoor dat je bescherming draagt. Uilen jagen 's nachts."

Ik rol met mijn ogen en draai me om naar Colossus.

De kleine pluizenbol kwispelt met zijn staart, al het eerdere geblaf is vergeten.

"Kom," zeg ik.

Hij loopt naar me toe en ik leid hem naar de garage om ons klaar te maken.

Buiten ruikt de nachtlucht heerlijk en verlicht de volle maan het landgoed prachtig, waardoor deze wandeling ondanks het late tijdstip een genot is. Colossus doet zijn zaken vrij snel — hij staat ongetwijfeld te popelen om weer naar bed te gaan. Ik pak hem op en draag hem naar de slaapkamer van Bruce, waar ik de deuren zo voorzichtig mogelijk open.

Hmm.

Er brandt licht binnen.

Ik stap voorzichtig naar binnen om naar de bron te staren.

Bruce speelt op mijn Switch... in bed.

"*The Witcher 3?*" flap ik eruit.

Hij gromt bevestigend.

"Vind je het tot nu toe leuk?"

Hij gromt nog een keer.

Ik denk dat hij niet weer wakker wilde worden, dus besloot hij de tijd te doden door te gamen — wat precies is wat ik zou hebben gedaan.

Zonder nog een woord te zeggen, deponeer ik Colossus en maak ik me uit de voeten.

Eenmaal in mijn eigen kamer ga ik schaamteloos naar mijn doos seksspeeltjes, omdat ik op dit moment maar één manier zie om een oog dicht te doen: met een bezoek aan mijn vleermuisgrot.

Nee. De vleermuisgrot doet me aan Batman denken en zijn naam is Bruce — en dat is niet wie ik hiervoor in mijn hoofd wil hebben. Ik kan maar beter aan iemand anders denken, zoals de computergegenereerde Witcher.

Ja.

Dat is de manier. Met dit in gedachten ga ik over tot ménage à moi.

HOOFDSTUK 17
BRUCE

Waarom is dit verdomde spel zo verslavend?

Ik dwing mezelf om de console uit te schakelen, ga op mijn rug liggen en denk na over wat er eerder is gebeurd.

Het ene moment zat ik in een droom over Lilly, het volgende moment was ze daar.

Waarom heb ik in godsnaam die droom gehad? En waarom zag ze er zo prachtig uit toen ze daar stond toen ik wakker werd?

Het moet dat stomme hangbrug-effect zijn geweest dat weer met mijn geest rommelde. Door het geblaf schrok ik wakker, en toen was ze daar. Dat moet het zijn, want ik vind de andere verklaringen voor de manier waarop mijn lichaam reageerde niet prettig.

Ik draai me op mijn linkerkant, pak mijn kussen vast en hoop te slapen.

Nee.

Misschien heb ik meer geluk op mijn rechterkant?

Het is nog erger.

Na voor wat als een uur voelt te hebben liggen woelen, besluit ik dat het tijd is voor een van de twee huismiddeltjes die me helpen slapen: een snack of aftrekken.

Een snack lijkt de betere optie, omdat het me waarschijnlijk niet weer aan Lilly zal laten denken — wat contraproductief zou zijn als het doel is om haar uit mijn hoofd te krijgen.

Ik doe mijn badjas aan en ga naar de koelkast. Het verbaast me niet als ik het getrippel van kleine, donzige voetjes achter me hoor. Colossus mist nooit een kans om naar de keuken te gaan — niet sinds hij erachter is gekomen dat zijn lekkernijen zich daar bevinden.

Als we de keuken naderen, rent hij voor me uit, wat vreemd is.

Als ik binnenkom, begrijp ik het.

Het is Lilly. Ze staat met haar rug naar ons toe.

Zonder te beseffen wat ik doe, wrijf ik in mijn ogen en heb ik het gevoel dat ik weer in een natte droom zit.

Lilly draagt een soort slaappakje dat bestaat uit een dunne top met bandjes en een korte short; als in, het meeste van haar rug, armen en schouders zijn heerlijk bloot, net als haar gladde, sexy benen.

Mijn badjas neemt de vorm van een tent aan. Natuurlijk, verdomme. Hier naartoe komen was een *grote* vergissing.

Misschien kan ik me terugtrekken voordat —

Colossus rent naar haar toe en als hij bij de koelkast komt, kijkt hij op en jankt.

Vreemd. Dat doet hij meestal niet.

"Het spijt me," zegt ze schuldig klinkend tegen hem. "Ik was gewoon nieuwsgierig."

Waar heeft ze het over?

Nee. Het kan me niet schelen. Het is beter als ik wegga.

Ik doe een zachte stap achteruit, maar ze moet het horen, of ze moet de lucht van mijn verdomde stijve voelen trillen — omdat ze zich omdraait.

Fuck.

Als ik haar outfit van achteren sexy vond, dan worden mijn ballen door de voorkant blauw.

Aangezien ik betrapt ben, zorg ik ervoor dat de tafel tussen haar gezichtsvermogen en mijn kruis zit en gebruik de beste verdediging voor een situatie als dit — de aanval. "Wat doe jij hier?"

Ze werpt de hond een schuldige blik toe. "Ik kon niet slapen, dus ik kwam wat eten. Toen ik *zijn* eten in de koelkast zag staan, werd ik nieuwsgierig, dus ik —"

"Eet je hondenvoer?" vraag ik ongelovig.

Ze zet de kom die ze vast heeft in de koelkast. "Het is door een privékok gemaakt en van ingrediënten van menselijke kwaliteit. Ik wilde het gewoon proeven."

De hond jankt harder — een geluid dat aan iets in mijn borst trekt en me dwingt om naar de koelkast te lopen en de betreffende kom te pakken. Ik zet hem met een luide plof op de grond.

Zoals gewoonlijk valt de pup de maaltijd aan alsof het zijn eerste is na een jaar vasten.

"Dat is niet goed," mompelt Lilly binnensmonds.

Ik bekijk haar van top tot teen en heb er meteen spijt van. Haar pakje zit los bij het lijfje en ze draagt geen beha, dus ik kan naar haar heerlijk parmantige kleine borsten kijken en zie zelfs een lichtroze tepel die zo hard als een kiezelsteen is — ongetwijfeld van de kou die uit de koelkast komt.

Waarom ben ik verdomme zo dicht bij haar gaan staan? Voor zo'n klein wezen straalt ze een krachtig zwaartekrachtsveld uit dat me naar binnen trekt — maar toegeven zou het slechtste idee ooit zijn.

"Hoe kan dat fout zijn?" vraag ik; meer in de verdediging gaan is op dit moment mijn beste zet.

Ze tilt haar schattige kin op. "Colossus zeurde en je gaf hem meteen daarna te eten. Dat is positieve bekrachtiging. Nu is de kans veel groter dat hij dat de volgende keer dat hij zijn zin wil krijgen weer zal doen."

Fuck. Ze heeft gelijk. "Moet ik het weghalen?"

Ze kijkt naar beneden. "Te laat."

Yep. Hij is helemaal klaar — en dat was zijn hele ontbijt.

"Dat is de plank met snacks voor mensen." Ik wijs naar het gedeelte van de koelkast dat mijn eigen bestemming was.

Keek ze net naar het uitsteeksel in mijn badjas?

Shit. Dat was ik vergeten.

Onsexy gedachten denken is zinloos, dus ik leid

128

haar aandacht af door naar voedsel te reiken. Het probleem is dat ze op dat exacte moment naar hetzelfde item reikt — en onze vingers elkaar raken.

Als mijn pik een stem had, dan zou hij van frustratie brullen.

Ze snakt naar adem, pakt een artisjok met spinazie en stopt hem in haar mond, alsof ik hem van haar ga stelen.

Nogmaals, mijn reactie is seksueel in plaats van de gebruikelijke vecht-of-vluchtreactie die ik krijg als ik mensen zie eten — maar ter verdediging, wat kun je nog meer verwachten als ze haar lippen over zo'n fallisch uitziend voorwerp sluit?

"Stoort het je dat ik eet?" vraagt ze nadat ze heeft geslikt. "Vertel me alsjeblieft of het op dat met de panna cotta lijkt."

"Ik zal het je vertellen," zeg ik en pak een van de avocado-eieren. Net als zij slik ik het bijna zonder te kauwen door.

"Goed," zegt ze en ze staart aandachtig naar mijn lippen. Haar stem heeft een eigenaardig hijgende kwaliteit die mijn pik laat trillen.

Verdomme. Ik moet een stapje terug doen. Nu. Maar om de een of andere reden weigeren mijn voeten zich te bewegen. We staren elkaar aan, met nauwelijks een meter ruimte die ons scheidt, en mijn hartslag gaat omhoog naarmate het moment vordert — de manier waarop ik ernaar verlang dat haar poesje zich rond mijn pik uitstrekt.

Nee, wat denk ik? Ik moet dit stoppen. Nu meteen.

Beweeg, voeten, ga nu achteruit. Maar ze zijn ongehoorzaam en zetten de kleinste stap naar voren, en ik hoor haar adem in haar keel stokken, zie haar ogen groter worden als ze zich realiseert wat er gebeurt. En dan... Oh, fuck, op de een of andere manier kus ik die zachte, verleidelijke lippen, en zij — heilige fuck — kust me terug. Haar delicate armen slaan zich om mijn nek en ze beklimt me bijna zoals een babykoala een eersteklas eucalyptusboom zou beklimmen — en het is het heetste wat ik ooit heb meegemaakt.

Een plotselinge blaf haalt me uit de kus.

Ik trek me terug net als Lilly achteruitspringt, alsof ze zich heeft verbrand.

Voor een hondentrainer is ze wel erg schichtig voor geblaf.

De bron van de blaf is duidelijk de hond, maar hij is niet van streek, zoals ik aanvankelijk aannam. Hij kijkt eerlijk gezegd opgewonden naar ons op en kwispelt met zijn staart voor wat hij waard is. Mijn gok is dat hij dacht dat de kus iets leuks was en hij mee wilde doen.

Lilly en ik staren elkaar aan, onze ademhaling is onregelmatig, en dan zeggen we in perfecte harmonie, "Dat was een vergissing."

Ik frons onmiddellijk, een deel van de hitte verlaat mijn lichaam. Ik weet waarom ik dat zou zeggen, maar waarom zou zij dat zeggen? Ik ben hier de werkgever, niet andersom, en zij is niet degene —

"Een vergissing?" sist Lilly, haar ogen worden spleetvormig, als die van een vos.

Voordat ik kan antwoorden, draait ze zich op haar hiel om en rent weg.

Ik kijk naar de pup om te zien of hij begrijpt wat er net is gebeurd.

Ik betwijfel het. Hij staart teleurgesteld naar Lilly's verdwijnende rug.

Ik haal diep adem en laat die langzaam los, pak dan de hond op om mezelf verder te kalmeren. Het werkt — het is verbazingwekkend wat een pluizenbol voor je gemoedstoestand kan doen. Hij is als een Xanax die eet en poept.

Ik doe mijn best om niet aan die kus te denken, draag hem terug naar mijn slaapkamer en plaats hem in zijn bed voordat ik in de mijne duik. Ik sluit mijn ogen en probeer te slapen, maar zonder de hond die me afleidt, komt de kus op de voorgrond van mijn geest. De kus en de nasleep ervan. En hoe meer ik bij dat laatste stilsta, hoe bozer ik word.

Waarom zou ze zeggen dat het een vergissing was? Als je *Forbes* moet geloven, ben ik een vangst en zeker niet iemand die je als een voetschimmel behandelt.

Misschien is ze een socialist, of een andere 'ist' die de rijken haat?

Ik heb geen idee, maar ik weet dit: zoiets als die kus mag nooit meer gebeuren.

HOOFDSTUK 18
LILLY

En vergissing?

Hoe durft hij te zeggen dat mij kussen een vergissing was? Hij was niet degene die zijn aartsvijand kuste. Hij was niet degene die een man kuste die al een vriendin lijkt te hebben... of zelfs een vrouw.

Ik duik boos in mijn bed en sla op het kussen, wensend dat het zijn gezicht was.

Wat me het meest boos maakt, is het feit dat de kus geweldig was.

De beste die ik ooit heb gehad.

Beter dan ik me ooit kon voorstellen dat een kus zou zijn.

Geweldig. Nu ben ik nog geiler.

Ach, ik kan er niet meer omheen. Tijd om mezelf boos in slaap te masturberen.

———

Als ik naar de keuken kom voor het ontbijt, dan staat het geluk niet aan mijn kant. Bruce — die ik hoopte te vermijden — is hier en hij begint net aan zijn Eggs Benedict.

"Morgen," zegt hij. "Ik ben blij dat je er bent. Ik wil je plannen voor de dag bespreken."

Is dat hoe hij het wil spelen? Doen alsof er niets is gebeurd?

Goed dan. Ik ben er eigenlijk wel blij om. Het laatste wat ik wil is die vernedering herbeleven.

"Morgen," zeg ik met nep opgewektheid. "Colossus en ik zullen aan 'zit' gaan werken."

Bij het horen van zijn naam verlaat Colossus zijn plek bij de voeten van Bruce en rent met kwispelende staart naar me toe.

"Hoi," zeg ik lief. "Heb je me gemist?"

Als antwoord ploft Colossus op zijn rug en laat hij zien hoe weinig vacht hij op zijn buik heeft.

Alsjeblieft, alsjeblieft, ik wil een buikmassage. En een koekje. Misschien samen?

Hurkend voer ik met alle liefde mijn buikgerelateerde taken uit, pak dan mijn eigen Eggs Benedict en ga op een stoel in de buurt van Bruce zitten.

"We gaan ook wandelen," ga ik verder. "En ik ga hem leren hoe hij beleefd een traktatie uit mijn hand kan aannemen."

Bruce knikt goedkeurend en ik vertel hem wat ik nog meer van plan ben voor vandaag, als de tijd het toelaat.

Terwijl ik praat, let ik bij Bruce op tekenen dat het feit dat ik eet hem dwarszit, maar hij lijkt in orde te zijn. Waarom voel ik me speciaal, vooral na het fiasco van gisteravond?

"Ben je een socialist?" vraagt Bruce plotseling.

Ik verslik me bijna in mijn volgende hap. "Een socialist?"

Hij wijst met zijn vork naar me. "Een socialist is iemand die denkt dat zaken als productie en distributie door de overheid moeten worden afgehandeld in plaats van door particuliere bedrijven."

"Ik weet wat het is," snauw ik.

"Dus je geeft toe dat je er een bent?" vraagt hij eisend. "Maak je geen zorgen. Het zal je niet diskwalificeren om met Colossus samen te werken."

Ik kijk met een grijns naar de hond. "Weet je het zeker? Wat als ik hem 'hardwerkende chihuahua's van de wereld, verenig je!' ga leren?"

"Nu denk je communistisch," zegt hij. "Zeg me dat je niet een van hen bent."

"Ik denk niet dat ik dat ben." Ik snijd boos mijn maaltijd in kleine stukjes. "Ik denk wel dat mensen zoals jij te veel geld hebben."

Hij rolt met zijn ogen. "Dat heet jaloezie-isme."

Denkt hij dat dit een grap is? Ik ben het niet helemaal van plan, maar ik flap eruit, "Als iemand het moeilijk heeft, dan vind ik het oneerlijk dat je bank iemand zijn huis afneemt. Als dat me een socialist maakt, dan is dat maar zo."

"Dat *is* een waardeloos scenario," zegt hij plechtig.

"Daarom heb ik bij *mijn* bank een uitstelprogramma voor gekwalificeerde mensen geïmplementeerd, evenals schuldtolerantie."

"Een wat?" En waarom wisten mijn ouders er niet van?

"Schuldtolerantie is wanneer iemand wat tijd krijgt zonder de hypotheek te hoeven betalen, maar de rente opbouwt. Uitstel is vergelijkbaar, maar rentevrij."

"Maar toch." Ik prik wat ei op mijn vork en breng het naar mijn mond. "Zelfs jouw engel van een bank zou ze er uiteindelijk uit schoppen." Terwijl ik kauw, daag ik hem mentaal uit om dit te ontkennen.

Hij haalt zijn schouders op. "Het is jammer, maar het is niet dat we veel keuze hebben. Als mensen hun hypotheken niet zouden betalen, dan zouden we failliet gaan — en hoe zouden nieuwe mensen dan hypotheken krijgen?"

"En daar heb je het," zeg ik. "Geld is het enige dat telt, niet het leven van mensen."

Hij ademt gefrustreerd uit. "Banken zetten geen wapens op de hoofden van mensen om hen te dwingen een huis te kopen. Ze kunnen altijd huren, maar mensen willen eigenaar worden, omdat ze hopen dat de waarde van hun huis zal groeien — als in, zij willen ook in de verre toekomst geld verdienen."

Ik ben zo van streek dat ik vergeet om de volgende hap voorzichtig te kauwen, maar hij lijkt het niet op te merken.

"Is het verkeerd om financiële zekerheid te willen als je ouder bent?" eis ik.

"Nee, helemaal niet. Maar wat denk je? Je hebt banken nodig voor —"

Iemand laat luid een vork vallen.

Het is Bob, de chef-kok. Hij staart me met een geschokte uitdrukking aan terwijl ik eet.

"Ik denk dat dat mijn teken is om te vertrekken," zeg ik tegen niemand in het bijzonder.

Ik duw de rest van mijn ei in mijn mond en verleid Colossus met een koekkruimel om een wandeling te gaan maken.

Achter me hoor ik Bruce aan Bob uitleggen dat ik de uitzondering ben op zijn "eet alleen"-regel — wat dat stomme gevoel van speciaalheid triggert. Maar tegen de tijd dat ik het mohawk-apparaat op mijn hoofd heb, voel ik me niet meer speciaal, althans niet de versie van dat woord zonder sarcastische citaten eromheen.

Zodra we buiten zijn, begint Colossus aan een struik te ruiken en tilt dan zijn poot op.

"Brave jongen," zeg ik, maar voordat ik hem een traktatie kan geven, tilt hij zijn poot weer op, een paar centimeter naar links vanaf de eerste keer. Zodra hij klaar is, snuffelt hij aan zijn werk en gaat nog een keer.

"Wauw," zeg ik met een grijns. "Dat wilde je echt markeren."

De pup kijkt me met een schuin hoofd aan.

Nou ja, duh. Ik maak een meesterwerk van plas — of zoals kunstcritici het zullen noemen: een meesterplas.

Ik geef hem een traktatie voor het goede werk en loop dan langs de weg... om vervolgens te blijven staan waar ik ben, omdat een aantrekkelijke vrouw in zakelijke kleding naar ons toe loopt — op hoge hakken, op grind.

Wat voor de duivel? Dit is een privélandgoed, dus wat doet ze hier? Is dit een andere romantische interesse van Bruce?

"Hallo," zeg ik als we dichtbij genoeg zijn om niet te hoeven schreeuwen, zelfs als schreeuwen tegen haar een verleidelijk idee is.

"Hoi," zegt ze vrolijk. "Jij moet Lilly zijn."

"Dat ben ik," zeg ik. "Wie ben jij?"

"Ik ben Gertrude," zegt ze. "Ik werk voor meneer Roxford." Ze kijkt naar Colossus. "Hij zei dat de hond moet leren sociaal te zijn en dat ik de eerste 'vreemdeling' zou zijn die de kleine man zou ontmoeten."

Huh. "Ben je een bankier?"

"Dat ben ik, maar alles voor meneer Roxford."

Als in, als hij zegt, "Spring", dan springt ze. Erg interessant.

"Hier." Ik gooi een koekje naar haar toe. "Als we dicht bij je komen, geef hem dat dan, praat zoals je met een baby zou doen en maak geen plotselinge bewegingen."

We blijven lopen.

Naarmate we dichter bij de vrouw komen, begint Colossus te aarzelen — totdat hij het koekje in haar handen ziet. Nu lijkt hij in tweestrijd te zijn. Hij wil de traktatie, maar deze wordt door een vreemdeling vastgehouden.

"Ga maar," zeg ik kalmerend tegen hem. "Ze is een aardige dame." Waarschijnlijk.

"Hoi, kleine jongen," zegt ze kirrend. "Kom, eet wat." Ze zwaait met het koekje.

De beslissing lijkt genomen te zijn, dus Colossus tilt dapper zijn kin op en zet een vastberaden stap in de richting van de vrouw. Dan nog een.

"Hier." Ze geeft hem een stukje van de traktatie.

Hij kwispelt met zijn staart en accepteert het aanbod.

Ze doet het opnieuw en probeert hem te aaien — en hij laat het toe.

Wauw. Hij is een snelle leerling. Tegen de tijd dat het koekje bijna op is, lijkt hij de vrouw als zijn nieuwe BFF te hebben geaccepteerd.

"Bedankt," zeg ik als ik de les als voltooid beschouw. "Ik zal ervoor zorgen dat Bruce weet dat je het hier geweldig hebt gedaan."

Ze straalt naar de pup en dan naar mij voordat ze naar een auto gaat die in de buurt geparkeerd staat.

Terwijl we de wandeling hervatten, zie ik een andere auto niet ver weg stoppen en deze keer stapt er een man uit.

Nog een bankier?

Yep.

Deze man kletst meer dan de vrouw, dus ik ontdek wat Bruce heeft gedaan — hij heeft elke lokale tak van zijn bank in het puppen-socialisatieproject gerekruteerd.

"Dus ja," zegt de man tot slot. "Het betaalt geweldig,

deze hond is schattig en het is leuk om een kans te krijgen om door de grote baas opgemerkt te worden."

Ik geef de man de traktatie en dezelfde instructies die ik de vrouw heb gegeven, wat ertoe leidt dat de ontmoeting deze keer wat soepeler verloopt.

Het is niet verwonderlijk dat er zodra we klaar zijn een andere auto stopt. Deze man draagt een grote zonnebril en het blijkt dat hij een prothetische arm heeft.

Deze ontmoeting gaat nog beter, ook al geef ik deze man maar een deel van de traktatie.

Ik begin te denken dat Colossus eigenlijk een vriendelijke hond is. Hij moest dat alleen maar over zichzelf leren.

De volgende persoon is een oudere dame met paardenbloemachtig blauw haar. Degene daarna is een tienerjongen met vlechtjes. Colossus raakt met steeds minder koekjes bevriend met hen en met de mensen die erna komen.

Ik moet met tegenzin de bank van Bruce bank wat krediet geven — er is een grote diversiteit aan mensen die daar werken... tenminste, in de lokale vestigingen.

"Klaar om terug te gaan?" vraag ik de pup wanneer het lijkt alsof er geen mensen meer beschikbaar zijn.

Hij kijkt verlangend in de verte. Ik denk dat hij vandaag een toevallige les heeft geleerd — er kunnen tijdens een wandeling leuke dingen gebeuren. Nou ja, naast snuffelen en zijn meesterplas maken.

Als we ons omdraaien, is er nog een verrassing.

Prudence loopt naar ons toe, en achter haar loopt de rest van het huishoudelijk personeel van Bruce.

"We hebben gehoord dat je hem traint om vriendelijker te zijn," zegt Prudence verlegen. "Mogen wij misschien ook meedoen?"

"Natuurlijk." Ik gooi haar een kwart van een koekje toe. "Geef hem dat en kijk wat er gebeurt."

De omkoping — ik bedoel, traktatie — werkt geweldig, en Colossus accepteert Prudence snel als een vriend, en Bob en Johnny daarna.

"Meneer Roxford zal erg blij zijn," zegt Johnny nadat hij bevriend met de hond is geworden.

"Waarom?" vraag ik.

"Niemand bij de plaatselijke filialen heeft een snor," zegt Johnny terwijl hij zijn trots ronddraait. "Hij zei dat het mijn verantwoordelijkheid was om de hele gemeenschap te vertegenwoordigen."

Ja. Als Colossus nu een dictator met een snor zou ontmoeten — wat de meesten van hen hebben — dan zou hij zo koel als een kikker zijn. Hij zou het ook prima vinden om op de set van een Bond-film genaamd *The Chihuahua Who Loved Me* door een schurk met een snor te worden geaaid.

Grijnzend bedank ik Johnny en lok ik Colossus met mijn laatste stukje koekje terug naar de garage.

Terwijl ik mijn gekke helm afzet, beloof ik om nooit mijn gezicht bij het plaatselijke filiaal van de bank van Bruce te laten zien — hoewel er niet veel is dat ik kan doen om Prudence en de rest mijn schaamte te laten vergeten.

Zoals gewoonlijk rent Colossus naar Bruce toe zodra we het landhuis binnenkomen, maar als hij merkt dat ik naar de keuken loop, draait hij zich om en gaat met me mee.

"Hoe komt het dat je niet vol zit?" vraag ik aan hem. "Op dit moment, met al die lekkernijen, sla je waarschijnlijk de lunch over."

Colossus brengt op de bovenkant van zijn hoofd zijn puntige oren samen.

Vol? Ik denk dat die sensatie een mythe is, zoals Chupacabra, het monster van Loch Ness of eetbare suikervrije koekjes.

Ik controleer de koelkast op iets met minder calorieën dat ik voor verdere training kan gebruiken en kom de meest verse komkommers tegen die ik ooit heb gezien.

Hmm. Bruce zei dat Colossus komkommers eet, en als dat waar is, dan krijgt de hond de broodnodige hydratatie na de wandeling, samen met een traktatie.

Roach zou geen komkommers hebben gegeten, dus ik sta een beetje sceptisch tegenover de bewering van Bruce.

Ik snij een klein stukje en geef het aan de hond.

Wauw. Hij bijt van opwinding bijna mijn vinger eraf terwijl hij de komkommer pakt. Colossus maakt hoorbare geluiden die diepe voldoening aangeven en verslindt de komkommer als een kannibaal die de (vermoedelijk) heerlijke lever van Bruce te pakken heeft gekregen.

"Dat vind je lekker, hè?" vraag ik aan Colossus.

Zonder dat ik het vraag, ploft hij met zijn kont op de grond en kijkt me recht in de ogen — een perfecte uitvoering van 'zit'.

Wil ik niet aan de grote berg snuiven die een beer maakt als hij in het bos poept?

Ik geef hem nog een stuk komkommer en zeg het woord 'zit', in de hoop dat hij wat hij van nature deed met het commando zal associëren.

Hij verslindt de komkommer met hetzelfde enthousiasme.

Ik snij nog een stuk af en houd het voor zijn neus en dan er iets boven — waardoor honden van nature gaan zitten. Tegelijkertijd zeg ik ook het commando.

Ja!

Hij gaat zitten. Ik prijs hem zowel mondeling als met een geschenk van groente of fruit, als je een botanische Pietje Precies bent.

Ik herhaal de hele oefening.

Hij gaat weer zitten.

En opnieuw.

"Wauw," zeg ik bij zijn vijfde succesvolle poging. "Je bent een snelle leerling."

Hij kijkt nadrukkelijk naar het aanrecht — waar de rest van de komkommer ligt — en dan naar mij.

Is de maan niet van kaas gemaakt? Is de zon geen groot koekje dat zo uit de oven komt?

Grijnzend snij ik de rest van de komkommer in stukken en we repeteren wat meer — deze keer gebruik ik alleen het woord.

"Ik denk dat je het begrijpt," zeg ik als ik het laatste kleine stukje van de traktatie over heb.

"Wat begrijpt?" vraagt Bruce, die me laat schrikken.

Hoe heeft zo'n grote man me zo stiekem kunnen besluipen? Leren ze ninjitsu op de miljardairsschool?

"Hij heeft 'zit' geleerd," leg ik uit.

Colossus — die opstond om Bruce te begroeten — ploft zijn harige kont terug op de grond en kijkt dan plichtsgetrouw naar mijn reactie.

Ik geef hem de laatste komkommer en kijk dan op tijd op om Bruce te zien glimlachen — en het is net zo verrassend als altijd. "Ik had al het gevoel dat hij een slimme hond was."

Dacht hij dat? "We hebben een aantal van je mensen ontmoet," zeg ik, terwijl ik van voet naar voet spring. "En hij is met hen allemaal bevriend geraakt."

Bruce hurkt voor de pup. "Is dat zo? Brave jongen."

Colossus tilt zijn kleine kin op en kwispelt voor wat hij waard is met zijn staart. Tot mijn schrik begint Bruce zijn pupil onder de kin te strelen.

De pup lijkt nog meer van de aanhalingen te genieten dan van eten — en ik vraag me af of ik het mis zou kunnen hebben over de gevoelens van Bruce voor Colossus.

Hoe ondenkbaar het ook lijkt, er is een kans dat deze schijnbaar harteloze man stiekem van deze hond houdt.

HOOFDSTUK 19
BRUCE

T ussen 'zit' en de zinderende feedback van mijn personeel over hoe 'vriendelijk' Colossus was toen ze hem vandaag zagen, vult mijn borst zich met trots. Ik voel me ook een beetje dom, want dit is mijn hond die elementaire hondvriendelijkheden leert, niet mijn zoon die cum laude afstudeert.

Ik realiseer me dat ik de hond nog steeds waar Lilly bij is, zit te aaien en dat ze dat om de een of andere reden als hondentrainer zou kunnen afkeuren, dus sta ik op.

Hmm. Ze kijkt me vreemd aan, maar ik weet niet of dat veroordeling is of iets anders.

"Wil je een pauze nemen?" vraag ik.

Ze houdt haar hoofd schuin, een manier van doen die ze ongetwijfeld van een van haar harige studenten heeft geleerd. "Van wat?"

"Van hem." Ik wijs.

Haar wenkbrauwen komen tot leven en ontmoeten elkaar in het midden van haar voorhoofd. "Waarom?"

Ik onderdruk nog een golf van irritatie. Ten eerste doet ze alsof die buitengewone kus nooit is gebeurd, en nu trekt ze mijn poging om aardig te zijn in twijfel.

"Ik ga videogamen," snauw ik. "Colossus zit graag op mijn schoot als ik dat doe. Of dat doet hij tenminste als ik lees. Ik dacht —"

"Het juiste werkwoord voor het spelen van videogames is gamen," zegt ze. "Zo noemen wij 'kinderen' het tegenwoordig."

Ik draai me naar haar om. "Ik ga dat doen en mijn hond gaat met me mee."

"Hij moet zo uitgelaten worden."

Ze klinkt afkeurend dat ze vrijaf krijgt — en dan noemen ze *mij* een workaholic.

"Ik zal het doen," zeg ik en ik voel mijn pik in beweging komen terwijl ik me herinner hoe ze me de techniek van het hondenuitlaten heeft geleerd.

Ze gnuift met tegenzin een instemming.

Terwijl ik wegloop, vraag ik me even af of Colossus ervoor zou kunnen kiezen om bij haar te blijven in plaats van met mij mee te gaan. Ze heeft hem veel te eten gegeven en het blijkt dat zijn genegenheid gemakkelijk te koop is.

Maar nee.

Ik hoor het kenmerkende getrippel van kleine nageltjes op een hardhouten vloer.

Wacht.

Ik kijk naar beneden.

Yep.

De zee van matten is verwijderd. Ik denk dat mevrouw Campbell hem nu vertrouwt — of erop vertrouwt dat Lilly haar werk doet. Hoe dan ook, een deal is een deal, dus ik pak mijn telefoon en zorg ervoor dat Lilly die bonus krijgt die ik haar heb genoemd.

Als ik de mediakamer binnenkom, krijg ik niet eens de kans om de console op te pakken voordat er een videogesprek van mijn moeder op mijn telefoon verschijnt.

Ik zet Colossus op mijn schoot en accepteer het telefoontje. "Hoi mam."

Mams gezicht lijkt griezelig veel op dat van Angela — of is het accurater om te zeggen dat het andersom is? Biologie speelt natuurlijk een kleine rol in hun gelijkenis, maar de grotere en vreemdere gelijkenis kwam tot stand nadat mijn zus mama had overtuigd om haar plastisch chirurg te gebruiken. Of was *dat* andersom?

"Brucey, lieverd, hoe gaat het?" vraagt ze, en hoewel ze al veertig jaar niet heeft gerookt, klinkt het alsof ze nooit is gestopt.

"Het gaat goed. En hoe gaat het met jou?" Ik draai de telefoon om Colossus op mijn schoot te laten zien, en voorspelbaar, in plaats van mijn vraag te beantwoorden, begint mijn moeder te roepen hoe schattig "haar kleinzoon" is voor wat als een uur aanvoelt.

"Mijn pauze is zo voorbij." Ik tik op het horloge om

mijn pols. "Was er een specifieke reden voor je telefoontje?"

Wat ik er niet aan toevoeg, is dat het meestal wel het geval is.

"Kan ik mijn zoon niet bellen als ik dat wil?"

Ik weet niet zeker of dit biologie is of het werk van een plastisch chirurg, maar de manier waarop mama haar lippen tuit, is identiek aan de manier waarop mijn zus het doet.

Ik zucht. "Natuurlijk *kan* dat."

"Goed," zegt ze. "Hoewel ik toevallig wel ergens met je over wilde praten."

Ik zei het toch.

Ze lacht ondeugend. "Of moet ik zeggen... over iemand?"

Sommige mensen kunnen hun verdomde mond niet houden. "Wat heeft Angela je verteld?"

"Dat je een hele *mooie* hondenoppas hebt," zegt mam. "En dat Angela haar al afkeurt."

Ik gnuif. "Ik weet niet zeker of er een vrouw in de wereld is die Angela zou goedkeuren."

Mam knikt wijselijk. "Ik vertrouw op je beoordelingsvermogen, dus als je deze vrouw leuk vindt, dan doe ik dat ook." Ik kan het ongezegde stukje gewoon horen — *vooral als dat kleinkinderen betekent.*

"Lilly is gewoon een werknemer," zeg ik resoluut.

"'Lilly'," zegt mam met een wiebel van haar wenkbrauw die ik gezien al die Botox niet voor mogelijk had gehouden. "Als in, *niet* juffrouw wat haar achternaam ook mag zijn?"

Dit is hoe geruchten beginnen, dus ik kan het maar beter in de kiem smoren. "Ze staat erop om beledigend informeel te zijn."

"En je gaat ermee akkoord?" Mam wiebelt weer met haar wenkbrauwen. "Wanneer is de bruiloft?"

"Ik moet gaan," zeg ik en ik ga naar de ophangknop.

"Wacht," zegt mam. "Heb ik al gezegd dat we langskomen?"

Mijn rechteroog trilt. "Je gaat wat?"

"Je vader en ik hebben jou en Angela al in geen eeuwen gezien," zegt ze op een te beschuldigende toon, aangezien "eeuwen" in mijn geval daadwerkelijk twee maanden zijn. "Aangezien jullie voor een keer op dezelfde plek zullen zijn, hebben we besloten dat dit het perfecte moment is om op bezoek te komen."

Omdat ik met mijn mond vol tanden sta, knik ik alleen terwijl mama me hun reisschema vertelt — mijn acceptatie is een uitgemaakte zaak.

"Heb je er zin in?" vraagt ze wanneer ze klaar is.

"Ja," zeg ik met een zucht. "Maar ik kan maar beter weer aan het werk gaan. Er is een project waar ik erg gepassioneerd over ben —"

"Je bent altijd gepassioneerd over je werk," zegt mam afkeurend. "Wat is het deze keer?"

Ik leg haar uit hoe een cryptocurrency van mijn eigen makelij ons zal helpen om bankieren naar delen van de wereld te brengen waar het anders moeilijk is — en ze geeft me als filantroop haar mening hierover.

"Bedankt," zeg ik tegen haar als ze klaar is. "Maar

begrijp me niet verkeerd. Ik ben van plan hier uiteindelijk geld mee te verdienen."

"Als het feit dat jij geld verdient het leven van mensen verrijkt, waarom niet?" vraagt ze.

Ik glimlach. "Precies."

"Ik kan je maar beter laten gaan," zegt ze. "Maar doe wel een poging om op mijn e-mails te reageren."

"Natuurlijk," zeg ik. Ik zal de genoemde taak aan iemand anders dan mijn assistent moeten delegeren, omdat hij overgevoelig is. Misschien *zijn* assistent? Meer dan negentig procent van de video's die mijn moeder naar mensen stuurt, zijn griezelige clips van iemand die zijn puistjes uitknijpt. Ze is zelfs zo geobsedeerd door deze walgelijke activiteit dat ze een medische opleiding heeft gevolgd en dermatoloog is geworden die in die ene specifieke 'behandeling' gespecialiseerd is.

"Vergeet niet om mijn kleinzoon te verwennen," zegt ze met een grijns. "Zie je snel."

Daarmee hangt ze op.

Ik neem Colossus mee naar buiten met behulp van de technieken die Lilly me heeft geleerd — degenen die me de komende jaren natte dromen zullen geven.

Ik weet niet zeker of het de nieuwe vaardigheden zijn, of de training van de hond tot nu toe, maar de wandeling gaat soepeler dan in het verleden.

Als ik terugkom, zet ik de pup op de grond en ontmoet zijn blik. "Klaar om terug te gaan naar Lilly?"

Hij wordt opgewonden, wat heel erg suggereert dat wat hij hoorde was, "Wil je een snack?"

Ik laat hem volgen terwijl ik Lilly zoek, maar ze is nergens te vinden.

"Je bent een hond," zeg ik als ik het bijna opgeef. "Zoek Lilly."

Met een kwispelende staart, rent Colossus naar voren. Ik volg hem, maar ik ben er vrij zeker van dat hij me naar zijn favoriete plek zal leiden — de keuken.

Maar nee. We passeren de keuken, de mediaruimte en de bibliotheek voordat we door een gang naar de sportschool gaan — een plek waar hij zelden of nooit is geweest.

Merkwaardig.

Ik ga de kamer binnen.

Oh, fuck.

Lilly *is* hier — en ze doet yoga. Iets specifieker, de neerwaartse hond. Of om het anders te zeggen, ze is bij haar middel gebogen alsof ze klaar is voor een harde neukpartij.

Mijn adem stokt.

Haar stevige kont ziet er verbijsterend goed uit in die strakke yogabroek. Er speelt zich ongevraagd een pornografische film in mijn geestesoog af, eentje waarin ik in holbewonermodus ga en die yogabroek in stukken scheur.

En daar is het dan. Een stijve om ze allemaal te regeren. Ik heb nog nooit Viagra gebruikt, maar ik wed dat dit is hoe een overdosis ervan zou voelen.

Alsof ze me treitert, gaat Lilly over in een yogasquat — of hoe ze eruit zou zien in een omgekeerde cowgirl en hoe ze op mijn pik zou stuiteren.

Genoeg. Ik ben een viezerik. Het is het beste om hier weg te gaan voordat ze me opmerkt, zodat ik meteen een koude douche kan nemen.

Ik doe een stap achteruit, maar het is te laat. Met kwispelende staart haast de hond zich naar Lilly's yogamat. In een oogwenk ligt hij op zijn rug voor haar en smeekt hij om een buikmassage.

Lilly gaat rechtop staan en scant dan de spiegel totdat ze mijn weerspiegeling ziet. Ze knielt dan neer (waardoor mijn pik weer trilt) en krabt aan de buik van Colossus. "Waar heb je Bruce gedumpt?"

"Ik weet dat je me hebt gezien," grom ik.

"Wat is dat?" Ze legt haar oor naast de mond van Colossus, alsof ze naar hem luistert terwijl hij iets fluistert — en voor haar moeite wordt haar oor gelikt. "Ah, ja. Hij kan inderdaad een echte mopperkont zijn."

"Erg grappig," zeg ik hardop.

Eindelijk draait ze zich naar me toe. "Wat doe je hier?"

Ik sta op het punt haar te vertellen dat de hond me hierheen heeft geleid als ik me realiseer dat dat misschien als een verzonnen excuus klinkt om een glurende viezerik te zijn.

Nee. Ik zou een betere reden moeten bedenken om hier te zijn.

En dan weet ik het.

Ik ben in de sportzaal, dus ik kan net zo goed wat van deze energie verbranden die door mijn aderen stroomt. Toegegeven, het is misschien niet zo effectief als een koude douche, maar het is beter dan niets — en ik kom hoe dan ook te laat voor mijn vergadering.

Aldus besloten, kondig ik aan, "Ik ben hier om te boksen."

Lilly's wenkbrauwen lijken een beetje een jig te dansen — twee schattige rupsen die op weg zijn om in de mooiste vlinders ter wereld te veranderen. "Prudence had gezegd dat je bokst."

"Echt waar?" Ik loop naar de kast die in de buurt staat en pak mijn bokshandschoenen. "Denkt iedereen hier dat geheimhoudingsovereenkomsten slechts beleefde suggesties zijn?"

Lilly krimpt ineen. "Ik maakte een grapje. Ze heeft me niets verteld. Ik heb online over je boksen gelezen."

"Leuk geprobeerd." Ik pak mijn telefoon en zeg Johnny om de vergadering waar ik bijna te laat voor ben te verplaatsen. Het enige goede aan het runnen van mijn eigen bedrijf is dat ik, in tegenstelling tot iedereen, niet naar vergaderingen hoef te komen, tenzij ik dat wil. Natuurlijk wil ik dat meestal wel.

"Nou," zegt Lilly. "Doe jij je ding, dan ga ik puppyyoga proberen."

"Puppyyoga?" vraag ik. "Heeft dat met de puppyhouding te maken?"

"Nee," zegt ze. "Het is precies zoals het klinkt: yoga doen terwijl er pups in de buurt zijn. Ze worden erg nieuwsgierig en knuffelig, en om voor de hand liggende redenen kan dergelijke yoga echt rustgevend zijn."

Ze gaat in de cobra-houding zitten — borst naar

buiten, rug gebogen, armen in een opdrukpositie en onderlichaam op de mat.

Het is voorspelbaar dat Colossus denkt dat wat ze doet helemaal om hem draait, dus hij springt op haar onderrug en ruikt aan haar kont.

Ik kan niet anders dan glimlachen. "Nemen puppyyogalessen de honden in de poses op?"

"Ja, en dat ga ik ook doen," zegt ze, terwijl ze nog steeds in haar positie blijft zitten. "Als ik de lijkhouding doe, dan zal ik hem aanmoedigen om op mijn borst te gaan zitten, en tijdens de lotushouding kan hij op mijn schoot liggen."

Wat een geluksvogel. "Ik vind het prima zolang Colossus gelukkig is — en hij heeft het duidelijk naar zijn zin."

"Geweldig," zegt ze. "Ik kan dit dagelijks doen als je wilt."

"Vertel me gewoon wanneer," zeg ik vastberaden, zodat ik kan voorkomen dat ik op die momenten niets plan.

"Zal ik doen," zegt ze. "Ga nu maar boksen."

Ah. Natuurlijk. Maar ik heb een probleem. Ik heb mijn gebruikelijke tanktop niet aan. Of mijn korte broek.

Aan de andere kant weet ze niet wat ik normaal draag. Ik heb een boxershort onder deze broek aan die voor een korte broek kan doorgaan, en veel mensen trainen zonder shirt.

Zo. Lilly gaat in de kindhouding zitten, wat betekent dat ze me niet kan zien. Ik kleed me snel uit, trek de handschoenen aan en ga voor de boksbal staan.

Terwijl ik aan de warming-up van de training begin, realiseer ik me dat ik mazzel heb dat ik in de sportzaal terecht ben gekomen. Tussen de kus die ik wil vergeten en het familiebezoek dat aan de horizon staat, heb ik veel opgekropte energie — en dit is een geweldige manier om het te verbranden.

In mijn ooghoek zie ik Lilly in de brughouding overgaan.

Fuck. Hoe kan een beweging uit een oude spirituele praktijk zoveel op een scène uit *Showgirls* lijken?

Ik trek mijn blik weg van de trainer van mijn hond en kijk nadrukkelijk naar de boksbal. Ik adem scherp in, laat de lucht met een sissend geluid ontsnappen en sla mijn vuist tegen de zak.

HOOFDSTUK 20
LILLY

Colossus rent weg.

Hmm. Heeft hij Bruce gevolgd?

Een sissend geluid trekt mijn aandacht — en als ik me omdraai, wordt alle rust die ik tijdens het beoefenen van yoga heb opgedaan door een tsunami van hormonen weggespoeld.

Bruce heeft geen shirt aan.

En geen broek.

Er glinsteren zweetdruppels op zijn spieren.

In naam van Anubis, zelfs de hond staart naar Bruce alsof hij zegt:

Hij ziet er mannelijker uit dan een roedel reuen — en zonder zelfs maar een poot op te tillen.

Bruce geeft de arme zak een verwoestende klap. En nog een.

Op de een of andere manier is zelfs het geweld dat zijn gelaatstrekken vervormt heet — zo erg dat ik ongewenste hitte in mijn kern voel.

Grr. Het is alsof deze man actief probeert om me in een staat van eeuwige opwinding te houden.

Ik knars op mijn tanden en begin de kat-koehouding te doen.

Nee. In tegenstelling tot elke andere keer dat ik dit heb gedaan, word ik me hyperbewust van mijn bekkenbodemspieren — dus schakel ik over naar de hagedis.

Bij de ballen van de duivel. Deze houding is nog erger en de blije baby-pose laat me me extreem ongelukkig voelen. En zorgt ervoor dat ik zijn baby wil hebben.

Het probleem blijft bestaan als ik de ploeg doe, en zelfs als ik een schouderstand doe, dus ik ga weer op mijn voeten staan en probeer de adelaar te doen — door op één voet te gaan staan, mijn armen voor mijn lichaam te kruisen en mijn rechtervoet om mijn linkerkuit te haken.

Oh nee.

Met mijn benen zo gedraaid, heb ik net druk uitgeoefend op mijn overgevoelige clitoris. Als ik de pose nog een seconde langer vasthoud, dan zou ik —

En het gebeurt. Ik kom midden in de sportzaal van Bruce klaar — recht voor zijn neus. Allemachtig. Ik heb altijd een haartrigger gehad als het om orgasmes gaat, maar dit is van een heel ander niveau.

Ik ontwar mijn benen en godzijdank is er geen kreun aan mijn lippen ontsnapt — een prestatie die een olifanteninspanning van wil vergde.

"Hé, Colossus," zeg ik met een hese stem. "Laten we je leren te apporteren."

Bruce pauzeert zijn aanval om te zeggen, "Zijn speelgoed ligt bij zijn bed."

Geweldig. Ik moet naar de slaapkamer van Bruce.

Hij zal er in ieder geval niet zijn.

Ik verlaat de sportzaal, maar de hond volgt me niet.

Met een zucht pak ik hem op. Ik heb er niet aan gedacht om hier iets lekkers mee naartoe te nemen en heb dus niets om hem mee te lokken.

Als we in de slaapkamer van Bruce zijn, pak ik een paar speeltjes en weersta de sterke drang om me uit te kleden, in het bed van Bruce te duiken en een ander hoogtepunt te bereiken terwijl ik zijn geur op de weelderige lakens ruik.

Colossus ziet het speelgoed en kwispelt met zijn staart.

Mooi. Nu ik zijn aandacht heb, neem ik hem mee naar mijn kamer en gooi het eerste speeltje — een pluche haai met een motor erin waardoor hij met zijn staart kwispelt.

De pup rent achter de haai aan, grijpt hem, maar brengt hem niet terug.

Oké. Ik ga hier geen eten voor gebruiken. Hij heeft vandaag al te veel gegeten, bovendien draait het bij speelgoed allemaal om plezier, dus als hij niet wil spelen, dan zal ik het punt niet forceren. Wat ik in plaats daarvan doe, is doen alsof ik gefascineerd ben door zijn andere speeltje — een kleine aap die piept.

De truc werkt. Zodra hij merkt hoeveel plezier ik

met de aap heb, loopt hij naar hem toe om het te bekijken — de haai zit nog tussen zijn tanden.

Zodra hij binnen handbereik is, prijs ik hem, zodat hij weet dat het me bevalt dat hij hierheen is gekomen, en dan gooi ik de aap. Hij laat de haai los en rent achter het nieuwe speeltje aan.

Ik herhaal het nog een paar keer en wacht dan af wat hij doet.

Hij brengt de aap naar me toe en kwispelt met zijn staart.

"Brave jongen," zeg ik terwijl ik naar het speeltje grijp. "Bedankt."

Niet zo snel. Hij laat het speelgoed niet los — wat een veel voorkomend hondengedrag is. In plaats van te apporteren, wil hij trekken, en waarom niet?

Ik doe een trekspelletje met hem en laat hem een paar keer winnen. Als het mijn beurt is om te winnen, gooi ik het speeltje weg.

Hij brengt het terug.

We zijn al op de helft.

We blijven nog een tijdje zo spelen en ik let op hem voor tekenen dat hij naar buiten moet — een veel voorkomend iets na het spelen. Nee. Hij loopt gewoon naar mijn stapel vuile kleren en valt in slaap.

Ik grijns. Dit gebeurde vroeger ook toen Roach een pup was.

Met behulp van het beetje vrije tijd die dit me geeft, trek ik mijn yogakleding uit, haast ik me naar de badkamer om me op te frissen en kleed ik me iets meer presentabel — voor het geval ik tijdens de lunch iemand tegenkom.

Niemand specifiek... gewoon wie dan ook.

Zodra ik aangekleed ben, begin ik *The Witcher* te lezen terwijl ik wacht tot de pup wakker wordt. Twee pagina's later gaat mijn telefoon.

Ik pak snel op. "Hallo," fluister ik.

"Jij ook hallo," zegt Aphrodite sardonisch. "Ik eis een volledig statusrapport."

Om Colossus niet wakker te maken, ga ik naar de badkamer, waar ik met tegenzin mijn nicht over de kus vertel.

Het gegil aan de andere kant van de telefoon is zo hoog en luid dat ik half verwacht dat de hond wakker wordt, ook al is hij in een andere kamer. "Ik zei het je toch," zegt Aphrodite als ze op adem komt. "Onthoud nu dat de eisprong twaalf tot achtenveertig uur kan duren, dus je zit nog steeds in dat venster — en dat zal tot morgen duren."

"Hij doet alsof de kus niet is gebeurd," zeg ik met een oogrol. "Niet dat ik hem überhaupt in de buurt van mijn eieren zou laten komen."

"Tuurlijk, tuurlijk, tuurlijk. Er zal niets gebeuren — net zoals die kus niet is gebeurd."

Ik knijp de telefoon steviger vast. "Dat is anders."

"Ja, ja, ja." Ik kan op de een of andere manier horen dat ze een stomme grijns op haar gezicht heeft. "Gebruik gewoon een condoom als het 'niet gebeurt'. Of niet — allemaal afhankelijk van de plannen die je *niet* hebt."

"Is er een term die op zustermoord lijkt, maar voor wanneer je je nicht vermoordt?" vraag ik.

"Hé, ik sta aan jouw kant," zegt ze. "Nieuwsflits: we hebben het over een hete miljardair die ook een goede kusser blijkt te zijn."

"Wanneer heb ik je verteld dat hij een geweldige kusser is?"

"Nooit," zegt ze. "Maar wat je net zei, bewijst het."

Mijn telefoon gaat met een videogesprek van mijn moeder.

"Ik moet gaan," zeg ik. "Mam belt."

"Oh, ja," zegt Aphrodite schaapachtig. "Daarom belde ik. Er is een kleine kans dat ik *mijn* moeder over je nieuwe baan heb verteld... en je weet hoe onze moeders zijn."

"Doei," snauw ik boos en ik neem mams telefoontje aan.

Zij en pap zijn allebei aan de lijn, waardoor dit verdacht veel op een familiebijeenkomst lijkt.

"Ik wilde het je net vertellen," zeg ik in plaats van een hallo.

"Over je *inwonende* baan?" vraagt mam nadrukkelijk.

"Juist, dat. Alles gebeurde zo snel —"

"Je had tijd om het aan Aphrodite te vertellen," zegt mam. "En zij heeft het de grootste roddelaar van de familie verteld."

Het is nu niet echt het moment om je af te vragen wie die specifieke titel zou moeten hebben, maar hier is een hint: zij is de persoon die het meest overstuur is, ze was niet de eerste die iets sappigs wist.

"Vertel ons over de man die je heeft aangenomen," eist pap.

Mam draait zich naar hem toe. "Dat is seksistisch. Niemand heeft gezegd dat de rijke werkgever een man was."

Pap zucht. "Vertel ons over *de persoon* die je heeft aangenomen."

Oké. Ik denk dat dit net zoiets zal zijn als het afrukken van een pleister. "Bruce Roxford."

Ik huiver en verwacht veroordeling, maar de uitdrukkingen op beide gezichten zijn leeg.

"Hij is de eigenaar van die kwaadaardige bank," zeg ik.

Ze zien er zelfs nog leger uit.

Ik vertel hen de naam van de bank in kwestie. "Je weet wel," voeg ik eraan toe. "De zaak waar jullie je hypotheek hadden."

"Ah," zegt mam.

"Dat is goed," zegt pap.

Huh? Dat is goed? "Zouden jullie niet veel meer overstuur moeten zijn? Zijn bank heeft jullie huis afgenomen."

Mam haalt haar schouders op. "Dat was vervelend, maar het was niet persoonlijk."

Dat was het voor mij wel.

"Trouwens," zegt pap. "Ze waren eigenlijk best aardig voor ons, in ieder geval voor de uitzetting."

"Een oxymoron," zeg ik met een oogrol.

"Jonge dame," zegt mama streng. "Scheld je vader niet uit."

"Pap is niet het oxymoron. Dat is de uitdrukking 'aardig voor ons voor de uitzetting' wel."

"Maar ze *waren* aardig," zegt mam. "Eerst hebben ze ons uitstel gegeven, daarna schuldtolerantie."

Ik staar ze aan. "Waarom is dit de eerste keer dat ik dit hoor?"

Mam en pap wisselen een blik met elkaar uit. Uiteindelijk zegt ze, "Elke keer dat de verdomde hypotheek werd genoemd, probeerde je ons al je geld te geven."

"En ging je maar tekeer over hoe oneerlijk het leven is," voegt pap eraan toe.

Ik had kunnen zweren dat mijn tirades over hun bank gingen, niet over het leven in het algemeen, maar als ze het zich zo herinneren, wie ben ik dan om in discussie te gaan?

"Dus... jullie vinden het prima dat ik voor Bruce Roxford werk?"

Mam knipoogt naar me. "Natuurlijk. Werken."

"Ja. Zijn hond trainen. Wat heeft Aphrodite gezegd?"

Mam kijkt pap aan. "Niet in gemengd gezelschap."

Gah! Als ze niet wil dat pap het hoort, dan moest er een vermelding van de eisprong zijn geweest, samen met hoe heet Bruce is.

Colossus trippelt de badkamer in en strekt zich als een kat voor me uit.

"Daar is hij," zeg ik dankbaar, terwijl ik de camera naar beneden kantel. "Mijn pupil."

"Zo schattig!" gilt mama.

"Te klein," moppert pap, maar ik weet dat als hij hier was, hij Colossus net zo zou knuffelen als vroeger met Roach.

Colossus begint op een verdachte manier rond te snuffelen die ik meteen herken. "Mam, pap, ik moet gaan," zeg ik. "Hij is op zoek naar een plek om te plassen."

"Je bent in een badkamer," zegt mam.

"Ja, dat zal hem niet helpen." Ik pak de kleine man op voordat hij een ongeluk kan krijgen. Honden gaan normaal gesproken niet als ze in je armen liggen, hoewel het vervelend zou zijn om dit keer ongelijk te hebben. "Doei."

Ze zwaaien als afscheid en we hangen allemaal op.

Zodra Colossus en ik buiten zijn, begint hij zijn meesterplas helemaal langs het prachtige pad te maken. Dan, net als déjà vu, loopt exact dezelfde aantrekkelijke vrouw met hoge hakken naar ons toe. Ik geloof dat haar naam Gertrude is.

Er is echter een belangrijk verschil in deze ontmoeting. Gertrude heeft een riem in haar hand met een kleine Yorkshire terriër aan de andere kant.

"Heb je een hond?" vraag ik haar van een afstand.

Ze knikt. "De assistent van meneer Roxford heeft voor iedereen honden gehuurd, zodat Colossus met hen kan socialiseren."

Wauw. Als we het over geld naar problemen gooien hebben. Waar "huur" je überhaupt honden? Waarschijnlijk van een rijk iemand, want deze Yorkie ziet eruit als een exemplaar met een stamboom.

Tijd om te socialiseren. Ik kijk in mijn zakken en realiseer me dat ik geen traktaties heb.

Ach ja. Het is toch niet zo dat de kleine Yorkie ze aan Colossus zou overhandigen.

Het blijkt dat Colossus van Yorkies houdt, of in ieder geval van deze, omdat hij bijna meteen met zijn staart kwispelt en aan haar ruikt. Hij probeert zelfs achter haar aan te rennen.

"Heel schattig," zegt Gertrude.

Ik moet het ermee eens zijn, en deze ontmoeting is nog maar het begin. De volgende persoon van het plaatselijke filiaal heeft een mini-poedel — en Colossus is net zo dol op hem als op de Yorkie. Hetzelfde geldt voor de shih tzu die volgt, en de mopshond daarna.

"Misschien had je me hier toch niet voor nodig," zeg ik tegen Colossus na weer een succesvolle socialisatie-ontmoeting met een zeer kalme Duitse herder, ook wel hond nummer twintig genoemd. "Je bent erg vriendelijk met honden."

Colossus kijkt me aan, hijgend van alle opwinding die zijn lippen in die kenmerkende chihuahua-glimlach verdraait.

Als menselijke konten net zo goed hadden geroken als honden, dan had ik vanaf het begin ook van mensen gehouden. Geef me nu een koekje, alsjeblieft! Het is honderd jaar geleden sinds de laatste.

"Weet je, ik heb zelf ook een beetje trek," zeg ik en ik kijk hoe laat het is.

En ja hoor, het is bijna lunchtijd.

Nu gesynchroniseerd in termen van onze

basisbehoeften, maken we een scherpe U-bocht en keren we terug naar het landhuis. Zodra Colossus los is, rent hij ergens heen — waarschijnlijk naar de keuken.

Ik ga erheen en zie Bruce eten.

Hij kijkt me koel aan. "Hallo."

Ik kijk om me heen. "Is de hond hier?"

"Hij zou bij jou moeten zijn." En zomaar verandert de koelte in zijn blik in een arctische kilte.

Ik doe mijn mond open om uit te leggen dat hij voor me uit rende, misschien om een van zijn speeltjes uit mijn kamer te halen, maar op dat moment verschijnt de pup.

Fuck mij.

Op basis van wat hij in zijn mond heeft, had ik half gelijk. Hij is naar mijn kamer gerend om iets te halen. Het was alleen niet zijn speeltje.

Het was mijn slipje.

HOOFDSTUK 21
BRUCE

Ik staar naar het kanten stuk stof in de mond van mijn hond.

Zou dat...?

Yep. Gebaseerd op de blos die zich over Lilly's gezicht verspreidt, is dat haar ondergoed.

Ik herhaal, geluksvogel.

Ze haast zich om haar ondergoed te pakken, maar Colossus besluit dat hij het wil houden en ontsnapt aan haar grijpende handen.

"Alsjeblieft," zegt ze. "Geef dat terug."

Hij kwispelt met zijn staart, maar laat het slipje niet los.

Ze is duidelijk van streek, omdat de oplossing hier vrij duidelijk is, en ik ben niet eens een hondentrainer.

Ik spring overeind, loop naar de koelkast en open hem.

En zo ineens laat Colossus het slipje los en rent

naar me toe om te kijken wat ik op het punt sta eruit te pakken.

Met een tevreden grijns pak ik zijn eten en zet het op de grond.

Zoals gewoonlijk valt hij het aan alsof zijn overleving van deze maaltijd afhangt.

Lilly springt naar haar ondergoed, maar ik krijg er beter zicht op voordat ze het in haar zak stopt.

Het is een string.

Fuck. Dat moet de reden zijn waarom haar kont er zo goed uitzag in die yogabroek.

En... Ik heb weer een stijve. Ik ga weer aan tafel zitten om het te verbergen.

"Dat was een goed idee," mompelt ze terwijl ze haar lunch pakt en bij me in de buurt zet. "Bedankt."

Ik stond op het punt haar te straffen voor het verstikkingsgevaar dat ze voor mijn hond had gecreëerd, maar iets aan haar rode wangen laat me de kritiek inslikken — samen met een vork vol zoete aardappelpuree.

"Vind je het nog steeds goed als ik hier eet?" vraagt ze.

Ik knik met mijn mond vol.

"Hoe vind je het spel?" vraagt ze.

"Verslavend," antwoord ik, "maar niet zo goed als het bronmateriaal. Nu we het er toch over hebben, wat vind je van het boek?"

"Ik geef het toe, het is geweldig. Maar ik weet niet zeker of ik het met het spel wil vergelijken."

"Juist," zeg ik. "Omdat het zou winnen."

Ze rolt met haar ogen. "Omdat het is alsof je appels en peren vergelijkt."

"Ik snap dat idioom niet," zeg ik. "Appels zijn natuurlijk beter."

"Dat is de New Yorker in je die praat," zegt ze. "Als geboren Floridiaan ben ik contractueel verplicht om de voorkeur te geven aan sinaasappels."

Het gesprek gaat verder in een andere discussie over New York en Florida, maar deze is minder verhit dan voorheen.

We worden door mevrouw Campbell onderbroken, die met een stapel groene vierkanten de kamer binnenloopt.

"Ah, de likmatten," zegt Lilly. "Colossus zal eindelijk van een maaltijd kunnen genieten."

Nieuwsgierig laat ik Lilly een beetje pindakaas op een van de matten smeren en ze geeft het om te testen aan de pup.

Interessant. Het kost hem een paar minuten om te doen wat normaal gesproken een enkele hartslag zou kosten, en hij lijkt ervan te genieten in plaats van gefrustreerd te zijn, waar ik bang voor was.

En Lilly had weer gelijk.

Ik zou haar vanaf nu gewoon kunnen vertrouwen; als het om hondenzaken gaat, tenminste. Het is hoe dan ook voor mij een zeldzaamheid.

"Mag ik je wat persoonlijks vragen?" vraagt Lilly, weer blozend.

"Je kunt het vragen," verras ik mezelf door te zeggen. "Ik hoef niet te antwoorden."

Ze zwaait afwijzend met haar vork. "Laat maar."

"Ik denk niet dat ik dat op dit moment kan," zeg ik.
"Ga je gang en vraag het me." En sinds wanneer doet ze
alsof ze tact heeft?

Ze kijkt naar het plafond alsof ze goddelijke hulp
nodig heeft. "Ik heb er al spijt van dat ik het ter sprake
heb gebracht."

"Wat ter sprake hebt gebracht?" En waarom stijgt
mijn bloeddruk altijd als ze bij me in de buurt is?

"Goed dan." Ze bijt op haar lip. "Maakt misofonie
het moeilijk voor je om te daten?"

Ik frons. Misschien was het een vergissing om erop
te staan. Toch voel ik me om de een of andere reden
gedwongen om te zeggen, "Mensen kunnen daten
zonder samen te hoeven eten. Er zijn musea. Opera.
Golfen." Overdrijf ik het op activiteiten die mensen als
clichés van rijke mensen beschouwen?

"Je hebt gelijk," zegt ze. "Het spijt me."

Ik adem uit. "Nee. Ik begrijp wat je bedoelt. Ik kan
me voorstellen dat het een probleem zou zijn in een
serieuze relatie, vooral als je gaat samenwonen of
zoiets. Geen van de mijne is tot nu toe serieus geweest,
en ik heb wat vrouwen ontmoet die bereid waren om
een paar excentriciteiten te verdragen — vooral als ze
geschenken krijgen die met diamanten te maken
hebben."

Ze rolt met haar ogen bij dat laatste moment —
zoals ik had verwacht. Er zit zeker een socialistische
inslag in haar, of hoe je mensen ook noemt die niet van
de rijken houden.

"Dus..." zegt ze voorzichtig. "Je huidige vriendin heeft je nog nooit zien eten?"

Ik leg mijn vork neer. "Mijn huidige vriendin?" Wat voor denkbeeldig wezen is dat?

"De oorspronkelijke moeder van Colossus," zegt ze schaapachtig. "Je weet wel... de vrouw van het videogesprek."

"Angela?"

Ze knikt.

Ik grinnik. "Ze is mijn zus — en het is *The Witcher* waar ik fan van ben, niet *Game of Thrones*."

Lilly's wangen blozen weer en ik vecht tegen de vreemde drang om er een kus op te geven. "Nu je het zegt, is dat zoveel logischer. Waarom zou je anders haar hond adopteren?"

"Laat me daar niet eens over beginnen. Ze is mijn zus, maar ik weet nog steeds niet waarom ik ja heb gezegd."

Ze kijkt naar beneden. "Ik denk het wel."

Als ze bedoelt dat de pup te schattig is om te weerstaan, dan heeft ze misschien een punt — niet dat ik er klaar voor ben om dat hardop toe te geven. Vooral niet als de kleine onruststoker luistert. Op die manier worden de meest verwende honden gevormd.

"En hoe zit het met jou?" vraag ik.

Ze knippert met haar dikke wimpers. "Hoe zit wat me mij?"

Leuk geprobeerd. "Verstoort het je datingleven dat je een socialist bent?"

Ze gnuift. "Er is niet veel van een datingleven om over te praten."

Waarom vind ik dat zo leuk klinken?

"Niets serieus?" verduidelijk ik. "Ooit?"

Wacht. Dat moet ik terugnemen. Op het werk zou het hoofd van HR me vertellen dat dergelijke vragen ongepast zijn.

Wat erger is, is dat ze fronst — een zeldzaamheid voor haar.

"Ik heb maar één serieus vriendje gehad," zegt ze voordat ik terug kan krabbelen. "Maar het is slecht afgelopen."

Mijn eten verliest plotseling alle smaak. "Wat heeft hij gedaan?" En — volledig ongerelateerd — hoeveel vragen huurmoordenaars tegenwoordig?

Mijn toon moet ruwer zijn dan ik van plan ben, want ze trekt zich terug. "Hij heeft me geen pijn gedaan of iets dergelijks — als dat is wat je denkt. Hij had een kort lontje, dus we hadden veel ruzie waar mijn hond bij was — die net zo reageerde als Colossus toen jij en ik onlangs ruzie maakten."

Ik voel me een beetje schuldig bij de herinnering en geef de hond een plakje komkommer uit mijn salade — die hij met alle liefde verslindt.

"Maar toen," vervolgt ze, "toen Roach ziek werd —"

"Wacht even," zeg ik. "Heb je met iemand gedatet die Roach heet?"

Het zou te toevallig zijn, gezien het feit dat de man klinkt als iemand die ik zou willen verpletteren.

"Nee. Dat is de naam van mijn overleden hond," zegt ze. "De naam van mijn ex was Ennis."

Dat klinkt niet zo veel beter — het is een kwestie van een 'p' toevoegen en een 'n' verwijderen en je hebt 'penis', en dat is hoe deze man klinkt. Of beter gezegd, als een lul.

Dan weet ik het. "Roach is een verwijzing naar het paard van de Witcher, toch?" Ze is echt net zo'n fan van het spel als ik van de boeken.

Ze knikt. "Dus, zoals ik begon te zeggen, toen Roach geopereerd moest worden, dacht Ennis dat het geldverspilling was. We hadden een enorme ruzie en ik heb het uiteindelijk met hem uitgemaakt."

Mijn hand klemt zich over mijn vork. "Wat voor soort man zet geld boven het leven van een hond?"

"Gesproken als een rijke man," zegt ze.

"Touché. Dus, wat is er gebeurd?"

"Ik besloot dat het de moeite waard was om het geld aan de operatie uit te geven, en daardoor heeft Roach nog twee prachtige jaren geleefd. Het beste geld dat ik ooit heb uitgegeven."

"Ik ga met mijn moeder praten," zeg ik resoluut. "Ze is misschien geïnteresseerd in het openen van een fonds dat geld verstrekt aan mensen die het nodig hebben voor medische zorg voor een geliefde, of ze nu een viervoeter of een mens zijn."

Haar ogen lichten op. "Geweldig idee. Ik heb over de filantropie van je ouders gelezen. Ik denk dat het een van de bewonderenswaardigere dingen is die de rijken doen."

172

Dacht Karl Marx dat ook? Ik vraag me af wat ze van mijn eigen filantropische project zou vinden — het project waarvan ik me pas onlangs klaar heb gevoeld om het aan te pakken.

Ze zal waarschijnlijk denken dat ik opschep, dus het is het beste om er niet over te beginnen.

"Het zijn niet mijn ouders, meervoud," zeg ik in plaats daarvan. "Het is mijn moeder die de filantropie drijft. Over mijn ouders gesproken — ze komen hierheen. Angela ook. Met haar echte vriend. Die ik niet ben."

"Ha, ha. Maar wauw. Dat is zo leuk."

"Gesproken als iemand uit een normaal gezin."

Ze stikt bijna in haar aardappelpuree. "Denk je dat mijn familie normaal is? Tijdens ons laatste uitje naar het strand had mijn moeder het borsthaar van mijn vader in de vorm van een beha geschoren. Als in, hij liep rond en zag eruit alsof hij een bikini droeg die van berenbont was gemaakt."

Ik kan de glimlach die aan mijn lippen trekt niet inhouden. "Een paar jaar geleden had de beste vriend van mijn vader een kater en hij vroeg om een Tylenol. Als grap had mijn vader hem in plaats daarvan deze speciale pil van vierhonderd dollar gegeven, een die ervoor zorgt dat uitwerpselen eruitzien alsof ze van goud zijn gemaakt." Haar ogen worden groot, dus ik ga verder. "En alsof dat nog niet genoeg is, heeft mijn moeder een spoedeisende hulp in het huis van mijn ouders laten bouwen."

"Wacht," zegt Lilly, geschokt klinkend. "Je hebt niet echt een spoedeisende hulp op dit landgoed?"

Nu ben ik voluit aan het grijnzen. "Je hebt gelijk. Dat is een vreselijke vergissing van mijn kant. Als ik een hartaanval zou krijgen, dan zou ik naar hetzelfde ziekenhuis als het gewone volk moeten gaan."

Ze trekt een van haar machtige wenkbrauwen op. "Gewone volk?"

"Het betekent de massa." Of het proletariaat, zoals haar kameraden het zouden noemen.

Ze huivert theatraal. "Oh, nee hoor. Bedoel je de smerige ellendelingen die in de negenennegentig komma negen-negen-negen procent wonen? Je zou je niet met zulke mensen willen mengen."

"Dit kan een goede overgang zijn voor iets dat we vanmiddag doen," zeg ik. Aanvankelijk wilde ik haar dit zelf laten doen, maar nu heb ik om de een of andere reden zin om mee te doen.

"Gaan we kaviaar mainlinen?" vraagt ze. "Of poep in diamanten veranderen?"

Ik schud mijn hoofd. "We gaan naar de dierentuin."

"Oh. Maar hoe zit het met al het gewone volk daar?"

"Het zal vandaag geen probleem zijn," zeg ik. "Ik heb de hele dierentuin gereserveerd."

Ze staart me aan. "Waarom?"

Ik gebaar naar de hond — die, zoals altijd, onder de tafel zit en in stilte zit te hopen dat we een hapje van ons bord laten vallen. "Je zei dat hij met dieren moest socialiseren."

"Dieren die hij in het echt kon ontmoeten, zoals een kat of een eekhoorn. Geen leeuwen."

Ik haal mijn schouders op. "Ik denk dat als hij het goed doet met een leeuw, hij kalm zal zijn als hij een kat ontmoet. En als hij er geen probleem mee heeft om een capibara te zien, dan zal geen enkel ander knaagdier hem bang maken, of het nu een eekhoorn of een rat uit New York is."

Ze schudt langzaam haar hoofd. "Goed dan, maar waarom zou je de hele dierentuin boeken?"

Ik vernauw mijn ogen tot spleetjes. "Hoe kunnen we de situatie beheersen als de reguliere bezoekers er zijn?"

"Ik denk dat dat op een vreemde manier logisch klinkt... in een universum waar je zoveel mogelijk geld probeert uit te geven."

"Moeten we niet gaan?" Zelfs het stellen van de vraag maakt me om de een of andere reden teleurgesteld.

"Kun je een terugbetaling krijgen?" vraagt ze.

"Natuurlijk niet. Het is er nu al leeg."

"In dat geval..." Ze kijkt met een grote grijns naar Colossus. "Gaan we naar de dierentuin."

HOOFDSTUK 22
LILLY

Terwijl ik me voor het uitje naar de dierentuin omkleed en make-up aanbreng, betrap ik mezelf erop dat ik me overdreven opgewonden voel — alsof ik me op een date voorbereid.

Wat voor de duivel? Is het omdat ik heb ontdekt dat Bruce single is? Of omdat hij zijn datingproblemen met me heeft gedeeld — ervan uitgaande dat je zelfs maar kan overwegen wat hij me had verteld als "problemen" te beschouwen?

Ik beteugel mijn enthousiasme enigszins, maar uiteindelijk zie ik er nog steeds op mijn best uit — en waarom niet? Misschien is er wel een leuke dierenverzorger bij het verblijf van de gorilla's.

Tegen de tijd dat ik in de keuken ben, legt de chef-kok uit welk eten hij voor ons allemaal heeft ingepakt, inclusief voor Colossus. Hij heeft zelfs als traktatie een komkommer in stukjes gesneden en kleine koekjes gebakken.

Colossus kijkt verlangend naar de koelbox waar zijn traktaties in zijn opgeborgen.

"Heb je niet *net* ontbeten?" vraagt Bruce aan hem.

Colossus trekt zijn ogen weg van de koelbox en staart omhoog naar zijn mens met een blik die de harten van Cruella de Vil, de boze heks van het westen en Martha Stewart samen zou doen smelten.

Ik wil nu een snack. Het is al eeuwen geleden sinds het ontbijt. Eeuwen, zeg ik je. Hoe kan er van me worden verwacht dat ik op zo'n lege maag functioneer?

Bruce schudt berouwvol zijn hoofd, loopt naar de koelbox en haalt een van de stukjes komkommer tevoorschijn.

Oké. Hij neemt niet meer de moeite om het geheim te houden — hij is gek op de pup — en dat is net zo sexy als het boksen.

Hij zou het waarschijnlijk ontkennen als ik hem ervan beschuldigde verliefd op de hond te zijn, maar ik herken de tekenen. Ik begin er zelf een paar te laten zien.

"De limousine is klaar," informeert Johnny ons en hij pakt de koelbox op.

Als we in de limo stappen, wijs ik naar een zakachtig ding dat aan een stoel is bevestigd en vraag Bruce wat het is — hoewel ik een theorie heb.

"Een autostoeltje voor de hond," zegt Bruce, wat ik al dacht. "Op maat gemaakt en getest."

Alsjeblieft. Nog een teken dat hij dol is op deze hond.

Heeft hij een andere limousine laten crashen om het autostoeltje voor de hond te testen? Het zou me niet verbazen. Als er meerdere manieren zijn om iets te doen, dan gaat Bruce voor degene die het meest kost.

Nadat Colossus in het ding is vastgebonden — met zijn harnasachtige riemen en alles — gaat Bruce op de aangrenzende stoel zitten, vertelt me om mijn 'gordel om te doen' en doet zelf hetzelfde.

Ik neem aan dat hij wil dat ik zo dicht mogelijk bij mijn pupil zit — wat toevallig ook vlak naast Bruce is. Dus neem ik die stoel, volledig klaar om te worden verteld om een paar stoelen op te schuiven als Bruce dat zou eisen, want het is bijna komisch voor ons om in een verder lege limousine zo dicht bij elkaar te zitten.

Nee. Of het kan Bruce niets schelen, of hij vindt mijn nabijheid prima.

Aan de andere kant, ik weet niet zeker of ik het zelf wel prima vind. Ik krijg nog steeds flashbacks naar zijn boksen, en we zitten dicht genoeg bij elkaar om de warmte van zijn krachtige lichaam te voelen en de lekkere geur van komkommer op zijn vingers te detecteren, waardoor ik eraan wil likken —

"Hoe erg onderbreek ik je lesprogramma met dit uitje?" vraagt Bruce, die me uit mijn door hormonen geïnspireerde mijmering haalt.

Ik haal mijn schouders op. "Het is niet zo dat ik Colossus op zijn eindexamen moet voorbereiden."

Colossus moet weten dat we het over hem hebben, omdat hij met zijn staart kwispelt.

Ik doe het examen als er een koekje bij betrokken is. En komkommer. En een buikmassage. Maar vooral het koekje.

De limousine rijdt weg en we rijden een minuut of twee in stilte. Ik krijg het gevoel dat het voor Bruce gezellig aanvoelt, ook al is het voor mij ongemakkelijk.

"Wat doe jij om plezier te hebben?" flap ik eruit en krimp dan meteen ineen. Ondanks onze date-achtige bestemming is dit geen date, maar de vraag *is* date-achtig.

Tot mijn opluchting straft hij me niet omdat ik nieuwsgierig ben. In plaats daarvan fronst hij zijn voorhoofd en doet alsof 'plezier' iets is waar je net zo hard over na moet denken als de betekenis van het leven, het universum en het getal tweeënveertig.

"Definieer 'plezier'," zegt hij uiteindelijk.

Ik grinnik met een onbedoelde gnuif. "Plezier is iets wat je doet om jezelf te vermaken."

"Nou... Ik heb plezier in mijn werk."

"Nee," zeg ik. "Ik vind het leuk om honden te trainen, maar ik kan niet 'mijn werk' zeggen als iemand me vraagt wat ik voor de lol doe. Ik zou zeggen videogames. Of met mijn nichtje gaan bowlen. Of naar het strand gaan om naar de zonsondergang te kijken. Dat soort dingen."

Hij rolt met zijn ogen. "Goed dan. Lezen."

Ik geef hem nu een oogrol. "Je meent het. Laat me raden, je houdt van *The Witcher*-boeken. Ik moet helderziend zijn."

"Ik kook graag," zegt hij met tegenzin.

"Dat lijkt er meer op," zeg ik, maar vraag me in stilte af waarom iemand met een privékok zou willen koken. Hoewel ik me dat misschien afvraag omdat ik nog niet kon koken als mijn leven ervan afhing en ik er niet van geniet. "Anders nog iets?"

Hij schudt zijn hoofd. "Ik heb geen tijd voor iets anders. Er zitten honderdtwaalf wakkere uren in een week, en ik werk er tachtig van. Van de resterende tweeëndertig besteed ik er zeven aan lichaamsbeweging en ongeveer eenentwintig aan eten en andere lichaamsfuncties. Dan heb je nog maar vier uur vrije tijd, dat is ongeveer een half uur per dag. De meeste hobby's vereisen een grotere tijdsbesteding, maar lezen is perfect, net als koken als je dat niet hoeft te doen."

Ik weet niet zeker of ik een miljardair die zo weinig plezier in zijn leven heeft moet bespotten of medelijden met hem moet hebben. "Hoe zit het met wandelen op je gigantische landgoed?" vraag ik. "Vissen in de meren die je bezit, of kajakken? Wat dacht je van films kijken in je persoonlijke bioscoop? Of zwemmen, of het nu in dat gigantische zwembad is dat je bezit of op je privéstrand? Of wat dacht je van —"

"Geen tijd," zegt hij. "Maar ik zou al die dingen kunnen doen. Op een dag."

Ik adem geïrriteerd uit. "Het is alsof al je geld aan jou is verspild."

Zijn kaakspieren tikken. "Als ik geïnteresseerd was

in plezier maken, dan zou ik niet al dit geld hebben."
Hij gebaart naar de chique limo.

Ik wuif zijn punt weg alsof het een irritante vlieg is.
"Als je niet stopt om plezier te hebben, wat heeft het
dan voor zin om al dit geld te verdienen? En trouwens,
je ouders zijn rijk, dus je zou geld hebben zelfs als je
niet als een maniak zou werken."

Hij gnuift. "Ik denk dat je het verschil tussen
miljardairs zoals ik en miljonairs zoals mijn ouders
verkeerd begrijpt."

Ik kan niet geloven dat hij dat met een strak gezicht
heeft gezegd. "Ik weet zeker of het verschil net zo groot
is als het verschil tussen miljonairs en mensen zoals ik."

"Fout," zegt hij. "Als je een middenklasse salaris
verdient, dan kun je in een jaar of twintig een miljoen
verdienen. Om een miljard te verdienen, zou het
tweeëntwintigduizend jaar duren."

"Ik denk dat we je hobby hebben gevonden," zeg ik.
"Nutteloze wiskunde en meer geld hamsteren dan je
ooit zou kunnen uitgeven."

Hij grijnst. "Het proletariaat heeft weer gesproken."

"Dat heeft de kapitalistische klasse ook," antwoord
ik met een zucht.

De limousine stopt en ik gluur stiekem uit het raam.

Dit is niet de dierentuin. Gezien waar we zijn,
hebben we het enorme landgoed nog niet verlaten.

"Dat is het helikopterplatform," legt Bruce uit.

Ik maak mijn veiligheidsgordel los. "De helikopter
verraad je."

"Sorry dat het zo lang duurde om hier te komen,"

zegt Bruce. "Ik had het helikopterplatform dichter bij het huis moeten bouwen."

"Ja, ik haat het ook als ik naar mijn helikopter moet rijden. Wat heeft een helikopter met de dierentuin te maken?

Hij grijnst. "Hij zal ons daar naartoe brengen."

Ik maak de stoel van Colossus los. "Je realiseert je dat we net bijna de helft van de afstand hebben gereden die het zou hebben gekost om naar de dierentuin te gaan." Als in, hij gaat veel te ver met het hele "doe het op de duurste manier".

Bruce maakt zijn veiligheidsgordel los. "We gaan niet naar de Palm Beach Zoo."

"Oh?"

"Ik heb liever die in Miami." Hij houdt de deur voor me open terwijl de chauffeur de koelbox pakt.

"Miami?" fluister ik tegen Colossus. "Ik had half verwacht dat hij zou zeggen dat we naar Zoológico de Chihuahua in Mexico gaan."

Vanuit de auto gaan we naar de helikopter, waar al een piloot staat te wachten.

"Heeft Colossus ooit gevlogen?" vraag ik Bruce terwijl we gaan zitten.

"Een paar keer," zegt Bruce. "Volgens mij vindt hij het leuk."

Huh. Moet ik toegeven dat ik een helikoptermaagd ben?

Nee.

Ik doe gewoon mijn gordel om en slik mijn overprikkelde hart terug in mijn keel.

De motoren brullen en we stijgen op.

Het geluid is zo oorverdovend dat praten niet mogelijk is — niet dat ik het erg vind, omdat ik alleen maar naar het glorieuze landschap onder ons wil staren.

Tot mijn schrik haalt Bruce de Nintendo Switch tevoorschijn en begint hij *The Witcher 3* te spelen.

Is hij erg verwend? Zelfs als ik duizend keer in deze helikopter had gevlogen, zou ik nog steeds uit het raam willen kijken — en ik ben de grootste fan van die videogame.

Al te snel landt de helikopter op een lege parkeerplaats die helemaal geen helikopterplatform is. Ongetwijfeld krijgen alleen mensen als Bruce toestemming om zoiets te doen.

We laten onze chique lift achter ons en gaan naar de ingang van de dierentuin.

Ik loop met Colossus aan de riem en hij moet de dieren die in de buurt zijn al ruiken — omdat hij opgewonden met zijn staart kwispelt.

Voordat we de eigenlijke dierentuin kunnen binnengaan, kruist een slonzige, streng uitziende oudere heer ons pad, zijn uitdrukking van afkeuring is bijna voelbaar.

"Meneer Roxford?" vraagt hij.

"Ja." Bruce steekt zijn hand uit. "En jij bent?"

"Ik ben *dokter* Smith." Hij pakt de uitgestoken hand vast alsof hij hem wil houden. "Volgens de president heb je iemand nodig met een doctoraat in de zoölogie voor je kleine date?"

Kleine dat? Heeft hij het over mij? Ik hoop ook dat de 'president' degene is die de leiding heeft over deze dierentuin, niet die de leiding over dit land heeft.

Bruce rukt zijn hand uit de vreemde handdruk. "Pardon?"

Dokter Smith trekt zijn knoopachtige neus op. "Ik probeerde te zeggen dat ik belangrijkere dingen te doen heb dan een veredelde gids te zijn."

Ik heb nog nooit een erger geval gezien van een verkeerde houding bij iemand aannemen. De uitdrukking van Bruce wordt praktisch arctisch en ik verwacht half dat er waterdruppels op zijn huid gaan condenseren, zoals op een frisdrankblikje dat net uit de koelkast komt.

"Er is een misverstand geweest," zegt Bruce, elk woord druipt van de vloeibare stikstof. "We hoeven geen hulp van een pompeuze klootzak."

Alsof hij de woorden probeert te benadrukken, gromt Colossus naar dr. Smith — ongetwijfeld de houding van Bruce oppikkend.

"Neem je die harige rat mee naar de dierentuin?" vraagt dr. Smith, ontzet klinkend.

Colossus kijkt naar Bruce en dan naar mij — duidelijk niet zeker of hij het gegrom op dit moment tot een blaf moet laten escaleren.

Ik ben geen rat. Ik zou mijn kameraden nooit verraden, zelfs niet voor een komkommer... Misschien zelfs niet voor een koekje.

"Luister, meneer," zeg ik, terwijl ik me bedenk dat het het beste is om te voorkomen dat Bruce deze idioot knock-out slaat en later een schikking van zeven cijfers moet betalen. "U zei dat u het te druk had — geweldig! Waarom gaat u niet doen wat u moet doen?" Neervallen zou de voorkeur hebben, maar ik ben geen muggenzifter.

"Juist. Ga gewoon geen verblijven binnen," zegt dr. Smith met een snauw. "En verlies dat ding niet uit het oog, anders zal iets het opeten." Hij wijst naar Colossus.

"Super behulpzaam," zeg ik met een oogrol. "Wat dacht u ervan om gorillapoep te gaan scheppen — of wat u hier ook doet?"

De uitdrukking van Bruce wordt meteen warm. Hij haalt een van de microkoekjes tevoorschijn die de chef-kok heeft bereid en geeft het aan Colossus. En zo ineens heeft Colossus alles vergeven — en is hij het vergeten.

Met een zucht draait dr. Smith zich op zijn hielen om en loopt weg. Het is niet verrassend dat hij loopt alsof hij een bezem in zijn kont heeft zitten.

"Na jou," zegt Bruce, terwijl hij naar mij en Colossus gebaart om als eerste naar binnen te gaan.

Dat doen we, en ondanks een enigszins vervelende start, voel ik mezelf opgewonden worden.

De opwinding wordt sterker als Bruce onthult dat hij een tweepersoons golfkarachtige fiets heeft gehuurd, zodat we over het terrein van de dierentuin kunnen fietsen in plaats van lopen.

"Waarom?" vraag ik.

"Weet je hoe graag Colossus zijn territorium markeert?" vraagt hij.

Ik knik.

"We zullen niet ver komen als we te voet door de dierentuin gaan, maar dit zou moeten helpen. Mag ik?"

"Natuurlijk," antwoord ik en het is bijna waar. Als ik het niet goed zou vinden, dan zou het zijn vanwege hoe date-achtig dit vervoermiddel aanvoelt. Of misschien is *romantisch* een beter woord?

"Geweldig." Bruce zet Colossus vast in het compartiment van de fiets dat meestal voor kinderen is bedoeld. "Wil jij rijden?"

Ik kies gracieus de kant van de fiets met een nepstuur. "Aangezien jij betaalt, kun je net zo goed rijden."

Aan de andere kant wordt hij meestal overal heen gereden, dus misschien —

Nee.

Ik kan zien dat hij opgewonden is om degene te zijn die rijdt. Hoe valt anders de enthousiaste manier te verklaren waarop hij begint te trappen en de tweezitter zonder mijn hulp beweegt?

Ik begin hem na een minuut te helpen, maar we stoppen al heel snel, naast een verblijf die op het eerste gezicht leeg lijkt te zijn — met slechts een gracht rond een eiland met een Indonesische tempel in het midden.

De neus van Colossus wordt hyperactief, dus er is duidelijk een dier dat hij ruikt, ook al zien we niks.

En dan zie ik er een.

Een tijger.

HOOFDSTUK 23
BRUCE

Bij het zien van de gigantische kat raakt Lilly gespannen, maar Colossus staart gewoon naar de moordmachine met een nieuwsgierigheid die hij meestal voor knuffels, robotstofzuigers en nieuwe schoenen reserveert.

Kanttekening voor mezelf: als ik ooit op safari ga, dan blijft de hond thuis, omdat hij misschien gewoon aan de kont van een tijger gaat ruiken als hij de kans krijgt.

Lilly komt uit haar overpeinzing en beloont het relaxte gedrag van Colossus met een traktatie. Dan gaan we verder en stoppen we pas als we een krokodil in de buurt zien.

Deze keer lijkt Colossus een beetje van streek te zijn door wat hij ziet, wat waarschijnlijk het beste is aangezien Florida wemelt van de alligatorneven van dat wezen, en er zijn weinig chihuahua's die het zouden overleven om te proberen met een van hen

187

bevriend te raken. Dan, alsof hij probeert te bewijzen hoe slecht hij is in het onderscheiden van gevaarlijke dieren van goedaardige dieren, blaft Colossus naar de Indische tapir.

"Ik weet het, lieverd," zegt Lilly geruststellend. "Dat ding moet beslissen of hij een varken of een miereneter is."

Op de een of andere manier kalmeren haar woorden de pup en zodra hij stil is, beloont ze het gedrag met een koekje.

"Tapirs zijn eigenlijk aan paarden en neushoorns verwant," zeg ik.

Lilly steekt haar kleine tong naar me uit. "En ik maar denken dat het wegwerken van dr. Smith zou betekenen dat we de saaie lezingen zouden overslaan."

Fuck. Kan ik haar verbieden om dat nog een keer te doen, en iets anders met die verrukkelijke tong, vooral als ik probeer te trappen? Fietsen en een stijve krijgen gaan zeker niet samen.

Nee, slecht idee. In het beste geval zou ik het beleefd kunnen vragen. Maar gezien het feit dat ze tegendraads is, zou dat hetzelfde zijn als haar een koekje geven. Ze zou het gewoon vaker doen.

Colossus begint weer te blaffen, dit keer naar een orang-oetan.

"Stil," zegt Lilly kalmerend tegen hem. Tegen mij zegt ze met een grijns, "Niet dat je het hem kwalijk kunt nemen. Hij denkt waarschijnlijk dat dat je chef-kok is, die naakt staat."

Ik barst in lachen uit. Nu Lilly erop heeft gewezen, is de gelijkenis griezelig.

Mij horen lachen lijkt de hond te kalmeren en Lilly geeft hem weer een traktatie voordat we naar het verblijf van de lippenbeer gaan.

Natuurlijk. Colossus kwispelt met zijn staart naar de beer.

"Is het mogelijk dat hij slim genoeg is om bij gevaarlijke dieren te slijmen?" vraag ik aan Lilly. "En alleen degenen lastig te vallen die hem niet kunnen opeten?"

"Ik ben er vrij zeker van dat de chef-kok — ik bedoel, de orang-oetan — een gevaar voor een hond van Colossus zijn formaat kan zijn."

We gaan verder en Colossus bewijst dat mijn theorie verkeerd is als hij blij is om de stokstaartjes te zien, maar naar een olifant blaft. Bij het leeuwenverblijf kwispelt hij met zijn staart, maar hij doet het ook bij een kameel.

"Misschien bepaalt hij zijn gedrag op basis van geur?" mompel ik. "Of op de vormen van de wolken boven ons?"

Lilly gebaart in de verte. "Dit volgende verblijf zou interessant moeten zijn."

Ze heeft gelijk. In het volgende verblijf zien we Afrikaanse wilde honden.

Huh. Ze moeten genoeg naar een gewone hond ruiken dat Colossus aan hun kont wil ruiken, en hij ziet er teleurgesteld uit als hij dat niet mag doen.

We rijden naar het volgende verblijf, een met hyena's.

Colossus begint te grommen.

Lilly kalmeert hem. "Ik weet het, lieverd. Niemand vindt ze leuk — niet nadat ze Scar met zijn kwaadaardige plannen tegen Simba en Mufasa hebben geholpen."

Maar hebben de hyena's het niet enigszins goed gemaakt toen ze Scar aan het einde af hadden gemaakt?

Wat zijn reden ook is om ze niet leuk te vinden, na de hyena's lijkt Colossus in een slecht humeur te zijn en blaft hij naar gazellen, dan antilopen, gevolgd door gemsbokken en addaxen.

"Misschien vindt hij ze niet leuk vanwege al die hoorns," zegt Lilly met een brede grijns. "Denk er eens over na: ze zijn groot en ze hebben hoorns."

Ik grinnik en voeg daar volgens haar logica niet aan toe dat Colossus ook naar mij zou moeten blaffen, omdat ik behoorlijk groot ben, en omdat ik bij Lilly ben, heb ik een grotere hoorn in mijn broek dan een tiener die net het internet heeft ontdekt.

Naarmate we verdergaan, lijkt er nog minder logica te zijn voor de voorkeuren en antipathieën van Colossus. Hij is blij om het nijlpaard te zien, maar niet de zwarte neushoorn, hij blaft naar gorilla's, maar is blij om chimpansees te zien — hoewel de laatste lijken te overgooien met hun uitwerpselen. Daarna kwispelt hij met zijn staart als hij de giraffen ziet, maar hij gromt naar hun neef, de okapi.

We gaan zo door totdat we de gigantische Galapagosschildpadden bereiken — die toevallig elkaar aan het berijden zijn als we dichterbij komen.

Blozend schraapt Lilly haar keel. "Nou dan. Dit is gênant."

Ja. Ze zien eruit als twee tanks die in slow motion bezig zijn, en de hond lijkt gefascineerd te zijn door het spektakel, terwijl ik gewoon jaloers ben.

"Dat gaat wel even duren," zegt Lilly nadat we daar een paar minuten gefascineerd hebben gestaan. "Ze moeten schildpaddentantra beoefenen."

"Het zijn de langstlevende gewervelde landdieren," zeg ik. "Het zou logisch zijn als hun coïtus ook het langst zou duren."

Colossus gaapt — waarschijnlijk is hij zich gaan vervelen van al die geile reptielen. Ik rijd ons naar de volgende attractie, wat de harpij blijkt te zijn.

De reactie van Colossus is volledig neutraal, alsof de vogel niet eens bestaat.

"Denk je dat hij het zat wordt om zoveel dieren tegelijk te zien?" vraag ik.

"Waarschijnlijk," zegt Lilly. "En het is ook bijna zijn etenstijd."

Ze heeft gelijk. Ik verhoog de snelheid en rijd ons naar een klein plekje bij een beekje waar onze picknick al is opgezet.

"Wauw," zegt Lilly als ze het ziet. "Dat is best aardig."

Als ze met aardig onnodig romantisch bedoelt, dan zou ik het ermee eens moeten zijn. Voor mij en Lilly ligt er een knusse deken op het gras met wijn en een echt buffet van hors d'oeuvres. Voor Colossus is er een afgesloten ruimte bedekt met een net (om hem tegen roofvogels te beschermen) en een verscheidenheid aan gemengd voedsel verspreid over likmatten om zijn smaakpapillen minstens een paar minuten te stimuleren.

Ik ga zitten, pak een gerookte forelkroket en gebaar naar Lilly om me te vergezellen. Dat doet ze, en terwijl ze een dadel met geitenkaas verslindt, doe ik mijn best om niet te veel naar haar mond te staren — hoe fascinerend die ook is.

"Was dat goed?" vraagt ze, terwijl ze er zelfbewust uitziet. "Ik beloof dat ik de volgende hap iets meer zal kauwen."

Ik kijk haar met een verwarde uitdrukking aan, totdat ik het snap. "Je bedoelt mijn misofonie?"

Ze knikt.

"Dat was ik helemaal vergeten," zeg ik vol ontzag. "Dat is de eerste keer dat dat ooit is gebeurd."

HOOFDSTUK 24
LILLY

Door zijn bekentenis voel ik me specialer dan de Groene Baretten — en niet voor het eerst.

Toch neem ik voor het geval dat de kleinste gevulde tomaat en eet ik hem met zo min mogelijk kauwen. Dan, vooral om zijn aandacht weg te krijgen van het feit dat ik eet, vraag ik, "Toen je zei dat een miljard een veel groter bedrag is dan een miljoen, begon ik me af te vragen... Waarom heb je überhaupt zoveel geld nodig?"

Hij overweegt dit bij een crostini. "Ik weet dat je denkt dat er inkomensongelijkheid is hier in de VS, en ik zal dat punt niet betwisten, maar als je naar de wereld als geheel kijkt, dan is dat waar een veel grotere ongelijkheid in het spel komt — en ik heb daar iets aan willen doen. Iets doen vereist echter rijkdom in de miljarden in plaats van in de miljoenen."

Ik ben sprakeloos. De man van wie ik dacht dat hij

het menselijke equivalent van Dagobert Duck was, geeft echt om inkomensongelijkheid? "Wat ga je precies doen?" vraag ik.

Hij vertelt het me. Zijn uitleg wordt een beetje technisch, maar zo goed als ik het kan begrijpen, gaat hij binnenkort een cryptocurrency in de wereld vrijgeven, een die mensen die geen toegang hebben tot banken in staat zal stellen elektronisch te betalen waar ze dat voorheen niet konden. Wat nog belangrijker is, is dat de crypto rijke particulieren in staat zal stellen om geld rechtstreeks aan mensen te doneren — iets wat Bruce van plan is te pionieren.

"Maar er is toch al cryptocurrency?" vraag ik. "Bitcoin en dergelijke?"

"De mijne zal milieuvriendelijker zijn," zegt hij. "En hopelijk stabieler."

"Wauw," zeg ik. "Dit stelt je werkverslaving in een bijna engelachtig licht."

"Nou, dan zal ik je de volledige openheid geven," zegt hij. "Ik verwacht dat ik uiteindelijk nog rijker zal worden — ervan uitgaande dat ik niet besluit om het nieuwe geld dat ik met dit initiatief verdien te doneren."

"Hoe?"

Hij gaat verder met het uit te leggen, maar ik begrijp het maar vaag en ben te beschaamd om dat toe te geven.

"En hoe zit het met jou?" vraagt hij wanneer hij klaar is met in crypto-jargon te praten. "Heb je een groot doel dat je probeert te bereiken?"

Ik weet niet zeker of het de leuke dag is die we samen hebben doorgebracht, of het feit dat ik ons op een belangrijke manier voel verbinden, of de herinnering aan die kus, maar ik leg al mijn kaarten op tafel — of liever gezegd, op deken. "Ik wil hulphonden trainen."

Fronsend stopt hij het pad van een klein broodje komkommer dat op weg was naar zijn mond. "Ik dacht dat dat is wat je *nu* doet. Heb je me niet verteld over het trainen van de hond van je nicht om onvruchtbaarheid op te sporen?"

"De hond ruikt het als iemand vruchtbaar is, en ja, dat heb ik gedaan, maar dat is tot nu toe mijn enige hulphond geweest. Het spijt me als ik het heb laten klinken alsof ik er meer heb getraind. Met het geld van deze baan ben ik van plan om naar een gespecialiseerde school te gaan en een heleboel certificeringen te behalen."

Hij knikt goedkeurend. "Laat het me weten als je vooraf geld nodig hebt om voor die school en dergelijke te betalen. Nu Colossus gesocialiseerd is, kan ik er ook voor zorgen dat iemand van het huishoudelijk personeel hem een paar uur per dag in de gaten houdt terwijl jij studeert."

Bij Anubis, als hij gaat experimenteren met aardig zijn, en ook nog eens bij zo'n romantische picknick, dan kan ik niet verantwoordelijk worden gehouden voor mijn acties (of slipjes die uitgaan).

"Oh, en als je een specialisatie als hulphond voor

Colossus kunt bedenken, dan zou ik dat graag willen horen," voegt hij eraan toe.

Het idee komt in een flits bij me op. "Wat dacht je van je misofonie?"

Shit. Mijn stomme herinnering eraan lijkt zijn goede humeur te verpesten. "Hoe kan een hond daarbij helpen?"

"Zeg jij het maar," zeg ik. "Hij kan emotionele steun bieden wanneer je het nodig hebt, of ik kan hem leren te blaffen naar iedereen die in je omgeving op kauwen wordt betrapt. Op die manier ben je niet de enige die last heeft van een vervelend geluid."

Hij wordt weer vrolijker. "Kun je hem dat leren?"

Ik knik. "Eten trekt al zijn aandacht, en we weten van eerder hoe hij kan blaffen, dus het combineren van de twee zou niet zo moeilijk moeten zijn."

Er komt een ondeugende glans in zijn ogen. "Hoe snel kun je het doen?"

Ik haal mijn schouders op. "Wanneer moet het klaar zijn?"

"Morgen," zegt hij.

"Waarom?"

Hij zucht. "Mijn familie respecteert mijn aandoening niet echt. Het zou leuk zijn als Colossus hun gedrag controleert."

Er zit veel informatie in die verklaring, maar ik heb op dit moment geen tijd om te psychoanalysen. Ik ben verwoed op zoek naar het meest efficiënte trainingsregime... en kom met niks. Niet tenzij... "Wat als we valsspelen?"

Bruce trekt een wenkbrauw op.

"Ik zou hem kunnen leren blaffen als hij een gebarencommando ziet," leg ik uit. "Je zou dan stiekem het gebaar kunnen doen als iemand bij je in de buurt eet — maar we zouden ze kunnen *vertellen* dat hij blaft, omdat hij een misofonie-hulphond is."

Mijn beloning is een van die zeldzame glimlachen die van zijn gezicht de belichaming van knapheid maken. "Wat dacht je hiervan als gebaar?" Hij masseert zijn slaap met zijn rechterwijsvinger.

"Ik denk dat ik hem daar heel snel op kan laten blaffen. Mogelijk zelfs vanavond. Ik moet alleen weten wat hem op dit moment laat blaffen, zodat ik het gedrag kan belonen."

"Alcohol inwrijven," zegt hij. "Ik had wat aangebracht nadat ik mezelf een keer had gesneden tijdens het scheren. Hij blafte alsof ik een gorilla was."

"Hij moet de geur haten," zeg ik met een duim omhoog.

"Dat dacht ik al."

Ik pak een miniatuur quesadilla en hij doet hetzelfde — en onze vingers raken elkaar.

Oh wauw. Zo moet het monster van Frankenstein zich na die reanimerende blikseminslag hebben gevoeld.

De quesadilla vergetend, leunen we naar elkaar toe, aangetrokken door de energie die onze vingers zojuist hebben uitgewisseld.

Ik bevochtig mijn lippen. Hij kijkt me hongerig aan

en buigt dan zijn hoofd. Net als onze lippen elkaar raken, is er een hondengejank.

We vliegen uit elkaar als twee magneten met omgekeerde polariteiten.

Blozend draai ik me om en zie dat — verrassend genoeg — de erbarmelijke geluiden uit het verblijf van Colossus komen. Hij moet klaar zijn met zijn likmatten, hebben gezien dat we op het punt stonden om te gaan zoenen en hij voelde zich buitengesloten.

"Hij wil waarschijnlijk naar huis," zegt Bruce.

Ja. Natuurlijk. De hond wil naar huis, het is niet dat zijn vader er opnieuw spijt van heeft dat hij bijna 'de hulp' heeft gekust.

Ik raak mijn ontevreden lippen aan. "Geweldig. Dat zou me meer tijd voor zijn training moeten geven."

Bruce springt overeind en steekt zijn hand uit om me te helpen opstaan. Ik doe alsof ik het aangeboden aanhangsel niet zie, sta zelf op en haal Colossus uit de omheining en zet hem in zijn harnas.

We praten niet veel op de reis terug naar de helikopter en het lawaai tijdens de vlucht laat ons niet communiceren op de weg terug naar het landgoed.

"Heb je hier ontsmettingsalcohol?" vraag ik Bruce als we in de limo stappen. "Ik wil alvast met de training beginnen." En als dat betekent dat we niet hoeven te praten — of in de verleiding komen om te kussen — des te beter.

Hij rommelt in de EHBO-doos, maar het blijkt dat er een antibiotische zalf in zit in plaats van ontsmettingsalcohol. Hij gaat naar de bar, pakt een fles

Absolut Crystal en vraagt aan Colossus, "Zou je naar wodka blaffen?"

Colossus kwispelt met zijn staart. Ongetwijfeld was de vraag die hij hoorde, "Wil je een koekje?"

"Laten we het eens testen." Ik maak een koekje klaar. "Open de fles, doop er een servet in en laat hem ruiken."

Als hij bijna klaar is met de voorbereiding, voeg ik eraan toe, "Leg je vinger op je slaap zodat hij het kan zien."

Bruce laat Colossus aan de wodka ruiken. De pup blaft.

Deze geur is een belediging voor de reukwaarneming — en dit komt van iemand die het aroma van een rijpe kont luxueus vindt.

Bruce raakt te laat zijn slaap aan en ik geef Colossus een koekje.

"Probeer nu alleen het gedeelte met je slaap," zeg ik.

Bruce doet het, maar het werkt nog niet, dus we gebruiken opnieuw de wodka en doen het daarna nog een paar keer.

Tegen het einde van de rit in de limousine begint Colossus te begrijpen wat we proberen te doen en blaft hij soms als Bruce zijn slaap aanraakt.

"We zullen hier de rest van de dag aan werken," zeg ik als we tot stilstand komen.

"Ja," zegt Bruce heerszuchtig. "Doe dat."

———

"Klaar om naar bed te gaan?" vraag ik aan Colossus als ik mezelf voor de tiende keer betrap op gapen.

Hij houdt zijn hoofd schuin en trekt puppyogen naar me.

Natuurlijk, maar kan ik dromen aanvragen waarin ik koekjes eet?

"Kijk me niet zo aan," zeg ik als het verdriet in de puppyogen toeneemt. "Goed dan. Wat dacht je van nog eentje — maar dat is dan wel de laatste?" Ik leg mijn vinger op mijn slaap.

De pup blaft triomfantelijk en accepteert trots zijn traktatie. Hij heeft deze truc nu volledig onder de knie en is klaar om onder verschillende omstandigheden te leren blaffen.

Ik kijk op de klok.

Het is al ver voorbij bedtijd.

"Ga slapen." Ik wijs naar de kleine replica van het bed van Bruce die iemand heel behulpzaam hier heeft neergezet terwijl we in de dierentuin waren. "Dit is je nieuwe kamer."

Colossus loopt naar het bed toe om eraan te ruiken, pakt dan het beddengoed met zijn tanden en begint het — zonder succes — te verslepen.

Misschien wil hij het verder van de muur hebben? Ik verplaats het bed een beetje, maar het sleepgedrag stopt niet.

Raar. Is het een ritueel of een vreemde manier om zichzelf in te stoppen? Misschien werkt hij zich een weg omhoog om zijn zin met het bed te krijgen? Roach bereed af en toe zijn bed. En de poef naast mijn fauteuil. En de bezem.

Ik laat Colossus doen wat hij van plan is, kleed me uit, pak mijn nachthemd en ga naar de badkamer om te douchen. Terwijl het warme water over mijn huid loopt, sluit ik mijn ogen, maar dat zorgt ervoor dat er wat ongewenste beelden in mijn geest komen — die van Bruce, zijn lippen en andere lichaamsdelen.

Dat doet het. Zodra ik in bed lig, ga ik wat van deze seksuele spanning met een van mijn speeltjes ontladen.

Met een plan op zijn plaats, ga ik de douche uit, droog mezelf af en trek het nachthemd aan — dan herinner ik me dat ik mijn tanden nog niet heb geflost of gepoetst. Ik ben halverwege het poetsen als ik een hartverscheurend gejank hoor dat griezelig veel op het gehuil van een baby lijkt.

Ik slik mijn tandpasta door en ren op blote voeten naar hem toe om te zien wat er aan de hand is.

Colossus ziet er ellendig uit en zit jammerend naast zijn bed.

"Ik ben hier," zeg ik kalmerend tegen hem. "Ga slapen."

Hij luistert niet en niets wat ik probeer, werkt — van buikmassages tot krabben achter het oor.

Tijd voor de grote jongens. Ik pak hem op en neem hem mee naar mijn bed. Als dit een grote nee voor Bruce is, dan kan hij me er later voor straffen.

Het gejammer gaat door. Ik begin te vermoeden wat Colossus wil — de aanwijzing is dat zijn kleine neus feilloos naar de deur wijst.

"Wil je naar papa?" vraag ik.

Hij jankt weer.

"Hij slaapt waarschijnlijk al," zeg ik. "Hij zal chagrijnig zijn als we hem wakker maken." Of moorddadig.

Weer een gejank.

"Serieus. Kun je misschien tot morgen wachten?"

Nee. De pup lijkt ontroostbaar te zijn.

Ach ja. Mijn kansen om ontslagen te worden zijn zojuist omhooggeschoten. Ik schuif mijn blote voeten in slippers, neem Colossus in de ene hand en zijn bed in de andere en doorkruis het landhuis — dat speciaal voor deze gelegenheid lijkt te zijn gegroeid.

Als ik de kamer van Bruce bereik, hijg ik en parelt er zweet op mijn slapen. Aan de andere kant wordt Colossus stil en bevestigt hij mijn theorie.

"Gedraag je alsjeblieft," smeek ik de pup. "Mijn beste optie is om met je naar binnen te sluipen en weer naar buiten te gaan voordat Bruce wakker wordt."

Biddend dat de deur niet kraakt, open ik hem slechts op een kier.

Shit.

Het is pikzwart in vergelijking met de gang.

Ik sluit mijn ogen en dwing ze om zich aan het donker aan te passen. Tegelijkertijd aai ik Colossus en hoop dat hij zo dicht bij zijn doel niet gaat janken.

Mijn strategie loont. Als ik mijn ogen open, kan ik goed genoeg in de slaapkamer kijken om naar binnen te sluipen.

Ik kanaliseer mijn innerlijke ninja, houd mijn adem

in en loop op mijn tenen naar de voormalige locatie van het hondenbed.

Oké. Ik ben er en tot nu toe onopgemerkt.

Ik zet het bed neer en zet Colossus erin.

Ja! Het is gelukt en Bruce weet van niks — dat wil zeggen, tot morgenochtend.

Ik ga weer in sluipmodus en draai me naar de deur. Dat is het moment waarop een dikke zweetdruppel op mijn rechterslaap ondraaglijk begint te voelen en ik hem wegveeg.

Colossus blaft.

Shit.

Ik ben zo'n idioot. Ik heb hem net urenlang getraind om te blaffen als hij ziet dat iemands slaap wordt aangeraakt, en ik heb hem gewoon per ongeluk het bevel gegeven.

"Alexa, slaapkamerverlichting aan!" schreeuwt Bruce — en ik voel een gevoel van déjà vu als ik even verblind word.

Ik draai me naar mijn ondergang toe en knijp mijn ogen samen tegen het licht — en mijn ogen dreigen uit mijn hoofd te springen en tongen te laten groeien, zodat ze een deel van wat ze zien kunnen likken.

Bruce draagt absoluut niets en hij zit bijna boven op me, zijn blik is op zijn best ijzig, elke spier is aangespannen en Titan staat volledig rechtop en steekt als de wijsvinger van een reus uit.

Gedreven door pure adrenaline, ga ik een stap achteruit en dan nog een... dat is wanneer ik op de rand van het bed van Colossus stap en mijn evenwicht verlies.

Mijn handen beginnen te wapperen.

Oh nee. Als ik op de kleine hond val, dan zal ik hem pijn doen. Dus ik doe het enige wat ik kan om hem te redden — ik laat me naar voren vallen, recht op Bruce af.

HOOFDSTUK 25
BRUCE

Ik zie Lilly heen en weer zwaaien en kan me bijna voorstellen dat haar kleine hoofd de vloer raakt — en de schade die daaruit zou voortvloeien.

Nee. Niet waar ik bij ben. Met adrenaline die de capaciteiten van mijn spieren op een niveau brengt dat ik niet voor mogelijk had gehouden, spring ik naar voren en slaag ik erin om haar net op tijd in mijn armen te vangen.

Zelfs op deze manier kan ik zien dat de lucht uit haar wordt geslagen, maar dit is niets in vergelijking met de nachtmerrie die het had kunnen zijn. Als ik er zo over nadenk, klinkt de spoedeisende hulp van mijn moeder niet meer zo onnozel.

Ik ga er een laten bouwen. Meteen morgenochtend.

Lilly komt op adem en knippert met haar ogen naar me. Haar groen met lichtbruine ogen staan bang en haar wenkbrauwen zijn zo geanimeerd dat als ze in morsecode beginnen te spreken en onafhankelijk voelend blijken te zijn, het me niet zou verbazen.

"Je hebt me gevangen," zegt ze, naar adem snakkend.

"Net aan." En omdat ik niet zeker weet of ze weer zal vallen als ik haar op haar voeten zet, draag ik haar in plaats daarvan naar mijn bed. Als ze veilig op het matras ligt, vraag ik, "Gaat het?"

Ze knikt.

"Gebruik je drugs?" eis ik.

Ze knippert met haar wimpers naar me. "Drugs?"

Ik knik naar Colossus — die al ligt te slapen, alsof zijn trainer niet net bijna haar schedel heeft gebroken. "De hond hierheen brengen. Je evenwicht verliezen. Drugs en alcohol zijn de meer goedaardige verklaringen die in me opkomen. Voor zover ik weet, heb je geen last van duizeligheid, of —"

"Ik struikelde gewoon," zegt ze, terwijl ze overal behalve naar mij kijkt. "Je was naakt, dus ik struikelde."

"Oh." Ik realiseer me dat ik nog steeds naakt ben en dat dit sociaal gezien niet acceptabel is, vooral omdat mijn pik nog steeds —

"De hond miste je," zegt ze vol zelfvertrouwen. "Hij begon te janken, dus heb ik hem hierheen gebracht. Als je me gaat ontslaan —"

"Dank je. Ik vind het niet prettig als hij verdrietig is." Nu ik weet dat ze niet op het punt staat om een overdosis te krijgen en verder veilig is, neem ik haar outfit in me op, of het gebrek daaraan, en heb daar onmiddellijk spijt van, omdat het mijn erectie bijna pijnlijk maakt in zijn intensiteit.

Ze kijkt me aan. "Het *kan je wel* schelen." Als om haar woorden te benadrukken, scant ze moedwillig mijn naakte lichaam terwijl een blos zich van haar wangen en diep in haar nachthemd verspreidt.

Waarom trekt ze me zo aan? Het is alsof ze een koekje is en ik mijn hond ben. Zonder het te willen, vormen mijn lippen vier woorden. "Het kan me schelen."

En dat is het. Het is alsof er een dam is gebroken. Ze buigt zich naar me toe en ik sluit de resterende afstand in een oogwenk. Dan verslindt mijn mond de hare, en het is net zo voortreffelijk als eerder, alleen rauwer en gepassioneerder.

Maar nee. Ik trek me terug. "Dit kunnen we niet doen."

Haar lippen gaan uit elkaar, helemaal verleidelijk en roze. "Waarom niet?"

Waar moet ik beginnen? "Je werkt voor me."

Ze gnuift. "Dat kan me niet schelen."

"Er is ook —"

"Ik weet dat je het wilt." Ze kijkt naar mijn pik.

"Willen? Ik heb je nodig, maar —"

Ze schudt hevig met haar hoofd. "Geen gemaar. "

Fuck het. Ik kus haar opnieuw, en niet alleen haar lippen, maar ook haar heerlijk kleine hals, haar sierlijke sleutelbeen, haar delicate schouder... Ik haal moeizaam adem en trek me terug om haar een kans te geven om tot bezinning te komen, maar in plaats daarvan glijdt ze uit haar nachthemd.

"Wauw," mompel ik eerbiedig. "Jij bent prachtig."

"Jij ook," hijgt ze en dan doet ze het meest sexy ding wat ik ooit in mijn leven heb gezien — naast haar yogahoudingen en die training met de riem waar ze me doorheen liet gaan.

Ze kruipt op handen en voeten over bed, in de buurt van waar mijn kussens liggen. Haar parmantige kleine kontje komt zo dicht mogelijk bij perfectie als de dingen buiten het rijk van de zuivere wiskunde kunnen zijn.

Realiseert ze zich wel wat ze doet? Mijn hart bonst in mijn slapen en mijn neusvleugels trillen als die van een wild beest.

Over haar schouder mompelt ze, "Heb je bescherming?"

Ik ruk bijna een lade uit de kast en pak een condoom uit het nachtkastje. "Weet je het zeker?" Mijn woorden zijn een lage grom.

"Zeer zeker." Ze spreidt haar benen een beetje en geeft me een glimp van roze.

Fucking fuck. Ik ga ontploffen. De volgende paar seconden zijn wazig — waarschijnlijk omdat mijn pik al het bloed monopoliseert, waardoor er weinig overblijft voor mijn hersenen. Ik trek haar naar me toe, kus me een weg langs haar lichaam totdat ik het roze poesje bereik dat ik net heb gezien, en dan verlies ik mezelf erin en lik ik haar plooien alsof het mijn laatste maaltijd is.

Ze kreunt en spoort me aan, en ik schuif een vinger in haar om de fluweelzachte warmte te voelen waar ik al van droom sinds we elkaar hebben ontmoet.

Oh, shit. Ze voelt nog beter dan in mijn dromen. Het enige wat ik wil doen is bij haar naar binnengaan — maar ik verzet me. Ik moet haar zo laten komen.

Haar gekreun wordt wanhopiger.

Ja! Ik sta op het punt om het te verliezen.

Tijd om het af te maken. Ik verzamel de snel ontrafelende flarden van mijn zelfbeheersing bij elkaar, laat mijn tong op het kleine knopje van haar clitoris rusten en druk van binnenuit met mijn vinger op hetzelfde gebied.

Haar gekreun verandert in geschreeuw, en dan trilt haar lichaam terwijl haar poesje zich om mijn vinger knijpt.

Haar orgasme ontgrendelt iets oers in me. Ik vang haar blik, trek mijn vinger uit haar en lik elke druppel van haar af.

"Ik wil je in me hebben," hijgt ze terwijl ze de wikkel van het condoom openscheurt en het condoom om mijn pik doet.

Met zoiets als een grom pak ik haar op en zet haar neer zoals ik wil — op handen en voeten, net als toen ze voor me kroop.

Ze reikt naar me toe, pakt mijn pik en leidt hem naar het beloofde land terwijl ik haar billen stevig vastpak.

Het kost al mijn wilskracht om langzaam te stoten.

Eén keer. Twee keer. Dan, als ik haar voel toegeven, stoot ik met alles wat ik heb in haar.

"Ja!" schreeuwt ze.

Ik kom bijna op dat moment klaar. Maar dat doe ik niet. Hoe onmogelijk ook, versnel ik, stotend alsof ons leven ervan afhangt zodat ik dieper ga en harder word — alsof dit mijn reden is om te zijn.

Ze kreunt, haar handen ballen zich in de lakens.

Ik grom van genot en zweef op de rand.

Haar volgende gekreun klinkt alsof ze pijn heeft, en dan verkrampt haar poesje om me heen en ontketent een kettingreactie die me met de kracht van een atoombom laat barsten.

Hijgend valt ze met haar gezicht naar beneden op het bed, haar spieren ontspannen.

Ik ga naast haar zitten en probeer op adem te komen.

Een slaperig waas na de coïtus raakt me hard. Ik onderdruk een geeuw en omhels Lilly alsof ze een teddybeer is — grotendeels om er zeker van te zijn dat ze er nog steeds is. Nog steeds echt is. Om er zeker van te zijn dat wat er net tussen ons is gebeurd geen herhaling was van mijn natte droom met een Lilly-thema.

Maar nee. Ze is extreem echt. De heerlijke geur van haar haar, de luxueuze warmte van haar huid — mijn slapende hersenen zijn gewoon niet in staat tot zo'n voortreffelijk detail.

Ik verlies eindelijk mijn gevecht tegen die geeuw, en

ze echoot het en smelt dan in mijn armen terwijl haar ademhaling langzamer en gelijkmatiger wordt.

Ze slaapt, is mijn laatste gedachte voordat ik ook in slaap val.

HOOFDSTUK 26
LILLY

Ik word wakker en weiger mijn ogen te openen. Op deze manier kan ik mezelf een seconde toestaan om te geloven dat alles wat er is gebeurd een droom was. Aan de andere kant is de realiteit moeilijk te ontkennen. Waarom heb ik bijvoorbeeld op zo'n veelzeggende manier pijn? En hoe zit het met de harde mannelijkheid die zo dicht bij me in de buurt is — om nog maar te zwijgen van de kenmerkende geur van Bruce?

Ik zucht. Daar valt nu niks meer aan te doen. Ik knipper met mijn ogen en verrassing, verrassing: ik lig als een boa constrictor om Bruce heen gewikkeld.

Geen twijfel over mogelijk. Het is echt gebeurd. Ik ben met mijn baas-aartsvijand naar bed geweest en het was meer dan geweldig.

Eigenlijk is het niet eerlijk om hem nog langer als mijn aartsvijand te zien. Mijn ouders zijn niet boos op zijn bank. Ze klonken bijna dankbaar voor het uitstel en wat niet. Daarnaast werkt hij aan een project dat zoveel mensen zal helpen, en — wat bijna net zo belangrijk voor me is — hij houdt echt van Colossus.

Toch *is* hij mijn baas. Dat valt niet te ontkennen. Aan de andere kant is het niet zo dat dit een zakelijke omgeving is waar mensen misschien denken dat ik promoties krijg omdat ik met hem naar bed ben geweest. Ik ben de enige hondentrainer hier. En het is een tijdelijke baan. Zodra Colossus alles leert wat ik te leren heb, ben ik weg.

Mijn hart knijpt zich pijnlijk samen. Het houdt zelfs niet een beetje van dat idee.

Ik moet aan iets anders denken. Er was gisteravond bijvoorbeeld iets gebeurd dat ook niet consistent was met het feit dat we aartsvijanden waren — Bruce leek behoorlijk overstuur te zijn bij het idee dat ik gewond zou raken. Of was hij gewoon bang om aangeklaagd te worden?

Nee. Hij heeft genoeg geld om door een miljoen van mij te worden aangeklaagd.

Oké, dus als we geen aartsvijanden zijn, wat zijn we dan? Een slippertje? Waarschijnlijk. Maar puur hypothetisch, zouden we meer kunnen zijn dan een relatie tussen werknemer en baas?

Het is eng hoe gemakkelijk dat is om je voor te stellen. Ik bedoel, ik activeer zijn misofonie niet, wat enorm lijkt te zijn. En de seks was niet van deze wereld — en ik kon zien dat hij dat ook voelde. We houden van dezelfde hond en zijn gek op *The Witcher*, zelfs in verschillende formats. Hij is genadeloos eerlijk en ik haat leugens — wat goed werkt. Ik kan zelfs met een wapen op mijn hoofd gericht niet koken, maar hij heeft een chef-kok en kookt zelf ook nog graag. Ook —

Het luide gerinkel van een telefoon laat me meteen terug op aarde storten.

Bruce wordt wakker en reikt naar het vervelende ding. "Hallo?" Zijn toon impliceert, "Dit kan maar beter belangrijk zijn."

"Hier?" vraagt hij. "Nu al?"

Hij hangt op, vloekt creatief en wendt zich dan tot mij. "Om de een of andere ondoorgrondelijke reden hebben mijn ouders een nachtvlucht genomen. Ze zijn net de beveiligingspoort gepasseerd."

Hmm... Betekent dat dat het nu een slecht moment zou zijn om hem te vragen wat gisteravond voor hem betekende? Ervan uitgaande dat ik eerst kan uitvogelen wat het voor mij betekende.

Bruce springt van het bed en haast zich om zich aan te kleden. Ik doe hetzelfde. Terwijl ik aan mijn nachthemd trek, komt het besef. "Ik heb Colossus vannacht niet uitgelaten," zeg ik schuldbewust. "Hij heeft waarschijnlijk een ongelukje gehad."

"Nee. Ik ben met hem gaan lopen," zegt Bruce terwijl hij zijn shirt dichtknoopt.

"Is dat zo?"

Hij knikt. "Ik werd toevallig rond drie uur wakker om naar het toilet te gaan."

"Je had me wakker moeten maken. Het is tenslotte mijn werk.."

Hij kijkt me ondoorgrondelijk aan. "Je lag lekker te slapen."

"Heb je me naar me gekeken toen ik sliep?" En waarom is dat heet in plaats van griezelig?

"Hoe dan ook," zegt hij. "Als je hem mee had genomen, dan had hij misschien gedacht dat je hem uit mijn kamer probeerde te houden en was hij weer van streek geraakt."

Ik bijt op mijn lip. "Dat is vrij plausibel."

"Ik ga mijn ouders begroeten," zegt Bruce en gaat naar de deur. Over zijn schouder voegt hij eraan toe, "Misschien wil je meer aan hebben tegen de tijd dat je ze ontmoet."

Ik bloos. Meer aan hebben — je meent het. Ik draai me om naar mijn kamer, maar zie Colossus zijn ogen openen en met zijn staart kwispelen.

"Hoi," zeg ik tegen hem. "Hoe heb je geslapen?"

Hij draait zich op zijn rug en eist een buikmassage.

De eer om me te aaien kost je een koekje. Nee, twee koekjes. Eigenlijk zou drie nog beter zijn.

Hij volgt me naar mijn kamer en kijkt nieuwsgierig toe terwijl ik mezelf presentabel genoeg maak om de hele familie van Bruce te ontmoeten. Als ik bijna klaar ben, zie ik Colossus verdacht aan de poot van mijn bed ruiken.

"Oh, nee, dat doe je niet," zeg ik streng en pak hem vast. "Tijd voor je wandeling."

Terwijl we naar de garage sluipen, hoor ik stemmen die hun groeten aan Bruce uitroepen. Ik haast me voordat de pup een ongelukje krijgt. Als we terug zijn, rent Colossus het huis binnen en ik volg hem — naar de keuken, zo blijkt.

Bij de ingang van de keuken stopt Colossus en houdt hij zijn hoofd schuin. Ik sta op het punt om hem te vragen wat er aan de hand is als ik Bruce hoor zeggen, "Nee, we praten *na* het ontbijt. Ik heb een vergadering."

"Gaat dit weer over ons luide kauwen?" vraagt een kribbige vrouwelijke stem, waardoor de hond me met een verwarde uitdrukking aankijkt. "Ik dacht dat je met je inkomen je probleem zou hebben opgelost... op de een of andere manier."

"Je kauwt niet hard," zegt Bruce. "Maar ik kan het nog steeds niet tolereren."

"En hoe zit het met vanavond?" De kribbige toon neemt toe. "We zijn net helemaal hierheen gevlogen en —"

"Theodora, liefste, wat heeft het voor zin om ruzie te maken?" klinkt de brullende stem van een man. "Je weet hoe Bruce over Mesopotamië denkt."

Na genoeg gehoord te hebben, pak ik Colossus op (die bang lijkt te zijn voor zijn grootouders) en wals ik naar binnen. "Ik hoorde het woord Mesopotamië," zeg ik met een glimlach. "Dat is de bakermat van de beschaving, nietwaar?"

De ogen van Bruce krijgen rimpeltjes. "Lilly, dit zijn mijn ouders, meneer en mevrouw Roxford, of zoals jij ze per se zou noemen: Ambrose en Theodora." Hij wendt zich tot zijn ouders en zegt, "Lilly is de hondentrainer over wie ik jullie heb verteld."

Alleen een hondentrainer? Goed dan. "Aangenaam kennis te maken," zeg ik en ik weersta de vreemde drang om te buigen. Ik weet niet zeker of namen als Ambrose en Theodora minder formeel klinken dan meneer en mevrouw Roxford, maar het is niet zo dat we in het stadium van onze relatie zitten waarin ik ze bijnamen als "A" en "The" zou kunnen geven.

"Het genoegen is aan ons," zegt Theodora en ze onderzoekt me zoals een eigenaar van een pandjeshuis een zirkonia trouwring zou doen. "Hoewel ik moet zeggen dat je kleiner bent dan we hadden verwacht."

Is dat het koninklijke 'we'?

"Moeder," zegt Bruce streng.

"Het geeft niet," zeg ik. "Ik ben me bewust van mijn leuke kleine gestalte."

Theodora bekijkt me van top tot teen. "Kleine vrouwen zijn erg schattig en ze hebben zoveel voordelen, zoals het kunnen daten van mannen van elke lengte. Maar —"

"Serieus, mam," zegt Bruce. "Genoeg."

Wat ik wil weten is, heeft ze een proefschrift geschreven over de verticaal uitgedaagden?

"We hebben het recht om bezorgd te zijn," zegt Theodora, en ondanks haar gebruik van 'we' stapt Ambrose bij haar vandaan en ziet hij er extreem ongemakkelijk uit. Hij wil duidelijk niet betrokken zijn bij waar ze het over heeft. "Met haar lengte," vervolgt Theodora, "kan ze moeite hebben om te bevallen."

Ik stik bijna in mijn tong. "Bevallen? Van welke

baby?" Is ze gek genoeg om gaten in de condooms van Bruce te hebben geprikt?

"Een hypothetische," zegt Theodora.

Als je zwanger zou kunnen worden van blozen, dan zou ik hier en nu op een staafje gaan plassen.

"Het werk dat ik voor je zoon doe, omvat niet zulke hypothetische zaken," zeg ik zo gelijkmatig als ik kan. "En als we het over willekeurige hypothesen hebben, dan is de situatie die je beschrijft voor mij geen zorg. Het hebben van een bekken dat te smal is voor de bevalling heeft niets met lichaamslengte te maken." Als ze een koninklijke wenkbrauw optrekt, voeg ik eraan toe, "Mijn nicht is een vruchtbaarheidsexpert en ze houdt ook van ongevraagde gesprekken over baby's."

"Maar" — Theodora werpt een snelle blik op haar zoon — "wat als de hypothetische vader een grote man is?"

Ik denk dat ik liever heb dat Colossus een van mijn seksspeeltjes hierheen brengt — zelfs dat zou minder gênant zijn dan dit gesprek. "Het formaat van de baby werkt niet op die manier," zeg ik. "Het gaat niet om de grootte als je volwassen bent, maar om de grootte van de vader en moeder als baby."

"Dat is nog erger," zegt Theodora. "Mijn dochter, Angela, was een kolos van bijna vijf kilo."

Ambrose legt een hand op de schouder van zijn vrouw. "Schat, je vergeet dat Bruce een miljardair is. Hij kan voor haar de beste medische zorg ter wereld krijgen, of een draagmoeder met een groot gestalte inhuren om de gigantische baby te dragen." Hij kijkt me schuldig aan en voegt eraan toe, "Hypothetisch gezien, bedoel ik."

Theodora ziet er eigenlijk rustiger uit, maar het is onduidelijk of het de woorden of de hand van haar man zijn die het hebben gedaan. Mijn verlangen om door de vloer te zakken neemt alleen maar toe.

"Dit gesprek is voorbij." Bruce loopt naar de koelkast en pakt drie ontbijtjes: die van hemzelf, die van Colossus en die van mij. "Hier." Hij geeft me het eten. "Ik geloof dat je zo een lange trainingssessie met Colossus hebt."

Ik ben zowel dankbaar als geïrriteerd. Het is goed om me meer tijd met zijn ouders te besparen, maar tegelijkertijd, stuurt hij me weg omdat hij een hekel heeft aan hun veronderstelling dat we samen zijn?

Whatever. Ik pak het eten uit zijn handen en stamp naar mijn kamer.

Na onze respectievelijke maaltijden werk ik met Colossus. Eerst versterk ik een deel van wat hij al weet en dan leer ik hem het 'blijf'-commando — wat me de eerdere ontmoeting in de keuken had kunnen besparen.

Na een paar uur besluit Colossus dat hij er genoeg van heeft en ploft hij op zijn buik om zo ver mogelijk bij me vandaan als de afgesloten kamer toestaat op een speeltje te kauwen.

Goed dan. Ik kan mijn eigen ding doen. Ik pak *The Witcher* op om te lezen, maar mijn telefoon gaat.

Huh. Net als een roddelparagnost, is het Aphrodite die belt.

Ik overweeg even of ik wel op wil nemen en doe dat dan, in de hoop dat het praten met haar me zal helpen om te begrijpen wat er is gebeurd.

"Hoi," zeg ik timide.

"Jij slet," roept Aphrodite uit. "Ben je al met hem naar bed geweest?"

Ik zucht. "Ja."

Haar reactie is zo luid dat ik de telefoon van mijn oor moet trekken, anders verlies ik mijn gehoor.

Colossus kijkt verward op van zijn kauwen.

Dat klonk als het gepiep van een chihuahua-muis. Krijg je een telefoontje van het thuisland van mijn ras?

Als ze weer rustig is, eist mijn nicht, "Dus? Hoe was het?"

Ik zucht weer. "Ik ben officieel voor anderen geruïneerd."

Er zijn klanken van een vastzittend varken in de volgende gil van Aphrodite en Colossus kijkt me nog een keer aan.

"Vertel me alles," zegt ze zodra ze op adem komt. *"Alles."*

Ik aarzel maar even en vertel het haar, terwijl ik van tijd tot tijd pauzes neem om haar te laten gillen. Ik noem de kussen (ja, meervoud), het uitje naar de dierentuin, en zoveel als ik me op mijn gemak voel om over het grote evenement zelf te delen (ja, ik heb wel bescherming gebruikt). Ik eindig met de ontmoeting met zijn ouders en vraag dan, "Dus... wat denk je dat het betekent?"

"Het betekent dat ik gelijk had," zegt ze triomfantelijk.

"Ja, ja," zeg ik met een oogrol. "Wat denk je dat ik voor Bruce beteken?"

Ze haalt diep adem. "Wat heeft hij vanmorgen gezegd?"

"Niks. Zijn ouders waren er vroeg."

"Nou, dan, wat denk *jij* ervan?" zegt ze. "Gezien het feit dat hij je meenam op een date en toen je roze fort bestormde."

Ik werp een vragende blik op mijn telefoon. "Welke date?"

"De dierentuin?"

"Dat was voor de hond." Nu we het er toch over hebben, ik kijk naar Colossus en zie hem een dutje doen.

"Natuurlijk. De hond." Haar luchtcitaten zijn hoorbaar. "Iedereen neemt Fido mee naar de dierentuin... met de hete hondentrainer. Was de romantische picknick ook voor de hond?"

Was dat het? Dat "hete hondentrainer"-ding laat het klinken alsof ik gespecialiseerd ben in teckels.

"Hoe zit het met zijn pik?" gaat ze verder. "Was dat voor de hond?"

"Dat was misschien gewoon een man die van een kans gebruik maakte."

"Oh, kom op. Een knappe miljardair? Hij hoeft maar een vinger op te steken en hij heeft kansen."

"Dus... denk je dat het een date was?" Ik haat hoe hoopvol ik klink.

"Absoluut. En nu zijn ouders je goedkeuren, wed ik dat hij —"

"Wacht, wat?"

"Zijn ouders," zegt ze. "Weet je nog dat je bang was dat hij nooit met iemand zoals jij zou uitgaan? Wat onzin over oud geld dat niet met wit schorem wordt gemengd, waarvan ik nog steeds beweer dat *wij* dat niet zijn?"

"Dat herinner ik me," zeg ik. "Alleen niet het stukje waar iets is veranderd."

"Ben je gek geworden?" zegt ze. "Waarom zou zijn moeder zich anders zorgen maken over de geboorte van zijn baby's? En toen zei zijn vader, 'Gooi gewoon geld naar het probleem,' alsof je al zwanger bent van hun zoon."

"Waarom is dat een soort van logisch?" vraag ik, meer aan mezelf dan aan haar.

"Omdat, mijn liefste, jij mevrouw Roxford gaat worden," zegt ze. "Vraag hem alsjeblieft of hij een rijke vriend heeft. Een gewone miljonair is voldoende. Oh, en vraag of ik mee mag op jullie volgende helikoptervlucht."

"Vertel je moeder hier niets van," zeg ik resoluut. "Anders krijg ik een telefoontje van die van mij. Alweer."

"Niets van dat alles?" Ze klinkt als een kind zonder cadeaus op kerstochtend.

"Als je dat wel doet, dan vertel ik je nooit meer iets... en kun je de denkbeeldige helikoptervlucht vaarwel kussen."

"Goed dan," zegt ze chagrijnig. "Maar kan ik komen nadat hij heeft bevestigd dat het een date was?"

"Je komt als ik zeg dat je kunt komen," zeg ik en ik hang op voordat ze me kan smeken om van gedachten te veranderen.

Vanuit mijn ooghoek zie ik Colossus rond mijn bed snuffelen, dus neem ik hem mee voor zijn wandeling.

Als we terug in het huis zijn, beveel ik Colossus om te blijven.

Nee. Iets — hoogstwaarschijnlijk de keuken — is te interessant om te weerstaan.

Ik ren achter hem aan, hoor stemmen in de keuken en verwacht Ambrose en Theodora weer tegen het lijf te lopen, maar dat is niet wie daar zijn. Het is Angela, de zus van Bruce — en blijkbaar een drager van het gevreesde gigantische babygen. Niet dat je kunt zien dat ze bij de geboorte zo groot was. Momenteel is ze dun met veel botten, en is ze niet *zo* lang, althans in vergelijking met de rest van haar familie. Over lange mensen gesproken, naast Angela staat een man met een kleurtje dat rechtstreeks uit een flesje komt en een glimlach die zijn ogen niet raakt — die als je het mij vraagt te dicht bij elkaar staan.

"Peanut!" roept Angela uit als ze de pup ziet.

"Het is Colossus," zeg ik haar.

"Ah, juist," zegt ze. "*Colossus*, blijf alsjeblieft uit de buurt van Champ. Hij is allergisch."

Heet haar vriend Champ? Drinkt hij het ook?

"Hé," zeg ik kalmerend tegen Colossus, en als hij naar me kijkt, pak ik een klein koekje om mijn punt te benadrukken. De truc werkt. De hond stopt voordat hij in contact kan komen met Champ en rent naar me toe. Mooi. Het laatste wat we willen is dat die held smelt, zoals de boze heks.

"Je gaat voor Lilly, toch?" vraagt Angela terwijl ik de pup pak.

"Ja," zeg ik. "En jij?"

"Je mag me Angela noemen," zegt ze, waardoor het klinkt als de grootste daad van naastenliefde die de mens kent.

"Leuk je te ontmoeten, Angela," zeg ik. "Deze keer in levenden lijve."

Ze knikt. "Je hebt zeer opvallende wenkbrauwen."

"Dank je?"

Ze raakt die van haarzelf aan, die veel dunner zijn. "Doe je er Rogaine op?"

"Nee," zeg ik en ik weersta het om te fronsen — omdat dat de wenkbrauwen zou laten bewegen en ze zo nog meer aandacht zou geven. "Hoe dan ook, Colossus en ik hebben veel training te doen."

"Wacht, voordat je gaat..." Ze wendt zich tot Champ. "Kun je ons een momentje geven?"

Champ kijkt me raar aan. "Natuurlijk. Ik ga even roken." Hij draait zich om en gaat naar buiten.

Waarom keek hij me zo aan? Ik kijk naar mijn spiegelbeeld in de glanzende magnetron om er zeker van te zijn dat ik niet nog steeds de Mohawk-achtige helm draag.

Nee. Ik zie er prima uit.

Whatever. Nu Champ weg is, zet ik Colossus terug

op de vloer — iets wat hij duidelijk nodig had, omdat hij naar zijn waterbak rent en gretig drinkt, alsof hij naar de woestijn is geweest.

"Dus, wat is er?" vraag ik Angela terwijl ik zijn kom bijvul.

Ze gaat voor me staan en blokkeert mijn weg terug naar Colossus. "Is er iets tussen jou en mijn broer aan de hand?"

Oké, wauw. Deze familie is meer dan nieuwsgierig en bot. Gaan er weer vragen over baby's gesteld worden? "Eh... en waarom gaat dat jou iets aan?"

Ze trekt haar neus minutieus op. "Mijn familie *gaat* mij aan."

Huh. Met haar New Yorkse accent klonk dat als een zin uit een maffiafilm.

"Waarom vraag je het niet aan Bruce?" zeg ik. *En alsjeblieft, vertel me alsjeblieft wat hij zegt.*

Ze trekt een gezicht. "Je weet nu waarschijnlijk wel dat mijn broer moeilijk kan zijn."

"Moeilijk? Bruce? Hebben we het over dezelfde man?"

Angela's glimlach is oprecht — of dat neem ik aan. Al dat Botox maakt het lastig om het met zekerheid te zeggen. "Ik moet toegeven dat het leuk zou zijn om hem met iemand met zo'n bijdehante mond te zien daten..."

"Maar?" vraag ik.

"Maar jullie twee zouden een slecht idee zijn," zegt ze, terwijl ze erin slaagt om gelijke delen oprecht en spijtig te laten klinken.

Hoe dan ook komen mijn nekharen omhoog. "Oh? En waarom is dat?"

Ze krimpt ineen. "Ik dacht dat het duidelijk was."

"Niet voor mij, in ieder geval." Hoewel ik een idee krijg waar ze heen gaat, en ik vind het helemaal niet leuk. Zelfs als ik niet zo lang geleden hetzelfde dacht.

Ze tuit haar lippen. "Als het op daten aankomt, zou soort bij soort moeten zijn."

En daar is het dan. Als ik een voorwendsel van hartelijkheid wilde behouden, dan zou ik me nu moeten terugtrekken, maar ik ben ver voorbij dat punt. "Wil je dit uitleggen?"

Ze kijkt naar de pup. "Nou, om het in termen te zeggen die je misschien begrijpt, als jullie twee honden waren, dan zou Bruce een van die showhonden zijn met een stamboom die teruggaat tot toen zijn ras voor het eerst werd ontwikkeld. Jij, zou aan de andere kant, dichter in de buurt komen van een vuilnisbakkenras."

Als ik een hond was, zou ik voluit grommen.

"Bedankt dat je niet hebt gezegd dat ik ook wel de kleinste van mijn nest zal zijn," antwoord ik sarcastisch.

"Luister, misschien kwam dat er hard uit, maar —"

"Het kwam eruit als iets wat een vrouwelijke hond zou zeggen."

Ze bloost. "Ik —"

"Heb je het haar al gevraagd?" vraagt Theodora luid, terwijl ze de kamer binnenloopt.

Is zij hier ook bij betrokken? Tot zover de

waanideeën van Aphrodite over het feit dat deze familie me accepteert.

"Nog niet," zegt Angela.

Huh. Dus misschien —

"Dan vraag ik het wel aan haar," zegt Theodora en draait zich naar me toe. Haar glimlach lijkt griezelig veel op die van haar dochter. "Wil je helpen?"

"Helpen met wat?"

"Het feest," zegt Theodora.

Ik stap naar achteren — en het is een wonder dat ik niet op arme Colossus stap. "Welk feest?"

"De voor de hand liggende," zegt Theodora. "Gezien vandaag."

"Uhm..." Het is twijfelachtig of ze de beste seks van mijn leven willen vieren, maar als dat niet zo is, dan heb ik geen idee.

Theodora fronst terwijl Angela haar hoofd schudt en tsk-tsk-geluiden maakt.

"Weet je het echt niet?" Theodora kijkt me met de blauwe ogen van Bruce aan.

Ik schud mijn hoofd.

"Wat is er vandaag?" zegt Angela nadrukkelijk.

Als ik mijn schouders ophaal, krijgt Theodora eindelijk medelijden met me. "Bruce is jarig."

HOOFDSTUK 27
BRUCE

Net als ik mijn Zoom-gesprek met mijn CTO over een doorbraak in de crypto beëindig, komt mijn vader binnen.

"Stoor ik?" vraagt hij.

Ik heb wat e-mails te beantwoorden, maar ik gebaar naar hem om binnen te komen, deels omdat ik niet zoveel qualitytime meer met mijn ouders doorbreng, maar het is ook een kans voor me om Lilly's beschuldigingen van een workaholic te weerleggen.

"Werk je op je verjaardag?" vraagt pap.

"Ga je me een workaholic noemen?" antwoord ik.

Pap glimlacht. "Ik ga zeggen dat ik trots ben op je werkethiek."

Ja, en aangezien ik het van hem heb geleerd, wat kan hij dan anders zeggen?

"Dus..." Pap gaat zitten. "Je vriendin is aardig."

Ik had hem toch over de e-mails moeten vertellen.

"Heb je het over Lilly als mijn vriendin, of hebben we het over iemand anders?"

De glimlach van papa breidt zich uit naar Joker-niveaus. "Lilly."

"Heb je *haar* gevraagd of ze het goed vindt om haar mijn vriendin te noemen?" Zelfs als ze het vanmorgen overwoog, dan zal ze het idee na dat babygesprek met mam zeker als krankzinnig afwijzen.

Pap leest iets in mijn uitdrukking en zegt, "Wees niet boos op je moeder. Je Lilly *is* tenslotte erg klein."

Mijn Lilly. Dat klinkt goed.

Heel goed.

Maar haar parmantige lichaam is niet te klein. Het is pure perfectie — en is voortaan mijn type, ook al dacht ik altijd dat ik geen type had. Niet dat ik van plan ben om dit aan mijn vader te vertellen. Het was al erg genoeg om zijn versie van "de bloemetjes en de bijtjes" door te nemen toen ik vijf was, en hem te horen lachen toen ik vroeg wat ik nog steeds denk dat een redelijke vraag was: "Doet het pijn?"

Ik bedoel, het doet bij de meeste vrouwen de eerste keer pijn, dus —

"Jij bent het tegenovergestelde van klein," vervolgt pap. "Dus ik hoop dat het voor jullie twee op die afdeling kan werken."

"Wat ben je, twaalf?" eis ik. Wat ik niet van plan ben om hem te vertellen, is dat het *wel* goed is gekomen, beter dan ik me ooit had kunnen voorstellen. Het was waanzinnig. De beste die ik —

"Het spijt me," zegt pap met zichtbaar berouw. "Oh,

en ter verdediging, ik moet zeggen dat ik hier niet ben gekomen om over je liefdesleven te praten."

"Nee?" Ik neem niet eens de moeite om het "liefdesleven"-gedeelte te corrigeren.

"De vrouwelijke leden van het gezin plannen een feestje."

Ik knars op mijn tanden. "Verjaardag?"

Pap knikt.

"Wat is het denkproces daarover? Ik haatte de eerste vierendertig verjaardagen, maar dit jaar zal op magische wijze anders zijn?"

"Je vond je vijfde verjaardagsfeestje leuk," zegt pap.

Misschien. Er was een clown, en geen eten wat ik me kan herinneren. Maar afgezien van die ene uitzondering, verafschuw ik alle evenementen waar eten een centraal thema is — en vooral de boze drie-eenheid: Thanksgiving, Kerstmis en verjaardagen.

"Waarom heb je ze niet tegengehouden?" eis ik.

Pap gnuift. "Als ze kunnen worden gestopt, waarom doe jij het dan niet gewoon?"

Hij heeft gelijk.

Ik loop verwoed door verschillende excuses in mijn hoofd.

Een noodgeval op het werk? Zwak.

Blindedarmontsteking? Nee, ze zouden me naar het ziekenhuis volgen.

Explosieve diarree?

Fuck.

Waarom heb ik geen dubbelganger gevonden die op Saddam Hoessein, Kim Jong-un en Keanu Reeves lijkt?

Er is niks aan te doen. Om geestelijk gezond te blijven, moet ik oordopjes met industriële sterkte of een high-end hoofdtelefoon met ruisonderdrukking gebruiken, want er is geen ontkomen aan.

Ik zal weer een verdomd verjaardagsfeestje moeten doorstaan.

HOOFDSTUK 28
LILLY

"s hij jarig?" Ik kijk om de beurt naar elke vrouw. "Hij heeft er geen woord over gezegd." Aan de andere kant, waarom zou hij zijn nederige werknemer zulke persoonlijke dingen vertellen, toch? Ik heb geluk dat hij —

"Maak je geen zorgen," zegt Theodora. "Als het om feestdagen gaat, dan is Bruce de Grinch van de familie."

"Maar we denken dat hij het stiekem leuk vindt dat we ons om hem bekommeren," zegt Angela. "Als we hem het niet laten vieren, dan werkt hij gewoon extra uren." Ze trekt haar perfecte neus op. "Ik denk niet dat hij zichzelf ooit op zijn verjaardag op iets meer dan een extra zware training heeft getrakteerd."

Dat kan ik helemaal zien. "Maar eten mensen niet op feestjes?" vraag ik, en ik voel me dom om dat te doen. "En drinken?"

"Nou, ja," zegt Angela. "En je hebt gelijk. Dat kan een deel van de reden voor de Grinch-heid zijn."

"Een deel? Zou kunnen?" Ik kan dit niet geloven. "Bruce heeft misofonie. De geluiden van eten en drinken zijn triggers."

Theodora schraapt haar keel. "We kunnen op het feest kleine hapjes eten, iets wat mensen heel kunnen doorslikken."

"En shots," zegt Angela. "Kleintjes die mensen in een keer door kunnen slikken zonder al te veel geluid te maken."

Bruce overdreef niet toen hij zei dat zijn familie zijn aandoening niet respecteert.

"Niemand zal meer in staat zijn om in het bijzijn van Bruce te eten of te drinken," zeg ik. Als ze me vragend aankijken, voeg ik er minder zelfverzekerd aan toe, "Ik heb Colossus getraind om te voorkomen dat iemand het probeert."

Ze kijken me allebei aan alsof ik hoorns heb laten groeien, maar ze vragen ook niet hoe een kleine chihuahua mensen ervan moet weerhouden om te eten of te drinken.

"Dat gezegd hebbende," voeg ik eraan toe. "Waarom zetten jullie niet twee eetstations op: een die alleen voor Bruce is en een andere voor de rest, buiten gehoorsafstand van Bruce? En op dezelfde manier twee keer een bar."

"Dat is heel slim," zegt Theodora. "We zullen het op die manier doen."

"We kunnen de muziek ook hard zetten," zeg ik. "Of beter nog, geef een koptelefoonfeestje."

"Laten we het tweede idee doen," zegt Angela.

MISHA BELL

"Bruce draagt sowieso bij de meeste eetgelegenheden een koptelefoon, en op deze manier ziet hij er niet uit alsof het hem aan sociale genaden ontbreekt."

Hij die een koptelefoon draagt, laat *hem* er niet uitzien alsof hij geen sociale genaden heeft. Die eer behoort toe aan degene die voor hem eet of drinkt nadat hij over zijn aandoening heeft geleerd.

"Dat is dan geregeld," zegt Theodora. "Ik zal zijn vrienden uitnodigen en een dj inhuren die het koptelefoonding kan opzetten."

Angela klapt opgewonden in haar handen. Het feest is duidelijk meer voor haar dan voor Bruce. "We hebben ook een thema nodig."

"Wat dacht je van *The Witcher*?" flap ik eruit.

"De wat?" vragen ze in koor.

Hoe kunnen ze dit niet weten? "Dat is zijn favoriete boekenserie."

Theodora kijkt Angela betekenisvol aan en concentreert zich dan op mij. "Heeft hij je dat verteld?"

Ik bloos. "Ik hou toevallig van een videogame op basis van die serie, en we hebben er toevallig over gepraat."

"Gemeenschappelijke belangen," zegt Theodora goedkeurend. "Vertel ons dan eens, als we willen *dat dat* het thema van het feest is, wat moeten we dan doen?"

Ik haal mijn schouders op. "Kun je wat outfits voor ons vinden die op die in het middeleeuwse Oost-Europa lijken?"

Angela geeft me een blik die zegt 'nou, duh'.

234

"We kunnen de mannen zwaarden laten dragen," zeg ik, terwijl ik in de geest van de dingen kom. "En de vrouwen kunnen extra worden uitgedost om op de tovenaressen van die wereld te lijken." In *The Witcher* gebruiken de tovenaressen magie om er op hun best uit te zien, niet heel anders dan deze moeder en dochter die plastische chirurgie gebruiken, dus ze zullen goed bij hun rol passen.

"Wat nog meer?" vraagt Angela.

"Kun je een bard inhuren?" stel ik voor.

Angela trekt haar wenkbrauw op. "Een bard?"

"Het is als een minstreel," leg ik uit. "Denk je eens in, een man gekleed in een dandy-versie van de kleding die iedereen zal dragen, terwijl hij poëzie verteld en op een luit speelt."

"Ah, natuurlijk," zegt Angela. "Dat zou gemakkelijk moeten zijn."

Is dat zo? Ik geloof dat rijke mensen toegang hebben tot barden — en ze waarschijnlijk in dezelfde supermarkt kopen waar ze griezelige maskers en prostituees voor hun *Eyes Wide Shut-achtige feestjes* kopen.

"De hond moet een outfit hebben," zegt Theodora. "Nog ideeën?"

Ik grijns. "Hij kan overdag een weerwolf-chihuahua zijn, 's avonds een vervloekt beest."

Theodora en Angela kijken dubieus naar het balletje haar. Vragen ze zich af of weerwolfkrachten zijn hoe hij mensen bij Bruce uit de buurt laat eten en drinken?

"Is er nog een andere optie?" vraagt Theodora.

"Hij kan een paard zijn," zeg ik met tegenzin. Wat ik er niet aan toevoeg, is dat ik dit idee met mijn hond voor menig Halloween heb gebruikt, of dat mijn hond naar het paard van the Witcher was vernoemd.

"Dat zou op zo'n korte termijn gemakkelijker moeten zijn," zegt Theodora.

Oh? Er *zijn* dus grenzen aan de *Eyes Wide Shut*-supermarkt. Goed om te weten.

"Oké," zegt Angela. "We hebben veel te doen, dus we kunnen maar beter aan de slag gaan."

"Mag ik je nummer?" vraagt Theodora. "Voor het geval ik vragen heb over het thema?"

Ik voer mijn telefoonnummer in haar contacten in en ga dan nog een keer met Colossus wandelen.

Buiten zie ik Champ, die op dit moment waarschijnlijk zijn tweede pakje sigaretten rookt.

"Mad Max-cosplay?" vraagt hij met een grijns en wijst naar mijn hoofddeksel. "Je hebt ook een beha met spikes nodig." Daarmee lonkt hij naar mijn borsten alsof hij het zich voorstelt.

"Zo slim," zeg ik met knarsende tanden. "Ik was bijna vergeten hoe stom Bruce me op deze wandelingen laat lijken."

"Nou, wie kan het de man kwalijk nemen." Champ gooit zijn sigaret op de grond. "Als je voor mij zou werken, dan zou ik je ook speciale outfits laten dragen."

Iew. "Rustig aan, Champ. Je vriendin staat een meter verderop."

"Het was gewoon een verdomde grap." Champ

stampt op zijn sigaret, draait zich om en maakt zich uit de voeten.

Wauw. Toen Angela zei dat "soort bij soort zou moeten zijn", is *hij* dan wie ze denkt dat haar gelijke is?

Colossus loopt ernaar toe om aan de sigarettenpeuk te ruiken, dus ik trek hem weg voor het geval hij besluit om hem op te eten.

Na de wandeling train ik Colossus, terwijl ik de duizeligheid bestrijd die ik voel als ik me het verjaardagsfeestje van Bruce met het *Witcher*-thema voorstel. Van tijd tot tijd appt Theodora om me om meer gedetailleerde suggesties over het thema te vragen, en op een gegeven moment informeert ze me over iets dat ik duidelijk al lang geleden wist — dat *The Witcher* ook een tv-show op Netflix is, eentje met, en ik citeer, "de heerlijke, supermooie Superman die Henry Cavill is".

Ik heb hem nog niet gezien, antwoord ik.

Misschien kun je hem met Bruce bekijken? suggereert Theodora.

Wie weet? app ik terug en ik vraag me af of ze zich realiseert dat ze er heel dicht bij in de buurt kwam om haar zoon en mij Netflix en chillen voor te stellen.

Een uur na de lunch krijg ik nog een berichtje van Theodora:

Welke van deze outfits vind je leuk?

Beelden overspoelen mijn telefoon en de keuzes zijn talrijk, maar ik neig naar de zwarte opties, want dat is de kleur naar keuze van mijn favoriete vrouwelijke personage in het spel, Yennefer van Vengerberg.

Na een snelle afweging app ik Theodora mijn selecties: hoge laarzen, een mantel, een riem, een paar lange handschoenen, een rijbroek, een bontkraag en last but not least een gordel.

Welke maat? vraagt ze.

Als ik het haar vertel, is er een pauze en dan antwoordt ze met:

We hebben geluk dat deze zaak geschikt is voor zowel volwassenen als kinderen.

Geweldig. Zijn we terug bij het onderwerp van mijn kleine gestalte?

Tot mijn opluchting laat Theodora me na die app met rust, tenminste totdat zij en Angela terugkomen en op mijn slaapkamerdeur kloppen. Als ik hem opendoe, duwt Theodora een heleboel boodschappentassen in mijn handen.

"Hoeveel ben ik je verschuldigd?" vraag ik.

"Niets," zegt Theodora vriendelijk.

Angela knikt. "We houden zoveel van het thema-idee dat we het gevoel hebben dat we *jou* iets verschuldigd zijn."

Het enige wat ik heb gedaan was hen iets vertellen wat ze hadden moeten weten, maar oké.

"Het feest begint over drie uur, in de balzaal," zegt Angela. "Ik hoop dat dat genoeg tijd is om je klaar te maken."

Was dat een diss in de trant van: "Je bent zo lelijk

dat je extra lang nodig hebt om het allemaal te verdoezelen?"

"Slechts drie uur?" Theodora kijkt met een geschokte uitdrukking op haar horloge. "Is het te laat om alles naar achteren te verschuiven? Ik zal op geen enkele manier op tijd klaar zijn."

"Nee," zegt Angela. "Pap heeft een excuus verzonnen om Bruce op dat exacte moment naar die kamer te brengen. Als de tijd verandert, kan Bruce achterdochtig worden."

"Ik zal me dan moeten haasten," zegt Theodora. "Tot zo."

Terwijl haar moeder wegsnelt, blijft Angela om de een of andere reden achter.

Oh nee. Sta ik op het punt om nog een preek te krijgen over mijn ongeschiktheid voor haar broer? Misschien word ik deze keer met een nederig donutgat vergeleken en hij met een champagnecake?

"Ik kan ook maar beter rennen. Het duurt voor mij nog langer om me klaar te maken dan voor mam," zegt Angela, maar ze beweegt niet.

Ik zucht. "Wat is er nu weer?"

Ze verschuift bijna onmerkbaar van de ene hoge hak naar de andere. "Dank je. Ik waardeer je hulp bij dit feest."

Ze laat me met mijn mond open achter en loopt weg.

"Waar ging dat over?" vraag ik aan Colossus.

Hij houdt zijn hoofd schuin.

Als ik zo goed was in het begrijpen van mensen, dan zou

*ik ervoor zorgen dat jullie me elke seconde van elke dag
koekjes zouden geven.*

———

Gekleed in mijn Yennefer-outfit kom ik een paar
minuten te vroeg in de balzaal aan. Colossus is bij me
en hij ziet eruit als de kleinste pony in de geschiedenis
van paardachtigen.

Johnny begroet ons bij de ingang, gekleed als een
bard.

Ik lach naar hem. "Het is alsof je snor zijn hele
bestaan op deze avond heeft gewacht."

Met een blije blos draait Johnny zich vakkundig
om. "Deze zijn voor jou." Hij geeft me een paar
oordopjes.

Om mijn oren bloot te leggen, moet ik de gitzwarte
lokken van mijn pruik terugduwen. Als de oordopjes er
eenmaal in zitten, hoor ik zachte luitmuziek, net als in
een taverne in Novigrad, mijn favoriete stad in het spel.

Prettig.

Ik kijk om me heen.

De decoraties zijn perfect; het zou me niet verbazen
om te horen dat Theodora en Angela een decorontwerper
hebben ingehuurd. De balzaal doet me aan Kaer Morhen
denken, het oude kasteel waar alle Witchers trainen.

Ik zie de vader van Bruce bij wat een geen-Bruce-
eetstation moet zijn, ga naar hem toe en bekijk de
selectie.

Wauw. Zelfs de hors d'oeuvres zijn op thema, met labels als 'mutton slider' en 'wyvern tartar'. Terwijl ik een bord met verschillende kazen en fruit voor mezelf maak, pak ik wat komkommer voor Colossus — die het wanhopig opslokt, ondanks het feit dat hij onderweg zijn eten heeft opgegeten.

Ambrose slaat per ongeluk met zijn schede tegen de zijkant van de tafel. "Denk je dat Bruce dit allemaal leuk zal vinden?"

"Ik ben net zo'n grote fan van deze wereld als hij," zeg ik. "En ik vind het geweldig."

Nadat ik snel mijn eten op de aangewezen plek heb klaargemaakt, kom ik naar buiten om de menigte te bekijken.

Iedereen is in gepaste outfits gekleed en ik herken Bob de chef-kok, Prudence de huishoudster, de tuinman — hoe hij ook heet — en een paar bewakers. Dan komt er een menigte bekende mensen binnen, ook verkleed, en het kost me even om me te herinneren dat ze uit dat nabijgelegen filiaal van de bank van Bruce komen — degenen die bij de socialisatie van Colossus hebben geholpen.

Colossus herkent de geur van zijn menselijke kennissen en rent weg om ze te begroeten — of om te controleren of ze lekkernijen hebben.

Angela, Angela's vriend en Theodora komen binnen. Beide vrouwen zijn uitstekende collega-tovenaressen, terwijl Champ eruitziet als een Nilfgaardiaanse hofnar. Ze sluiten zich aan bij

Ambrose, die als koning verkleed is, hoogstwaarschijnlijk Radovid V de Stern.

"Hij komt eraan," zegt Johnny en hij draait nerveus met zijn snor. "Maak je klaar."

Ik kijk nieuwsgierig naar de ingang.

Bruce stapt naar binnen en ziet eruit als een anachronisme in zijn moderne kleding.

"Verrassing!" schreeuwen we allemaal. "Gefeliciteerd met je verjaardag!"

Bruce kijkt om zich heen, en is een beetje geschokt.

Ambrose loopt naar zijn zoon toe en duwt een bundel kleding in zijn handen. "Doe dit alsjeblieft aan en kom terug," zegt hij, terwijl hij vaag verontschuldigend klinkt. "Dit feest heeft een thema."

Colossus rent naar Bruce toe en kwispelt met zijn staart.

Bruce kijkt naar de paardenoutfit en vereert ons allemaal met een van zijn zeldzame glimlachen. "Ben jij mini-Roach?"

De pup kwispelt harder met zijn staart.

Het maakt me niet uit hoe je me noemt, zolang er maar een koekje voor me in zit.

"Nou, laten we gaan," zegt Bruce tegen de hond en ze vertrekken samen.

Ik ga naar de geen-Bruce-bar en bestel een shot wodka. Als ik weer op de dansvloer ben, komen Bruce en Colossus terug.

Heilige Anubis. Ik had al gedacht dat Angela en Theodora dit zouden doen, maar ik ben niet voorbereid en heb een nieuw slipje nodig.

Bruce is al van nature breedgeschouderd en ziet er met de kenmerkende pantserschouderplaten van zijn kostuum enorm uit. En gezien de grijze pruik, de twee zwaarden op zijn brede rug en de kenmerkende wolfshanger om zijn nek, kan er geen twijfel over bestaan wie hij is: Geralt van Rivia, of zoals iedereen hem ziet: de Witcher.

HOOFDSTUK 29
BRUCE

Hoewel ik een verrassingsfeest had verwacht, stond ik versteld van het thema, dus mijn schok was oprecht.

Later, toen ik me aan het omkleden was, kreeg ik de kans om alles te verwerken en realiseerde ik me dat ik misschien voor het eerst echt van mijn stomme verjaardagsfeestje zou kunnen genieten, of het op zijn minst gemakkelijker zou vinden om het te tolereren. Het duurde ook niet lang voordat ik erachter kwam aan wie ik dit te danken heb. Ze is tenslotte net zo'n grote fan van dit universum als ik.

Als Colossus en ik terug de balzaal in stappen, zoek ik daarom meteen naar Lilly in de menigte.

Het kost me een paar ogenblikken vanwege alle outfits, maar zodra ik me op lengte (of het ontbreken daarvan) en wenkbrauwen (of een overvloed daarvan) concentreer, lokaliseer ik haar — en voel ik mijn ogen uitpuilen, zoals die van een cartoonwolf, wat gezien de hanger om mijn nek passend is.

Ze ziet er zo sexy als wat uit — en ze is natuurlijk als de liefdesinteresse van mijn personage verkleed.

Ik loop naar haar toe, haal de oordopjes onder mijn pruik vandaan en zeg hallo.

Ze ontdoet zich van haar oordoppen en zingt "Happy Birthday" op die speciale manier die beroemd is gemaakt door Marilyn Monroe, en ze vervangt gewoon "Mr. President" door "Mr. Roxford".

Terwijl ik luister, vraag ik me af hoe verkeerd het zou zijn als ik haar over mijn schouder zou gooien en naar mijn slaapkamer zou rennen. Zou iedereen denken dat het deel uitmaakt van de cosplay? Waarschijnlijk niet, dus ik kan me maar beter gedragen.

"Bedankt." Ik gebaar om me heen. "Wie het Witcher-thema heeft bedacht, is een genie."

Ze knippert koket met haar wimpers naar me. "Ik vraag me af wie ze was?"

Ik haal theatraal mijn schouders op. "Ik stel me een mooi iemand voor. Zorgzaam. Waarschijnlijk geweldig met honden."

Daar is het, de blos waar ik mijn best voor heb gedaan om te genereren. "Heb je al gegeten?" Ze wijst naar de hoek die bij iedereen vandaan is. "Dat is het station waar jij kunt eten, dat gescheiden is van dat van iedereen."

Ik stap dichterbij. "Jouw idee?"

Ze kijkt me aan en knikt.

Ik leun voorover. "Je bent geweldig."

Ze gaat op haar tenen staan. "Het was me een genoegen."

Hebben we het nog steeds over dit feest?

Maakt niet uit.

Ik proef die lippen weer.

Ik leun nog een centimeter naar voren, maar net als ik op het punt sta Lilly te kussen, tikt er een hand op mijn schouder.

Ik draai me om en bereid me voor om de onderbreker met een van mijn zwaarden aan stukken te hakken, maar het blijkt mijn moeder te zijn, dus ik moet genoegen nemen met een blik. "Wat?"

"Jullie twee zouden de eerste dans moeten doen," verklaart mam.

Ik kijk van haar naar Lilly. "Hebben verjaardagen eerste dansen?" Ik dacht altijd dat het een bruiloftsding was.

"Het komt door jullie outfits," zegt mam. "De Witcher moet met zijn tovenares dansen."

Lilly wijst naar Gertrude, die een rode pruik draagt. "Dat is Triss Marigold. In het spel leidt een romance met *haar* tot een eenvoudiger en stabieler leven."

"Geen spoilers." Ik stop mijn oordopjes er weer in. "Niet dat ik iemand anders dan Yennefer zou hebben gekozen, wat je ook zei."

Er speelt langzame muziek in mijn oren en ik steek mijn hand naar Lilly uit. Ze doet ook haar oordopjes in, pakt dan mijn hand en ik leid haar naar het midden van de dansvloer terwijl iedereen toekijkt.

"Ik ben blij dat je zwaarden achter je rug zitten," fluistert Lilly hard genoeg om door de oordopjes te horen. "Als je ze aan je riem zou dragen, dan zou ik het risico lopen om gestoken te worden."

"Je loopt nog steeds risico." Ik voel me als een kind op het schoolbal en werp een blik op mijn strakke broek.

Op een zeer niet-Yennefer manier blozend, pakt Lilly mijn aangeboden handen en trek ik haar naar me toe, terwijl ik op de muziek in een stijldansstijl beweeg, omdat ik geen idee heb hoe dansen er in de Witcher-wereld uit zou moeten zien.

Het is bedwelmend om Lilly bij me in de buurt te hebben. Ze kijkt me ingetogen aan, is op de juiste plaatsen zacht en haar delicate geur van kersen, wierook en rozen laat mijn hoofd tollen.

Fuck. Mijn zwaardsituatie wordt duidelijker — en gezien het feit dat haar ogen groter worden, merkt ze het op.

De muziek stopt.

Ik buig. "Je bent een geweldige danser."

"Heel erg bedankt." Ze buigt. "Wat dacht je ervan om te eten en te drinken, en het dan nog een keer te doen?"

"Het is een date," zeg ik en ga naar het station dat ze voor me heeft geregeld. Hoewel ik eerlijk gezegd geen honger of dorst meer heb...

Of in ieder geval niet naar eten.

HOOFDSTUK 30
LILLY

D ie dans was heet, en niet alleen omdat hij aan mijn fantasieën over de Witcher aansloot. Het was veel meer te danken aan Bruce, die sinds kort een bron is geworden van zoveel meer fantasieën dan een videogamepersonage ooit zou kunnen oproepen.

Ik waaier mezelf koelte toe met mijn handpalm en wens dat mijn outfit een waaier of een vliegenmepper bevatte. Nee. Nog steeds heet en geïrriteerd. Ik demp de muziek, haal even adem, loop dan naar de bar en haal een glas water met veel ijs.

Zelfs het koude drankje helpt niet. Misschien zou het beter werken om stiekem een ijsblokje in mijn slipje te laten glijden, maar het lijkt niet het beste idee te zijn als ik door zoveel mensen wordt omringd.

"Uwe Majesteit," hoor ik Theodora plotseling theatraal fluisteren. "Is er een kans dat we naar buiten kunnen sluipen en onze kamers kunnen bezoeken terwijl niemand kijkt?"

Ik neem aan dat ze met Ambrose praat en dat ik niet de enige ben die vindt dat deze outfits een afrodisiacum zijn. Ik kan ook maar beter voorzichtig zijn met wat ik vanavond zeg. Wanneer de muziek is gedempt, blokkeren de oordopjes niet veel geluid.

"Ja, heks," antwoordt Ambrose voordat ik de muziek kan hervatten en zo de ongewenste TMI kan dempen. "Je kunt binnenkort de eer krijgen om je koning te dienen."

Ik hoor niet waarmee de moeder van Bruce antwoordt, omdat de muziek in mijn koptelefoon het zalig overstemt, maar ik heb nog steeds bleekmiddel voor mijn hersenen nodig.

Ik creëer wat afstand tussen mezelf en de ouderlijke eenheden van Bruce, stap uit het gebied van de bar en loop Champ tegen het lijf.

Gatver. Ik voel dat delen van hem mijn lichaam raken en ik word door zijn adem aangevallen — een vreselijke mix van sigaretten, knoflook, wodka en koffie.

Ik trek me snel terug. Aan de andere kant heb ik die koude douche niet meer nodig.

Champ leunt naar me toe en laat meer van die adem los. "Zou de magische dame willen dansen?"

Ik adem door mijn mond. "Nee. Dank je."

Hij fronst. "Waarom niet?"

"Ze danst alleen met mij," gromt Bruce dreigend van achter me en laat zowel mij als Champ schrikken.

Champ steekt zijn handen op. "Het is maar een dans. Jeetje."

"We zijn erg toegewijd aan het thema," zeg ik. "En zijn karakter zou alleen met het mijne dansen, en vice versa."

Champ rolt op een meisjesachtige manier met zijn ogen, draait zich om en loopt weg.

"Bedankt," zeg ik tegen Bruce.

"Je kunt me met een dans bedanken," antwoordt Bruce en steekt zijn handen naar me uit, net als eerder.

Daar gaan we. Mijn slipje zit weer in de problemen.

Ik accepteer zijn handen en hij trekt me vakkundig naar zich toe en omhult me met zijn lichaamswarmte.

De muziek is deze keer iets sneller, maar het is niets vergeleken met mijn hectische hartslag.

Zijn arm heeft mijn rug vast en leidt me zachtjes op het ritme.

Realiseert degene die het dansen heeft uitgevonden zich hoe seksachtig het is?

Ik snak bij elke stap naar adem, mijn omhooggeduwde borsten gaan op en neer. Dan ontmoeten mijn ogen de ogen van Bruce en er is geen enkele hint van het gebruikelijke ijs in hun blauwe diepten. In plaats daarvan doen ze me aan de Caribische Zee denken, waar ik graag naakt in zou duiken.

De muziek verandert en Bruce laat me zacht achteroverleunen op de maat. Ik begin bijna te zwijmelen.

"Je bent een zeer goede danser," mompelt Bruce in mijn oor als het lied stopt.

"Ik? Jij bent degene die al het werk heeft gedaan."

Hij glimlacht. "Je onderschat je gevoel voor ritme."

Is dat zo, of heb ik andere, meer primaire dingen aan mijn hoofd?

"Ik wil je nogmaals bedanken," zegt hij. "Als het om verjaardagscadeaus gaat, ben ik moeilijk tevreden te stellen, maar dat is je vandaag gelukt."

Ik geef de woorden "gelukt" en "tevreden" de schuld van wat ik er vervolgens uit flap, namelijk, "Dit feest is niet mijn geschenk."

Zijn ogen glanzen. "Niet?"

Blozend zeg ik, "Wat denk je ervan om de nacht met Yennefer van Vengerberg door te brengen?"

Gah. Hoeveel heb ik gedronken? Ik ben meestal niet zo dapper.

Hij schudt zijn hoofd en mijn hart stopt bijna. "Ik wil Yennefer van Vengerberg niet," mompelt hij. "Niet als ik Lilly Johnson kan hebben."

De adem waarvan ik me niet realiseerde dat ik hem inhield ontsnapt uit mijn longen. Ik doe mijn mond open om over logistiek te praten, maar de uitdrukking van Bruce wordt gepijnigd.

Ik draai me om.

Champ staat achter me en staat als een verdomde holbewoner met zijn mond open op een broodje schapenvlees te kluiven.

"Wat voor de duivel?" zeg ik streng. "Je moet in de aangewezen ruimte eten."

"De hond was er." Champ zwaait met de sandwich en neemt nog een hap.

Over de hond gesproken, Colossus rent onze kant op, wat bewijst dat Champ niets heeft bereikt door te vertrekken - niet dat ik zijn uitleg geloof. Mijn theorie is dat hij wat kleingeestige wraak op Bruce wil omdat hij hem niet met me heeft laten dansen.

Ik voel me meer dan geïrriteerd, leg mijn hand op mijn slaap en kijk betekenisvol naar de pup.

Als de brave jongen die hij is, begint Colossus luid te blaffen.

Champs hand vliegt naar zijn borst en hij doet net op tijd een stap achteruit om over Johnny's voet (of misschien snor) te struikelen.

Met zwaaiende armen, ploft Champ op zijn kont, de overgebleven sandwich vliegt in de richting van Colossus.

Zonder ook maar te knipperen, verslindt de hond de sandwich — ongetwijfeld denkend dat dat zijn traktatie is om op commando te blaffen.

"Wat zat er in die sandwich?" eis ik.

"Daar maak jij je zorgen over?" vraagt Champ en probeert zich met een kreun om te draaien.

"Geef haar antwoord," blaft Bruce.

De chef-kok rent erheen en noemt een lijst met ingrediënten op. Ze klinken voor het grootste deel veilig voor honden, dus ik ontspan me een beetje. Ik moet de pup nog steeds in de gaten houden, voor het geval het te veel eten hem ziek maakt, maar ik denk dat het onverzadigbare kleine wezen in orde zal zijn. Nu we het er toch over hebben...

"Ben je gewond?" vraag ik aan Champ, die nog steeds op de grond ligt. Als hij zijn stuitbeen zou hebben gebroken, dan zou ik me een beetje schuldig voelen.

Zonder enige woorden van sympathie steekt Bruce zijn hand uit naar Champ, die hem pakt en met nog een kreun overeind komt.

"Dit is de schuld van de verdomde hond," mompelt hij en veegt zich af. "Ik ben allergisch."

"Sinds wanneer laat een allergie je op je kont vallen?" vraagt Bruce aan hem.

Champ doet net alsof hij moet niezen als antwoord en haast zich weg, duidelijk ongedeerd.

"Brave jongen," zegt Bruce tegen Colossus.

De pup kwispelt met zijn staart.

Als je dacht dat ik een brave jongen was om dat broodje te eten, wacht dan maar tot je mijn zeer verfijnde koekjes etende vaardigheden ziet.

"Hij moet na zo'n grote maaltijd misschien even naar buiten," zeg ik tegen Bruce. "Colossus, bedoel ik, maar dat geldt misschien ook voor Champ."

"Zullen we hem samen mee naar buiten nemen?" stelt Bruce voor.

En dat we even alleen zijn. Ja, graag. Maar wacht. Ik kijk om me heen. "Hoe zit het met het feest?"

Bruce haalt zijn schouders op. "Ik heb het hier langer volgehouden dan bij enig ander evenement waar ik ben geweest. Dankzij jou."

"Oké dan." Ik pak de pup. "Laten we gaan."

We lopen in vriendschappelijke stilte naar de garage en tegen de tijd dat we daar zijn, slaapt Colossus in mijn armen. Een voedselcoma heeft hem te pakken.

"Ik voel me bijna slecht omdat ik hem wakker moet maken," fluister ik tegen Bruce.

Hij ziet het schattige, slaperige gezicht en glimlacht. "Ik vraag me af waarom hij zo moe is."

"Het feest," zeg ik. "Alle geuren en de mensen en het eten. Het is veel voor een kleine man."

"Zullen we hem terug naar bed brengen?" vraagt hij.

Ik schud mijn hoofd. "Hij zal dan zeker een ongelukje krijgen."

Bruce geeft me het harnas van de hond, en ik trek hem aan en pak dan mijn punky hoofddeksel.

"Dat heb je niet nodig," zegt Bruce.

"Het is donker buiten," zeg ik. "Loop ik geen risico op een uilenaanval?"

Bruce haalt achter zijn rug een van zijn zwaarden tevoorschijn. "Laat de gevederde klootzakken het proberen. Ik zal ze in tweeën snijden."

Ik bevestig de riem aan het harnas van Colossus. "Is dat je stalen of zilveren mes?"

Hij bekijkt het van dichterbij. "Zilver. Ik zou waarschijnlijk een uil met staal moeten aanvallen."

"Ja. Zilver is voor monsters, en ik denk niet dat uilen in aanmerking komen."

"Over *The Witcher* gesproken," zegt Bruce terwijl we in de koele nachtlucht stappen. "Mijn moeder heeft me iets interessants verteld."

"Echt waar?" Heeft ze vandaag niet net van mij over de serie gehoord?

"Er is een tv-programma op Netflix gebaseerd op *The Witcher*."

Oh. "Wist je dat niet?"

Hij schudt zijn hoofd.

Vlinders fladderen in mijn buik als ik vraag, "Wil je ernaar kijken?"

"Met jou," zegt hij.

Het fladderen wordt voluit wapperen en de vlinders groeien uit tot roofvogels. "Dat zou ik fijn vinden."

"Niet dat het zo goed zou kunnen zijn als de boeken," zegt Bruce.

"Of het derde spel," voeg ik eraan toe.

"Als we het haten, dan haten we het tenminste samen."

"Ja," zeg ik. "De sleutel is om te chillen terwijl we kijken."

En... de dronken moed blijft doorgaan, onnodig in dit geval, omdat hij al heeft ingestemd om me als een geschenk te accepteren.

Hij grijnst. "Als in, Netflix en chillen?"

Ik grijns terug, zelfs terwijl mijn gezicht warm wordt. "Je snapt me."

Zijn uitdrukking wordt serieuzer. Ik denk dat hij zich moet realiseren hoe romantisch dit moment is. We hebben een prachtige omgeving om ons heen, de sterren en de maan aan de heldere hemel erboven, en last but not least, we zijn in sexy outfits gekleed die elkaar aanvullen.

Dezelfde gedachten moeten door zijn hoofd gaan, omdat hij me naar zich toe trekt en onze lippen komen op elkaar.

De ontzagwekkende wereld om ons heen verdwijnt volledig, en het enige wat overblijft zijn de lippen van Bruce, zijn slimme tong, zijn sterke armen op mijn kont, het gejank —

Wacht. Gejank?

Ik trek me met tegenzin terug en zie de bron van het gejank. Het is Colossus. Hij staat op zijn achterpoten en tikt Bruce met zijn voorpoten aan — alsof hij smeekt om opgepakt te worden.

"Huh," zeg ik. "Roach deed net zoiets als dit. Hij zou tussen mij en iedereen in komen die ik probeerde te kussen."

"Dat was een slimme hond," zegt Bruce. "Ik ben de enige persoon die je zou moeten kussen."

Wauw. "Ik kende je toen niet."

Bruce pakt Colossus op en zijn gezicht wordt gelikt. "Denk je dat hij gewoon aandacht wilde, jaloers was, of" — hij grinnikt — "me tegen een waargenomen aanval beschermde?"

Ik haal mijn schouders op. "Het lijkt er meer op dat hij oxytocine in de lucht rook en er nieuwsgierig naar werd. Misschien wilde hij ook wel wat — vandaar dat hij aan je gezicht likt." Geluksvogel. Daar ben ik zeker een beetje jaloers op.

Hij zet de hond weer op de grond. "Als dit een probleem wordt, kun je hem dan leren om zich er niet mee te bemoeien?"

"Natuurlijk," zeg ik, terwijl mijn ademhaling versnelt. "We zouden als onderdeel van die training heel veel moeten kussen."

Hij grijnst. "Dat kan geregeld worden."

Oké. Hier, op dit moment, is mijn kans om hem te vragen wat er tussen ons aan de hand is, maar aan de andere kant, het is zijn verjaardag, en als het gesprek misgaat, dan heb ik het verpest.

Ja. Ik ga het gesprek uitstellen. Misschien ben ik toch niet zo dapper.

"Denk je dat hij klaar is?" vraagt Bruce als Colossus geen poot optilt bij een struik die zo perfect is voor dat doel dat zelfs ik in de verleiding kom om erop te plassen.

"Oh, ja," zeg ik. "De tank is leeg. Laten we teruggaan."

En als het betekent dat we eerder in de slaapkamer van Bruce belanden, des te beter.

Zonder het te bespreken, zijn we op de terugweg bijna aan het rennen — wat mijn toch al krankzinnige hartslag niet helpt. Op weg naar de slaapkamer valt de pup weer in mijn armen in slaap, dus ik leg hem heel voorzichtig in zijn bed als we daar aankomen en bedank Anubis dat hij niet wakker is geworden.

Wat nu? Ik weet niet zeker of de laatste overblijfselen van alcohol mijn systeem hebben verlaten of dat het de realiteit van de slaapkamer is, maar ik voel me ineens een stuk minder brutaal, daarom bloos ik als ik vraag, "Zullen we naar de tv-serie kijken?"

Met ogen die hongerig glanzen, antwoordt Bruce door me van mijn voeten op te tillen en me naar het bed te dragen.

Oh hemeltje. Hij trekt elk van mijn lange laarzen uit, doet dan mijn broek en gordel uit voordat hij eindelijk mijn slipje uittrekt.

"Wauw," spint Bruce. "Ik heb ervan gedroomd om je te proeven."

Ik word knalrood, maar ik vecht er niet tegen als hij mijn benen spreidt. De jarige kan eten wat hij wil — en zo hard als hij wil, want ik ben niet degene met misofonie.

Hij begint met vederlichte kussen rond mijn clitoris — een daad van pure kwaadaardigheid, omdat het ervoor zorgt dat ik hem *op* mijn clitoris wil hebben.

Alsof hij psychisch op mijn verlangens is afgestemd, kust Bruce daar waar ik het zo wanhopig wil, me eerst nauwelijks aanrakend, dan harder, eindigend in een stevige knuffel waardoor mijn vuisten zich in de lakens ballen.

Hij escaleert zijn bedieningen tot een kleine lik.

Er ontsnapt ergens diep in me een kreun.

Ik weet niet zeker hoe, maar ik voel zijn tevreden grijns tegen mijn poesje, gevolgd door een sterkere lik.

Ja. Alsjeblieft. Precies zo.

Ik moet dat hardop schreeuwen, of hij is weer helderziend, want zijn volgende dozijn likken zijn hetzelfde, en het is pure gelukzaligheid. Een orgasme begint in me op te bouwen terwijl er ongevraagd gekreun aan mijn lippen ontsnapt.

Aangemoedigd doet Bruce iets wat ik nog nooit eerder heb gevoeld — en herdefinieert daarbij de term 'sluwe tong'. Het voelt alsof hij op de een of andere manier mijn clitoris met zijn tong heeft omhuld.

Met een kreet breek ik in kleine stukjes genot en reconstrueer mezelf dan weer rond zijn geniale tong.

"Jouw beurt," zeg ik naar adem snakkend als mijn zintuigen terugkeren.

Nu ik erover nadenk, hadden we met hem moeten beginnen — het is tenslotte zijn verjaardag.

In een beweging rechtstreeks uit *Magic Mike* trekt Bruce zijn broek uit en laat hij Titan los.

"Naakt?" Ik streel zachtjes met de toppen van mijn vingers langs zijn indrukwekkende lengte. "Dat is op thema."

"Nee," gromt hij. "De echte Geralt zou een lange onderbroek dragen."

"Stil maar." Ik geef de eikel van Titan een lichte kus en proef de zoetheid van de oceaan in het voorvocht.

Hij leunt achterover tegen het hoofdeinde, maar dat ontspant de harde spieren in zijn benen niet, noch de V-vormige schoonheid van zijn gebeeldhouwde sixpack.

Ik neem Titan in mijn mond. Hij is harder dan staal, maar toch warm en heerlijk fluweelachtig, gewoon smekend om gezogen en gelikt te worden.

Ik kan niet geloven dat ik zo opgewonden ben nadat hij me net heeft laten komen. Niet in staat om mezelf te helpen, steek ik mijn hand tussen mijn benen, wanhopig om aan de groeiende behoefte te voldoen.

"Fuck," gromt Bruce terwijl ik hem als een ijsje lik. "Je bent ongelooflijk."

Oh ja? Ik schuif Titan diep in mijn keel totdat ik hem helemaal in mijn milt voel. Mijn eigen orgasme is er bijna, en mijn resulterende gekreun weerklinkt in zijn pik.

Van genot kreunend streelt Bruce mijn rug — wat me alleen maar aanspoort om hem dieper te nemen en mezelf harder, wanhopiger aan te raken.

"Ik wil in je zijn," eist Bruce net op het moment dat mijn orgasme op het punt staat te beginnen.

Mijn geest is te verward door seks om te antwoorden, dus ik kijk gewoon toe terwijl Bruce me op het bed legt en Titan omhult: eerst in het condoom, dan in mij.

Mijn ogen rollen in mijn achterhoofd en ik graaf mijn nagels in Bruce zijn rug terwijl mijn orgasme eindelijk aan land komt — helemaal over zijn pik heen.

"Brave meid," zegt hij, spreidt dan mijn armen boven mijn hoofd en verstrengelt onze vingers. "Nu wil ik dat je me er nog een geeft." Hij begeleidt zijn eis met een stoot.

Als ik op dit moment zou *kunnen* spreken, dan zou ik zeggen dat ik er misschien nog een uit kan persen, op voorwaarde dat hij zo in mijn ogen blijft kijken. Alsof ik het centrum van zijn universum ben.

Hij stoot harder in me en vangt mijn gekreun met zijn mond. Hij voelt zo geweldig in me dat ik zou kunnen schreeuwen, maar zijn verzengende kus weerhoudt me ervan om dat te doen.

Zijn stoten gaan sneller en zijn tong lijkt na te doen wat zijn heupen doen terwijl hij hongerig mijn mond in beslag neemt. Dan spant hij zich aan, trekt zich van de kus terug om hardop te kreunen, en ik voel dat hij onmogelijk hard in me wordt als hij zijn ontlading bereikt.

Dat is het. Met een verstikte kreet kom ik klaar en de extase gaat door voor wat als een eeuwigheid aanvoelt.

Oef. Het is maar goed dat ik op mijn rug lig, want ik denk niet dat ik de energie heb om iets anders te doen dan in het matras te zakken. Elke spier voelt als pudding.

Hij strekt zich naast me uit, zijn ademhaling is net zo onregelmatig. "Ik kan niet geloven dat de hond daar doorheen heeft geslapen."

Ik dwing mijn gezichtsspieren om te functioneren. "Echt hè?"

"Blijf vannacht bij me," mompelt hij en hij kust mijn wenkbrauw.

Ik knik slaperig. "Tenzij je je aanbiedt om me naar mijn kamer te dragen, is dat de enige beschikbare optie."

En daarmee laat ik mezelf in slaap vallen.

HOOFDSTUK 31
BRUCE

k word midden in de nacht wakker met Lilly om me heen gewikkeld als een pluizige wenkbrauwdeken. De beelden van wat ik gisteravond met haar heb gedaan, komen naar boven en verharden mijn pik.

Ze was weer uitmuntend — en gisteren was op de een of andere manier een van de beste dagen van mijn leven, ondanks dat het een gevreesde verjaardag was.

Omdat ik haar niet wakker wil maken, sta ik op en ga ik zelf met de pup wandelen.

Terwijl we over het maanverlichte terrein wandelen, realiseer ik me dat ik misschien een paar dingen opnieuw moet evalueren als het om Lilly gaat. Om te beginnen zijn we, ongeacht ons lengteverschil, seksueel gezien een perfecte pasvorm. Ik heb nog nooit een vrouw gehad die zo op maat gemaakt voor me voelde.

Het kan ook zijn dat ik mijn standpunt over het

daten met een werknemer moet heroverwegen. Het is zeker niet optimaal, maar dit is in ieder geval geen zakelijke omgeving. Dat moet het beter maken, toch?

Eén ding is zeker: het leeftijdsverschil is niet iets om me zorgen over te maken. Ik heb haar geen enkele selfie zien maken, geen enkele wens zien uiten om in nachtclubs te dansen of over Justin Bieber te gillen.

Tegen de tijd dat ik Colossus weer in zijn bed leg en weer bij Lilly kom, besluit ik dat ik met haar ga praten over het officieel maken van wat er tussen ons gaande is. Maar wanneer dan? Na het cryptocurrency-project? Dat lijkt nu te ver weg.

Nee. Ik zal met haar praten zodra mijn ouders weg zijn.

HOOFDSTUK 32
LILLY

Er is beweging in het bed, dus ik open chagrijnig een oog.

"Morgen," mompelt Bruce.

"Shit." Ik open het tweede oog. "Heb ik gisteravond mijn tandengepoetst?"

Hij gnuift. "We hebben ook niet gedoucht — iets wat ik zo recht ga zetten."

Hij gooit zijn deel van de deken aan de kant en de aanblik van hem naakt is als het drinken van espresso — vooral omdat Titan om de een of andere ondoorgrondelijke reden hard is.

Als ik me niet super vies voelde, dan zou ik hem bespringen.

Wacht. Nodigde hij me net uit in die douche?

Voordat ik het antwoord kan achterhalen, hoor ik het getik van kleine pootjes op de hardhouten vloer, gevolgd door het tikken van poten op het matras.

Bruce grijnst. "Raad eens wie er ook wakker is?"

Ik leun van het bed en kom oog in oog te staan met Colossus — die met zijn staart kwispelt alsof het zijn hele doel in het leven is voordat hij op zijn rug ploft.

Buikmassage. Nu. Hop, hop. Het is eeuwen geleden dat ik wat liefde heb gekregen.

Ik krab met een brede grijns op de aangeboden buik.

"Jij doet hem, toch?" vraagt Bruce, nog steeds overheerlijk naakt. "Ik heb over een paar minuten een afspraak."

"Ja," zeg ik met een zucht en kijk hoe het wonder dat de gespierde kont van Bruce is, wegloopt.

Zodra hij uit het zicht is, trek ik mijn tovenaarsoutfit aan, pak de pup en haast me naar mijn kamer, met het gevoel dat ik onderweg de wandeling van schaamte doe.

"Hier." Ik geef Colossus wat uitgedroogde zoete aardappelkauwsnacks die de chef-kok heeft gemaakt.

Terwijl de hond met de traktatie bezig is, doe ik mijn ochtendroutine en denk ik na over wat snel een steeds grotere vraag wordt.

Wat is er gaande tussen mij en Bruce?

Ik weet wat het *niet* meer is — een one-night-stand. Bestaat er zoiets als een two-night-stand? Geen idee en ik weet dat ik hier met hem over moet praten, maar ik weet niet zeker hoe ik erover moet beginnen.

Misschien dat ik later vandaag de moed kan vinden?

Voor nu moet ik met de hond gaan wandelen.

Als Colossus en ik terugkomen, staat Bruce op het punt om met zijn familie te gaan golfen.

"Waarom ga je niet met ons mee?" vraagt Theodora.

Ik schud mijn hoofd en glimlach beleefd. "Colossus en ik hebben veel training te doen."

Is dat teleurstelling op het gezicht van Bruce? Hoe dan ook, de pup en ik hebben ook niet ontbeten — en nog belangrijker, ik wil me niet in Bruce zijn tijd met zijn familie opdringen.

Zoals beloofd, werk ik de hele dag met mijn pupil, stop ik alleen voor maaltijden, en tragisch genoeg, zonder Bruce ook maar één keer tegen te komen.

Als het tijd is om te gaan slapen, neem ik een douche, poets ik mijn tanden en scheer ik mijn benen en andere noodzakelijke plaatsen voordat ik de meest sexy pyjama aantrekt die ik heb: een klein nachthemdje. Dan, goed gepimpt, neem ik Colossus mee naar zijn bed.

Als we binnenkomen, zijn de lichten aan en is Bruce er niet, maar ik zie iets nieuws.

Een tv die uit het voeteneinde van het bed steekt. Of misschien is het niet nieuw? Misschien hoeft Bruce alleen maar op een knop te drukken en glijdt de tv dan ergens vandaan.

Bruce stapt uit zijn badkamer en draagt een badjas. "We zijn helemaal klaar om naar de show te kijken. Ervan uitgaande dat je dat nog steeds wilt."

Wil ik Netflix en chillen? Met hem? Beantwoordt mijn outfit dat niet voor me?

"Hoe zit het met deze?" Ik til Colossus op.

Bruce loopt naar hem toe en wrijft over de buik van zijn hondenkind. "Zullen we wat van die training doen waar we het over hadden?"

"Je bedoelt zijn reactie op kussen?" vraag ik, terwijl ik mijn best doe om niet in mijn opwinding op en neer te springen.

Bruce knikt, pakt de pup en neemt hem mee naar het bed.

Colossus ploft tussen de benen van Bruce en lijkt in slaap te vallen.

"Laten we eens kijken," zegt Bruce, hij pakt me dan vast en geeft me een luide kus die me van mijn sokken (en uit mijn slipje) zou slaan — als ik die zou dragen.

Bij het horen van de kus draait Colossus zich om om het te onderzoeken, maar gaat dan weer liggen.

"Hij is moe," zeg ik met een grijns. "Ik denk dat we dit in ons voordeel kunnen gebruiken."

Daarmee kus ik Bruce weer.

We krijgen een blik van de hond, maar dat is het wel.

Bij de volgende kus neemt Colossus niet eens de moeite om op te staan, dus breng ik hem naar zijn bed.

"Tv?" vraagt Bruce.

"Laten we zeker weten dat hij slaapt," zeg ik en ik kus Bruce luid.

Als de hond niet reageert, kust Bruce mijn nek, dan

mijn sleutelbeen en tegen de tijd dat hij aan mijn tepel zuigt, ben ik de tv vergeten.

———

De volgende dag gaat op een vergelijkbare manier voorbij. Ik word wakker in Bruce zijn bed, hij verdeelt zijn dag tussen werk en zijn familie en ik ontmoet hem in zijn kamer om naar *The Witcher* te kijken. Dat is eigenlijk gewoon code voor heel veel seks, omdat er geen tv wordt gekeken. Het enige probleem is dat ik nog steeds geen manier heb gevonden om de grote vraag te stellen.

Wat is er precies gaande tussen ons?

Moet hij er ook niet op een gegeven moment over beginnen? Waarom ben ik hier verantwoordelijk voor? Of is dit gewoon een zinloze flirt voor hem en het niet waard om te bespreken?

Ik duw de gedachte weg en we brengen de volgende dag op dezelfde manier door — behalve dat we eindelijk een kwartiertje naar *The Witcher* kunnen kijken voordat Bruce me weer als een konijn neukt.

Nog steeds nergens een discussie over.

Oké dan.

De volgende dag ontdek ik dat zijn familie nog een week zal blijven — een week die in dezelfde geest begint, met slechts sporadisch naar *The Witcher* kijken en veel orgasmes voor mij. Inmiddels heb ik meer orgasmes met Bruce gehad dan in al mijn vorige relaties samen.

Tegen de zesde dag ben ik boos op mezelf omdat ik het gesprek niet ben begonnen, maar nog bozer op Bruce omdat hij me de noodzaak niet heeft bespaard om dat te doen.

Ik ben zo boos op hem dat ik terwijl ik 's ochtends met Colossus loop de mogelijke dingen repeteer die ik hem als kastijding zal zeggen. Elke andere ochtend voor vandaag speelde ik in plaats daarvan de verschillende versies van het 'wat er tussen ons gaande is'-gesprek, maar keuzes maken is nooit mijn sterkste kant geweest.

"Noem me ouderwets," zeg ik tegen hem als ik begin, "maar is het normaal gesproken niet de verantwoordelijkheid van de man om een vrouw mee uit te vragen?"

Nee. Zwak. Ik heb iets krachtigers nodig als ik die route echt wil volgen. Misschien moet ik —

"Hé," zegt een bekende stem, die me uit mijn gedachten haalt.

Oh. Geweldig.

Het is Champ, die een sigaret rookt.

Grr. Sinds het feest heb ik mijn best gedaan om te voorkomen dat Colossus en Champ elkaar zouden ontmoeten, en als bonus ben ik ook gespaard gebleven van het per ongeluk weer ruiken van Champs vreselijke adem.

Ondanks alle socialisatietraining rent Colossus niet naar Champ, maar blaft hij ook niet naar hem of zo. Deze specifieke persoon boeit de pup gewoon niet, wat voor deze nu vriendelijke hond bijna gelijk staat aan pure haat.

"Ik ben blij dat ik je eindelijk zie," zegt Champ.

Eindelijk? Hoe vaak heeft hij hier gerookt in de hoop ons te zien?

"Ben je niet allergisch?" Ik gebaar naar de hond.

Champ fronst naar Colossus. "Ik wilde *jou* tegenkomen, niet dat. Niet dat ik in de buitenlucht vacht kan inademen."

Meestal veroorzaken huidschilfers en speeksel de allergieën, niet de vacht, maar ik wil dit gesprek niet onnodig verlengen, dus ik zwijg en kijk verwachtingsvol naar Champ.

Champ kijkt heimelijk rond voordat hij luid fluistert, "Kunnen we praten?"

Ik denk snel na. "Sorry. Misschien een andere keer? Colossus heeft dorst, en ik ook."

"Ah." Champ gooit zijn sigaret op de grond en stampt erop met zijn tennisschoen. "Dan zie ik je later wel."

Hopelijk niet. Ik hoef hem nog maar één dag te ontwijken.

Ik ga rechtstreeks naar de garage, maak de riem van Colossus los en neem hem mee naar de keuken voor wat drinken en snacks.

Als we binnenkomen, zie ik de strategische fout die ik buiten heb gemaakt. Door dorst te noemen, vertelde ik Champ zo goed als waar ik naartoe ging.

En hij wil *echt* praten, want hier is hij dan, aan het doen alsof hij per ongeluk in de keuken is.

Ik negeer hem, schenk voor Colossus wat water in en haal een likmat met zijn ontbijt tevoorschijn.

Voordat ik mijn eigen eten kan pakken, loopt Champ naar me toe en kijkt rond voordat hij fluistert, "Kan ik *nu* even een moment van je tijd hebben?"

Ik adem door mijn mond. "Wat is er?"

"Ik vroeg me af wat je... tarieven waren," zegt Champ, nog steeds fluisterend.

Ik knipper met mijn ogen naar hem. "Mijn tarieven?" Hij is allergisch voor honden, dus wat kan het hem schelen?

"De prijs," legt hij uit. "Voor... je weet wel."

Ik doe een stap achteruit. "Ik denk niet dat ik het weet." En een onderbuikgevoel zegt me dat ik er niet graag achter wil komen.

Champ komt naar me toe, dus ik krijg weer zijn adem binnen en vraag me af hoe het hem is gelukt om zo vroeg op de dag zoveel knoflook te eten. "Ik weet van je uitstapjes naar de slaapkamer van Bruce... 's nachts."

"Pardon?" Ik denk niet dat ik zo geschokt zou zijn geweest als hij een sigaret op mijn voorhoofd had uitgemaakt.

"Doe alsjeblieft wat zachter." Hij gaat een stap achteruit. "Ik zeg niet dat er iets mis is met... sekswerk. Het is —"

Mijn bloed voelt alsof het op het punt staat te exploderen. "Ik ben geen hoer!" Mijn handen ballen zich in strakke vuisten en ik sta te popelen om hem precies in het kleine beetje ruimte tussen zijn ogen te slaan.

Champ fronst. "Waarom zou je vervelende etiketten rondgooien? Ik vroeg alleen of je voor mij kunt doen wat je voor Bruce doet."

Mijn neusvleugels trillen. "Ik doe geen sekswerk voor hem."

Hij rolt met zijn ogen. "Jij en hij zijn geen stel, toch? Hij betaalt je, toch? Je gaat met hem naar bed, toch? Hoe je dat ook noemt, ik wil er ook wat van, nu we er nog zijn."

Ik kijk naar het messenrek en geniet van enkele vluchtige mentale beelden van mij die het grote mes gebruikt om in Champs zachte buik te snijden, zoals in een slasher-film. Aan mijn voeten hoor ik Colossus grommen — hij lijkt mijn moorddadige humeur op te pikken.

"Houd je kop," snauwt Champ naar Colossus en trekt dreigend zijn voet op.

Zo is het genoeg. Er knapt iets in me en mijn knie raakt Champ in zijn kruis.

Champ valt op de grond en zijn gezicht wordt groen. Ik pak Colossus, ren naar mijn kamer en doe de deur achter me op slot.

Puur op de automatische piloot geef ik de pup een kauwspeeltje om mee te spelen voordat ik toegeef aan de woede die me overweldigt. Woede om wat Champ had gezegd, maar ook voor Bruce en mezelf om in deze stomme situatie terecht te zijn gekomen: met mijn baas naar bed gaan die niet de intentie lijkt te hebben om hier een relatie van te maken.

Ik weet niet eens wat ik doe als mijn handen naar de kastdeur reiken, maar het lijkt erop dat mijn lichaam iets heeft gedaan wat ik zelf nooit zou kunnen doen: een beslissing nemen.

En die beslissing is om mijn spullen in te pakken.

HOOFDSTUK 33
BRUCE

N et als ik klaar ben met mijn crypto-vergadering klopt iemand op mijn kantoordeur.

Zou het Lilly kunnen zijn? De warme hoop in mijn borst geeft me het gevoel dat ik een schooljongen ben met zijn eerste verliefdheid. Als zij het was, dan zou ze denk ik niet kloppen. Ze zou gewoon naar binnen lopen.

"Kom binnen," zeg ik en ik sluit mijn laptop.

Hoewel ik niet dacht dat het Lilly was, voel ik een steek van teleurstelling als ik mevrouw Campbell zie.

"Hallo, meneer," zegt ze, behoorlijk radeloos lijkend.

Ik kom overeind. "Wat is er aan de hand?"

Ze haalt schuldbewust een stuk papier uit haar zak. "Ik stond op het punt om Lilly's was te doen," zegt ze. "En u weet hoe ik altijd alle zakken controleer voordat ik iets in de wasmachine doe?"

Ik knik met gefronste wenkbrauwen.

"Toen ik het zag, wilde ik niet nieuwsgierig zijn," zegt ze. "Maar uw naam stond er met wat vloekwoorden op, dus ik —"

"Waarom geef je me dat papier niet," eis ik.

Ze doet een stap naar voren, maar geeft het briefje niet. "Misschien is er een verklaring voor," zegt ze. "Lilly is zo'n aardige meid, en jullie twee —"

Mijn adrenaline stijgt. "Geef het aan me. Nu."

Met grote ogen duwt mevrouw Campbell het papier in mijn handen en rent de kamer uit.

Ik lees het briefje, en ben steeds meer verbijsterd. Het lijkt erop dat Lilly gelooft dat ik de slechtste persoon ter wereld ben — samen met mensen als Charles Manson, Caligula en Pee-wee Herman.

Maar waarom? Het is zeker niet op mijn slaapkamerprestaties gebaseerd.

Dan zie ik de reden aan het einde van de brief en open mijn laptop om het te verifiëren.

Fuck. Het is waar. Mijn bank heeft beslag gelegd op het huis van haar ouders.

Geen wonder dat ze in het begin zo vijandig tegen me was. En dus anti-zakelijk.

Maar hoe past dat bij wat we hebben gedaan?

Al het bloed trekt uit mijn gezicht.

Is het mogelijk dat ze voor de meest verwrongen vorm van wraak heeft gekozen — om me voor haar te laten zorgen en me dan deze vreselijke monoloog voor te lezen?

Ik herlees het briefje opnieuw, woede verdringt een

deel van de schok en de pijn. Dan, als een masochist, lees ik het nog een keer. En nog een keer.

Nadat ik het voor de honderdste keer heb gelezen, stop ik het papier in mijn zak en loop de kamer uit.

Lilly en ik gaan praten.

HOOFDSTUK 34
LILLY

W at voor de duivel? Een heleboel van mijn kleren ontbreken.

Oh. Natuurlijk. Ik herinner me vaag dat Prudence iets had gezegd over het doen van mijn was.

Goed dan. Whatever. Het gaat niet om spullen. Ik heb gewoon mijn huis nodig. Mijn ruimte, waar ik kan denken.

Ik pak een koffer vol met willekeurige onzin, ga naar de deur en loop tegen de keiharde borst van Bruce aan.

Wauw.

Zijn ogen zijn als twee ijsbergen als hij me aankijkt. "Ga je ergens heen?"

Mijn pijn en woede koken over, en wederom neemt mijn lichaam de beslissing voor me terwijl mijn tong de woorden vormt. "Zeker weten. Ik stap op."

Ik wil het onmiddellijk terugnemen, maar het is te

laat. Zijn ogen worden nog kouder en zijn neusvleugels trillen.

"Oh?" Zijn stem is vlijmscherp. "Moe van de poppenkast?"

Poppenkast? Ik? Is het mogelijk om te emotioneel te zijn om woorden te begrijpen? Of beschuldigt hij me van iets, zoals het verwelkomen van Champs grove avances?

Ik zie rood voor m'n ogen. "Wat er is gebeurd, was *jouw* schuld."

Vreemd genoeg warmt zijn uitdrukking een fractie op. "Het is niet alsof ik er persoonlijk bij betrokken was."

Probeert hij het gedrag van Champ te verontschuldigen? "Met je praten was een vergissing."

Er tikt iets in zijn kaak. "Hetzelfde geldt voor jou."

"Goed dan." Ik duw hem uit de weg en heb het gevoel dat ik op het punt sta om te huilen. "Vaarwel."

HOOFDSTUK 35
BRUCE

olossus jankt.

Fuck.

Daar had ik alweer ruzie voor zijn neus.

Ik pak hem vast, ga op het bed zitten dat tot een paar seconden geleden van Lilly was en streel de hemelse vacht. Terwijl de ogen van de hond van genot terugrollen, kalmeer ik ook, genoeg om semi-coherente gedachten te hebben.

Zoals bijvoorbeeld dat ik opgelucht zou moeten zijn dat ze me de noodzaak bespaarde om haar briefje ter sprake te brengen, maar dat ben ik niet. Dat ik blij zou moeten zijn dat ik Lilly's huichelarij had ontdekt voordat ik te veel voelde, maar dat ben ik niet... waarschijnlijk omdat het al te laat is.

Nee. Geen reden om tijd te verspillen aan die gedachtegang.

Ik zal me waarschijnlijk beter voelen als ik mijn woede vasthoud. Ik bedoel, hoe gek gedroeg ze zich toen ik binnenkwam? Het is onlogisch, zelfs als ik er rekening mee houd dat de prefrontale cortex van mensen (het rationele deel van de hersenen) zich pas op vijfentwintigjarige leeftijd volledig ontwikkelt, en ze is pas drieëntwintig.

Maar toch. Nu ik een klein beetje rustiger ben, is iets aan onze ontmoeting niet logisch.

Vooral dit: waarom was ze al bezig om weg te gaan toen ik binnenkwam? Het zou veel logischer zijn als ze naar buiten was gestormd nadat ik haar had gezegd wat ik over het briefje dacht.

Iets waar ik niet eens de kans voor kreeg om te doen.

Het is bijna alsof —

Mijn telefoon gaat en mijn eerste gedachte is dat het Lilly zou kunnen zijn die belt om haar baan terug te vragen. En om zich te verontschuldigen.

Goed dan, misschien is het meer dat ik hoop dat het Lilly is.

De beller is echter mam.

Ik ben geneigd om niet op te nemen, maar de familiale plicht wint.

"Mam, hoi. Gaat alles goed?"

"Hoi, Brucie," zegt mama op haar gebruikelijke vrolijke toon. Met een strengere stem vraagt ze, "Heb je ruzie gehad met de vriend van je zus?"

"Wat?" Ik kijk naar Colossus alsof hij misschien de antwoorden heeft.

Mam zucht. "Je weet dat Angela geen tiener meer is, en dat je zelfs toen al te ver ging toen je —"

"Ik heb geen ruzie met haar man gehad," zeg ik langzaam. Ik bedoel, toen hij Lilly laatst ten dans vroeg, kwam ik in de verleiding, maar jezelf tegenhouden is waar een volledig ontwikkelde prefrontale cortex voor is. "Waarom denk je dat?"

"Een paar minuten geleden liep ik hem tegen het lijf toen hij van de vloer in de keuken opstond," zegt ze. "Hij ontweek mijn vragen over wat er was gebeurd, alsof hij zich schaamde."

"Dat is vreemd."

"Echt hè?" zegt ze. "Angela zei ook dat ze geen idee had. Over Angela gesproken, ze zei dat ze het met hem uit gaat maken, en ik ben er blij om, want je weet hoe ik me altijd heb gevoeld over meeroken en —"

Ik blokkeer de rest van wat mam zegt, omdat een aantal puzzelstukjes op hun plaats vallen en ik ben helemaal niet blij met het plaatje dat tevoorschijn komt. Zou er een verband kunnen zijn tussen de twee vreemde gebeurtenissen van Lilly's plotselinge vertrek en waar mam het net over had?

Ik zet de pup op de grond en zeg tegen mam dat ik moet gaan.

"Natuurlijk, schat," zegt ze en ze hangt op.

Ik haast me naar mijn kantoor en haal de bewakingsbeelden voor de keuken tevoorschijn.

HOOFDSTUK 36
LILLY

k sla mijn voordeur dicht en laat de koffer vallen.

Terwijl ik om me heen kijk, vind ik nog een reden om boos op Bruce te zijn: dankzij het feit dat ik zo lang in zijn landhuis heb gewoond, ziet mijn huis er nu uit als een krot.

En ik wil meer dan ooit huilen.

Ik ben ook vreemd gevoelloos.

En nog steeds boos.

Zo, zo boos.

Hoe kon ik zo stom zijn geweest om met een man naar bed te gaan die ik pasgeleden nog als mijn aartsvijand beschouwde? Of om gevoelens voor zijn hond te ontwikkelen? Alleen voor zijn hond, laat me duidelijk zijn. Niet voor hem. Echt niet voor hem.

Ongevraagd verschijnen er beelden van onze Netflix-en-chillen-sessies in mijn hoofd terwijl mijn borst pijn begint te doen en de druk achter mijn ogen opbouwt.

Toen ik mijn spullen in het landhuis begon in te pakken, had ik de hoop dat ik me beter zou voelen als ik thuiskwam, maar ik voel me allesbehalve. Een deel van me moet ook hebben gehoopt dat Bruce me tegen zou houden, maar hij deed bijna het tegenovergestelde.

Nu ik erover nadenk, was dat een beetje vreemd.

Waar ging dat gedoe met de poppenkast over?

Toen ik hem vertelde dat dat met Champ zijn schuld was, was zijn antwoord ook verwarrend.

Hoe wist hij überhaupt wat er met Champ was gebeurd? Ik kan me niet voorstellen dat Angela's vriend het zelf heeft verteld.

Wacht. Waarom denk ik ook alweer aan Bruce?

Hij verdient het niet.

Mijn telefoon gaat en Bruce is de eerste persoon aan wie ik denk.

De beller is Prudence — en dat is misschien het beste.

"Hoi, Lilly," zegt ze, vreemd genoeg schuldig klinkend. "Ik wilde me verontschuldigen."

"Voor wat?"

"Voor wat Bruce ook heeft gezegd," zegt ze. "Nadat ik hem het briefje had gegeven, had ik er spijt van."

Ik laat de telefoon bijna vallen. "Welk briefje?"

"Ik stond op het punt om je was te doen," zegt Prudence. "En ik controleer altijd alle zakken voordat ik iets in de wasmachine doe, omdat ik ooit iets van meneer Roxford heb geruïneerd —"

"Wanneer heb je hem dat briefje gegeven?"

Dat vertelt ze me.

"Shit."

"En nogmaals," zegt ze. "Het spijt me. Ik werk al —"

"Het geeft niet. Maar ik moet gaan." Daarmee hang ik op.

Ik probeer me te herinneren wat ik had opgeschreven, en het is niet goed. Het idee dat Bruce die stroom van venijn heeft gelezen, vervult me met angst. Het is duidelijk dat ik er geen woord meer van meen, maar het is te laat.

Hij weet van het afgenomen huis en de bank en nu denkt hij dat ik hem haat. Vandaar het woord 'poppenkast' en de zin over niet betrokken zijn. Hij bedoelde dat hij huizen niet persoonlijk afneemt — daar heeft hij mensen voor.

Mijn hart knijpt zich samen als ik me voorstel hoe ik me zou voelen als onze rollen waren omgedraaid. Geen wonder dat hij er zo boos uitzag toen hij mijn kamer binnenstormde. Hij moet zijn gekomen om me te ontslaan en me te vertellen dat hij nooit meer met me wil praten, maar ik heb hem de moeite bespaard.

Fuck.

Wat heb ik gedaan?

Hoe kan ik dit oplossen?

Kan het nog wel *worden* opgelost?

Ik zak in de bank terwijl de dam die mijn tranen tegenhield, breekt.

HOOFDSTUK 37
BRUCE

k ga elk persoon van mijn nutteloze beveiligingsteam ontslaan. Het blijkt dat er geen verdomde manier is om door de beveiligingsbeelden heen te gaan. Het neemt op in een lus van zeven dagen en vandaag was dag zes, wat betekent dat ik zes dagen vooruit moet spoelen door mensen die in de keuken kauwen en drinken.

Ik kies er echter voor om het te doen — hoe graag ik ook tegen de muren op wil kruipen. Als ik gelijk heb in mijn vermoeden, dan ben ik het aan Lilly verschuldigd.

Fucking fuck. Daar is verdomde Champ, die verdomde noedels staat te slurpen.

Ik sla met mijn vuist op de tafel, waardoor ik me niet beter voel. Dan kijk ik door samengeknepen ogen, en dat helpt ook niet veel, vooral niet als de klootzak de noedels met een Slurpee opvolgt die hij van God-weet-waar heeft meegenomen.

Dat is de slechtste uitvinding sinds asbest en loodhoudende benzine. Zelfs de naam is walgelijk, een aaneenschakeling van slurp en pee oftewel plas — het laatste waar je aan wilt denken bij het kopen van een drankje.

Dat is weer een punt tegen mijn beveiligingsteam — de Slurpee is een van de velen van dergelijke producten die op mijn landgoed verboden zijn.

Net als ik denk dat mijn hoofd gaat ontploffen, kom ik bij de beelden van vanmorgen en vertraag de video, ook al moet ik de horrorshow doorstaan die ieders ontbijt is.

Daar. Champ loopt zonder duidelijke reden de keuken in.

Een paar minuten later komen Lilly en Colossus binnen.

Ik zet het geluid harder, kijk en luister aandachtig, en terwijl ik dat doe, ballen mijn vuisten zich op een pijnlijke manier.

Als het voorbij is, is mijn zicht wazig door de woede die in me woedt. Met hetzelfde beveiligingssysteem trianguleer ik de huidige locatie van Champ en mijn benen dragen me naar hem toe, bijna alsof ze een eigen wil hebben.

"Hé," zegt Champ tegen me als ik hem in de oostelijke gang inhaal. "Hoe gaat —"

Mijn vuist slaat hard tegen zijn kaak. Hij vliegt omhoog en zakt dan, als de zak stront die hij is, op de grond in elkaar.

Ik wacht tot hij opstaat en ben van plan om de rest van mijn bokstraining na te spelen.

"Wat voor de duivel?" eist mijn zus, terwijl ze door de gang rent.

Heeft ze de klap gezien?

"Hij heeft geluk dat ik hem alleen maar heb geslagen," zeg ik door opeengeklemde tanden.

"Wat is er gebeurd?" vraagt Angela, terwijl haar voorhoofd fronst.

Ik vertel het haar, en als ik klaar ben, zien haar ogen er vochtig uit, maar ze huilt niet. In plaats daarvan loopt ze naar Champs slappe lichaam en trapt hem in zijn ribben. "Het is verdomme klaar tussen ons!"

Champ gilt van de pijn.

"Sta op," beveel ik hem.

Champ staat beverig op. "Ik ga een rechtszaak aanspannen," jammert hij.

"Succes," zegt Angela koud. "De advocaten van mijn broer zullen van de jouwe gehakt maken."

Ik pak Champ bij zijn kraag en til hem van de grond. "Je hebt vijf minuten om van mijn landgoed te verdwijnen. Als je weer in de buurt van Lilly of mijn zus komt, dan zul je dat niet overleven."

Zodra ik zijn shirt loslaat, sprint Champ weg — en ik vecht tegen moorddadige driften terwijl ik hem zie gaan.

"Hoe zit het met Lilly?" vraagt Angela.

"Ze is weggegaan," snauw ik en Champ heeft geluk dat ik op dit moment geen pistool bij me heb.

Angela fronst. "Weggegaan?"

"Ze is gestopt," zeg ik. "Met mij en de baan."

Angela legt een geruststellende hand op mijn schouder. "Wat ga je doen?"

Ik hoef niet eens over mijn antwoord na te denken. "Ik ga haar terughalen."

HOOFDSTUK 38
LILLY

k weet niet hoelang ik huil; ik weet alleen dat op een gegeven moment mijn telefoon overgaat en ik mezelf dwing om te stoppen om hem op te nemen.

"Hoi, schat," zegt mam. "Ik heb ongelooflijk nieuws."

Ik doe mijn best om niet hoorbaar te snikken en vraag, "Wat is er gebeurd?"

"De bank heeft gebeld," roept papa. "Oh, je staat trouwens op de luidspreker."

"De bank?" Hoewel dat een vage connectie is met Bruce, knijpt mijn borst zich samen.

"Ja. Ze hebben toegegeven dat ze een fout hebben gemaakt tijdens onze inbeslagnameprocedure —"

"Wat voor fout?" vraag ik. Is inbeslagname niet zo simpel als: als je niet betaalt, verlies je het huis?

"We begrepen het juridisch jargon niet," zegt mam. "Maar lang verhaal kort, om de fout goed te maken, geven ze ons het huis terug."

Mijn huid breekt uit in kippenvel. "Heeft de bank

het niet verkocht?" En zijn mijn ouders echt zo goedgelovig?

"Ze hebben het van die familie teruggekocht, zodat we over een maand terug kunnen verhuizen," zegt pap opgewonden. "Niet te geloven, toch?"

Ja. Ik geloof dat ze het huis krijgen. Wat ik niet geloof, is het verhaal dat de bank hen vertelde. Wat er echt is gebeurd, is dat Bruce uit mijn briefje over de inbeslagname te weten is gekomen en hij besloot om het terug te draaien. Wat krankzinnig is. Maar waarom zou hij —

Iemand klopt op mijn deur en laat me schrikken.

Een of ander zesde zintuig vertelt me wie het zou kunnen zijn — en ik hoop dat het geen ijdele hoop is.

"Mam, pap, ik ben erg blij voor jullie," zeg ik snel. "Maar kunnen we later verder praten? Ik moet gaan."

"Zonder twijfel om zich met haar oh zo veeleisende werkgever bezig te houden," zegt mam — waarschijnlijk tegen pap.

Ik hang op en ren naar de deur om door het kijkgaatje te kijken.

Het sprankje hoop ontvouwt zich in een heldere gloed in mijn borst als ik de warme oceaanblauwe ogen naar me terug zie turen.

Met trillende handen doe ik de deur open en laat Bruce binnen.

Hij lijkt mijn hele huis in zich op te nemen, waardoor het nog kleiner lijkt.

"Hoi," zeg ik, terwijl mijn hart in mijn borst bonst.

"Bedankt dat je me binnen hebt gelaten," mompelt hij. "Ik wist niet zeker —"

"Ik heb net iets van mijn ouders gehoord," flap ik eruit. "Heb je —"

"Sorry als dat een beetje tactloos was," zegt hij. "Ik weet dat ik niet elk kwaad dat mijn bank ooit heeft gedaan kan rechtzetten, maar aangezien ik in dit geval kon helpen, dacht ik dat ik —"

"Verontschuldig je je dat je ons mijn ouderlijk huis hebt teruggegeven?" Ik weet niet of mijn hartkloppingen een teken van aritmie zijn en het daarom wel of niet een telefoontje naar het alarmnummer zou rechtvaardigen.

"Over excuses gesproken, het spijt me van wat er met Champ is gebeurd." De uitdrukking van Bruce wordt donkerder. "Wees gerust, hij zal je *nooit* meer lastigvallen. Hij en mijn zus zijn uit elkaar, dus als hij —"

"Echt waar?" vraag ik dom. "Betekent dat dat ze Colossus terug gaat nemen?" Waarom heb ik dat van alle dingen gevraagd?

Bruce schudt zijn hoofd. "Angela zal een nieuwe hond moeten kopen. Colossus is van mij."

Oh nee. Ik heb het gevoel dat ik weer ga huilen, en ik weet niet zeker waarom. "Hoe ben je erachter gekomen dat —?"

"Bewakingscamera in de keuken," zegt hij.

Ah. Natuurlijk. Hij heeft me er een keer over verteld.

"Ben je daarom gekomen? Om me dat te vertellen?"

Ik realiseer me dat een of andere vorm van dit mijn eerste vraag had moeten zijn, maar ik was te bang om het te vragen. Als hij iets zegt als, "Ik ben hier om je weer aan het werk te krijgen," zou de geiser achter mijn ogen open kunnen barsten, hem helemaal nat kunnen maken en dan —

"Ik wil dat je mijn vriendin wordt," verklaart Bruce plechtig. "Om met me samen te zijn. De mijne te zijn. Welke terminologie de jeugd tegenwoordig ook gebruikt."

Ik staar hem aan, onzeker of ik het goed heb gehoord.

Hij stapt dichterbij. "Je hoeft nu niet te antwoorden. Ik weet dat er veel is gebeurd en —"

"Ja," zeg ik een beetje te hard. Ik weet niet zeker of het de hitte van zijn lichaam is, of zijn geur, maar ik begin duizelig te worden. "Ik zal de jouwe zijn... Ik bedoel, je vriendin. Of verkering met je nemen, of hoe oudjes zoals jij het in de dagen van weleer ook noemden."

"Mooi." Hij stapt dichterbij, zijn ogen glanzen. "Er is nog iets anders."

Ik trek een wenkbrauw op, omdat zijn nabijheid mijn ademhaling te snel maakt voor coherente spraak.

Bruce pakt mijn hand en tilt hem naar zijn borst. "Het is iets waar ik waarschijnlijk mee zou moeten wachten om het je te vertellen. Tenminste totdat we nog een paar dates hebben gehad en er meer tijd is verstreken."

"Me wat vertellen?" zeg ik buiten adem.

"Ik hou van je." Hij knijpt zachtjes in mijn hand. "Ik vind het geweldig hoe lief je bent, vooral met Colossus. Ik hou van je levenslust — hoe je er in zo'n korte tijd in bent geslaagd om me te laten waarderen wat ik heb en er zelfs van te gaan genieten. Ik hou van —"

"Ik ook," flap ik eruit. "Dat wil zeggen, ik hou ook van jou. En sorry dat ik je onderbrak, maar je bleef maar doorgaan en —"

Onze lippen komen op elkaar en zijn kus is net zo gepassioneerd als bezitterig.

De kus vertelt me dat we officieel zijn.

Het vertelt me dat ik van hem ben.

EPILOOG

BRUCE

Ik zit in een theater dat ik heb gehuurd, omringd door familie en vrienden — zowel die van mij als die van Lilly. Om ons heen is een menigte hondenouders die net zo trots zijn als ik, hun viervoeters zitten aan een riem naast hun stoelen, gekleed in een op maat gemaakt afstudeeruniform. De honden dan. Hoewel sommige ouders er ook een versie van dragen.

"Chewbacca Stevenson," zegt Lilly vanaf het podium en ik hoor mijn zus grinniken. Zij en Lilly proberen elkaar vaak te overtreffen als het gaat om het verzinnen van domme namen voor honden, en *Star Wars*-referenties hebben voor beiden de voorkeur.

Ik hoop dat die hond niet Chewie gaat heten. Voor mensen met misofonie zoals ik is dat het equivalent van een hond Pukie noemen. Of Poepie. Of Noedel.

De dame aan mijn linkerzijde straalt en dringt er bij

haar Duitse herder (die op zijn naamgenoot lijkt) op aan om naar Lilly te gaan.

Als ze bij haar komen, schudt Lilly de hand van de vrouw en vraagt Chewbacca om haar een poot te geven, wat hij (ik neem aan dat het een hij is) doet. Ten slotte overhandigt Lilly de dame een rol officiële papieren, terwijl Chewbacca een van de eetbare trofeeën krijgt die voor deze specifieke gelegenheid in opdracht zijn gemaakt.

We lachen allemaal terwijl Chewbacca zijn beloning verslindt.

Lilly roept de volgende hond en deze keer is het gevoel van trots dat ik voel niet voor mijn hondenkind, maar voor haar. Het is haar gelukt. Ze heeft haar droom werkelijkheid gemaakt en hier is de eerste afstudeerklas van haar nieuwe hondenschool — Barkshire Pawaway.

Als ik naar de gezichten van Lilly's ouders kijk, zie ik ze huilen en ik wed dat ze hetzelfde gevoel delen. En hé, ze hebben het recht om trots te zijn. Lilly heeft dit soepel en snel voor elkaar gekregen, slechts enkele maanden nadat ze officieel bij me was ingetrokken (niet dat ze in haar eigen huis verbleef toen we 'gewoon aan het daten' waren).

Terwijl Lilly de volgende afgestudeerde roept, zwaait ze met haar gespierde arm, waardoor ik me ongemakkelijk voel in het kruisgebied.

Niet dit weer. Ik zal Titan, zoals ze hem noemt, af laten gaan door aan accountants te denken die in dienst van de overheid zijn die soep eten.

Nee. 'Af' is een moeilijk commando voor Titan om onder de knie te krijgen als Lilly in de buurt is.

Zal je altijd zien. Colossus en ik zullen elk moment op het podium worden geroepen en ik zal een stijve hebben.

Wat erger is, is dat de honden misschien weten dat ik opgewonden ben. Ik bedoel, als Lilly hen kan leren om iemand te kalmeren als ze gestrest zijn, of om aan te geven dat ze een insuline-injectie nodig hebben, dan lijkt dit in vergelijking vrij eenvoudig te zijn.

"Noodle Schwartz," zegt Lilly.

Wauw. Het is alsof deze eigenaren proberen om hun honden vreselijk te laten klinken. In ieder geval koelt het voor mijn pik af — vooral als ik me ook voorstel dat Hitler een Slurpee drinkt.

"Deze laatste hond heeft een speciaal plekje in mijn hart," zegt Lilly. "Net als zijn eigenaar."

Iedereen om ons heen roept oeh en aah.

"Colossus Roxford," zegt Lilly. "Kom hier, lieverds."

Terwijl Colossus en ik het podium op lopen, is er oorverdovend geklap en gejuich.

Lilly begint eerst met de eetbare prijs en als Colossus hem opeet, geeft ze me waar iedereen bij is een kus.

Verdomme. Geen enkele gedachte aan noedels of zelfs een Slurpee kan de beestachtige erectie die het gevolg is, temmen.

Als Lilly het opmerkt, grinnikt ze en fluistert, "Ga er via de zijkant van het podium vanaf. Ik loop met je mee en blokkeer *dat* met mijn lichaam. Of zoveel als ik kan, met Titan die zo groot is en ik die zo klein is, natuurlijk."

We doen wat ze zegt, en zodra we uit het zicht van mensen zijn, steel ik nog een kus, zelfs als het voor mijn huidige situatie contraproductief is.

Iemand schraapt zijn keel.

Lilly kijkt over mijn schouder en grinnikt weer. "Johnny, kun je met Colossus gaan wandelen, alsjeblieft?"

Ze neemt de riem uit mijn handen en geeft hem aan mijn assistent.

Als we alleen zijn, trekt ze me naar een kleedkamer en doet de deur op slot.

Oké. Ik trek onze kleren uit en vrij verwoed met haar — met mijn hand die haar gepassioneerde geschreeuw dempt voor het geval er iemand aan de andere kant van de flinterdunne muren is.

Daarna doet Lilly haar haar goed en pakt ze haar beha op. "Wie had gedacht dat de diploma-uitreiking zo'n krachtig afrodisiacum zou zijn?"

"Jouw aanwezigheid alleen al doet het voor me," zeg ik. "En nogmaals gefeliciteerd."

Ik pak mijn telefoon en laat mijn assistent weten dat hij met Colossus terug kan komen — en dat hij tegelijkertijd codenaam "Grote verrassing" mee moet nemen.

Tegen de tijd dat we gekleed zijn, wordt er op de deur geklopt.

"Ik heb iets voor je," zeg ik tegen Lilly. "Iets, of liever *iemand*, waarvan ik denk dat je het leuk zult vinden."

Lilly's wenkbrauwen — die ik stiekem Borat en Super Mario heb genoemd — raken geanimeerd, alsof ze me gewoon smeken om ze weer te kussen.

Maar dat zal ik niet doen, want dat kan tot een nieuwe sekssessie leiden en we hebben gezelschap.

Wat dat betreft... "Kom binnen," zeg ik.

Dat doen ze, en Lilly staart naar codenaam "Grote verrassing". Ze snakt naar adem en vraagt, "Is dat nog een chihuahua?"

"Correct." Ik grijns. "Ik heb haar eerder vandaag uit een asiel gehaald. Toen je dacht dat Colossus en ik die lange wandeling aan het maken waren. En voor het geval je je zorgen maakt, ze hielden op het eerste gezicht van elkaar."

Ik gebaar naar mijn assistent dat hij kan gaan en terwijl hij weggaat, neemt Lilly de kleine pup in een knuffel. "Heb je haar een naam gegeven?"

Ik schud mijn hoofd. "Ik dacht dat jij de eer zou willen hebben."

Ze krabt de pup onder haar harige kin. "Wat vind je van Gargantua?"

Ik bekijk de pup nog een keer. Ze heeft de lichtbruine gladde vacht die beroemd is gemaakt door Paris Hiltons metgezel en Taco Bell-commercials. "Die naam lijkt afgeleid van Colossus, maar wat nog belangrijker is, Gargantua was de naam van een *mannelijke* reus."

Lilly steekt haar tong naar me uit. "Spencer is een jongensnaam, maar als ik een dochter krijg, dan noem ik haar zo."

Ze speelt daar met vuur, want als ik de kans zou krijgen, dan zou ik haar in een oogwenk een baby geven, maar zover is ze nog niet.

"Wat dacht je ervan om later vandaag met Angela over namen te brainstormen?" stel ik voor.

Na een moeilijke start, en tot mijn verbazing, zijn die twee heel verschillende vrouwen goede vriendinnen geworden.

Lilly grijnst. "Dat zou ze leuk vinden, maar ik denk dat ik een naam heb. Roach."

"Ah," zeg ik. "Perfect."

"Er is eigenlijk nog iets anders," zeg ik. "Met betrekking tot mijn zus."

Lilly verandert Borat in een soort van vraagteken.

"Ik heb eindelijk besloten wat mijn hobby zal zijn," zeg ik. "En Angela zal me ermee helpen."

"Ah. Je hebt je eindelijk gerealiseerd dat het geven van een orgasme geen *echte* hobby is." Lilly knipoogt naar me. "Niet dat ik het niet op prijs stel."

Ik trek haar naar me toe, maar weersta het voorlopig om haar lippen te kussen, omdat dat schadelijk zou zijn voor het spreken.

"Ik open een hondenopvang," zeg ik, terwijl ik in haar ogen kijk. "Op het landgoed."

Borat en Super Mario schieten opgewonden op Lilly's voorhoofd. "Dat is geweldig!" roept ze uit. "Echt waar."

"En ik hou van je," zeg ik en eis haar lippen op in de meest gepassioneerde kus van allemaal.

VOORPROEFJES

Bedankt voor je deelname aan de reis van Lilly en Bruce! Om ervoor te zorgen dat je nooit een release mist, meld je dan aan voor de nieuwsbrief op www.mishabell.com/nl.

Als je op zoek bent naar meer Misha Bell, sla dan de pagina om, om sneakpreviews van onze andere lachwekkende boeken te lezen!

FRAGMENT UIT DE
LIEFDESDEAL

Honey Hyman (noem haar NIET honnepon) gaat
helemaal over leer, piercings en tatoeages. En ja, ze is
misschien maar een beetje geobsedeerd door deals,
maar wie is dat niet? Het is niet alsof haar gebruik van
kortingsbonnen hetzelfde is als van iemand stelen...
tenzij, die kortingsbonnen de vervalsingen zijn die zij
heeft gemaakt om haar bejaarde buren te helpen om
zich de boodschappen van de Munch & Crunch te
veroorloven, de dure supermarkt die hun lokale
supermarkt heeft vervangen.

Het is echt niet eerlijk als ze naar de gevangenis moet.
Of om gechanteerd te worden om voor de CEO van
Munch & Crunch te werken, die ze zogenaamd heeft
opgelicht — een CEO die niemand minder blijkt te zijn
dan Gunther Ferguson, degene waar ze op de
middelbare school verliefd op was en die ooit zowel
haar status op school als haar leven had verpest.

Laat de oorlog beginnen.

———

De politie? Wat voor de duivel?

Met een bonzend hart kijk ik door het kijkgaatje.

Yep. Ze zijn gekleed als agenten.

Heeft een buurman ze gebeld vanwege het gegil van de kat? Het klonk alsof er een moord werd gepleegd. Maar hoe zijn ze hier zo snel gekomen? Tenzij…

Fuck. Het kan niet weer over de kortingsbonnen gaan, toch?

"Open de deur, of we zijn gedwongen om hem open te maken," zegt een agent met een hard gezicht.

Shit, zeg. Ik kan het me niet veroorloven om deze deur te laten repareren.

Er is geen keus.

Ik doe de deur open.

De agent kijkt van mij naar Pearl. "Honey Hyman?"

"Dat ben ik." En ja, ik weet dat mijn naam als een maagdelijk membraan klinkt dat mensen met diabetes zouden moeten vermijden.

"Je staat onder arrest," vertelt hij me. "Voor fraude."

De moed zakt me in de schoenen. Ik wend me tot Pearl, die zo bleek is als een geest. Mijn stem is gespannen als ik zeg, "Laat het Blue weten, oké?"

Blue is ons clustermaatje die voor de overheid heeft gewerkt, dus als iemand hiermee kan helpen, dan zou zij het zijn.

De rest is als een nachtmerrie. Ik word het gebouw

uit geleid, in een politiewagen gezet, zonder pardon het politiebureau binnengebracht en een kamer binnengeleid — terwijl ik ondertussen een golf van adrenaline opwek die zo hoog is dat ik er nauwelijks iets van registreer.

Heeft iemand me mijn rechten voorgelezen? Zo nee, krijg ik dan mijn geld terug?

Ze hebben mijn vlindermes niet gepakt, wat raar is omdat ik altijd dacht dat naar de gevangenis gaan net zoiets was al vliegen met een vliegtuig — wapens zijn niet toegestaan.

Misschien ga ik niet naar de gevangenis? Durf ik hoop te hebben?

Ik denk terug aan de laatste twee keer dat ik in de problemen zat. Beide keren waren eigenlijk onderling verbonden situaties.

Ten eerste was er Tiffany, een cheerleader die me had gepest omdat ik naar haar superhete vriend Gunther had gekeken — iets *waar ik schuldig aan was*. Uiteindelijk kwam ik voor mezelf tegen haar op met een mes — alleen als een bedreiging, want het laatste wat ik wilde was bloed vergieten. Helaas had de domoor het mes niet opgemerkt en kwam ze toch op me af en toen sneed ik per ongeluk haar arm open. Tot op de dag van vandaag weet ik niet hoe erg de snee was, omdat ik vanwege het bloed niet naar de wond kon kijken. Omdat Tiffany niet met een litteken is geëindigd, stel ik me voor dat de snee niet zo diep was — niet dat het me hielp om aan de resulterende schorsing te ontkomen en dat ik een aantekening in mijn rapporten had gekregen. Aan de andere kant is dat incident het begin van mijn reputatie van "rotzooi niet met mij", wat ik helemaal niet erg vind, omdat het de andere Tiffany's van de wereld bij me uit de buurt heeft gehouden.

Het tweede incident vond een jaar later plaats, nog steeds op de middelbare school. Het betrof weer Gunther — die op dat moment niet meer met Tiffany samen was. Niet dat ik het bijhield. Niet heel erg. Die keer werd ik niet alleen geschorst en had ik mijn status *echt* definitief bezoedeld, maar was ik ook op het nippertje aan de jeugdrechter ontsnapt.

Het begon allemaal toen ik klein was. Om welke reden dan ook was ik geobsedeerd geraakt door alle dingen die met geld besparen te maken hadden, inclusief deals en kortingsbonnen. Nadat ik tijdens mijn eerste jaar een kunstles had gevolgd, realiseerde ik me dat het aanpassen van percentages op kortingsbonnen met een witte pen net zo winstgevend was als het vervalsen van geld — dus deed ik het, eerst voor mezelf en vervolgens voor de andere kinderen op mijn school. Het bleek dat een van de winkels die door mijn creatieve initiatief geld verloor eigendom was van Gunthers familie, dus toen Gunther mijn activiteiten had ontdekt, had hij het tegen de directeur gezegd. Toen was er stront aan de knikker en ik betaal er tot op de dag van vandaag voor.

Mijn telefoon gaat.

Huh. Nog iets wat ze niet hebben afgepakt.

Ik check hem.

Het is Blue. Mooi. Pearl moet haar hebben gezegd om contact met me op te nemen.

"Hoi," zeg ik, terwijl ik overschakel naar een vorm van geheimtaal die Blue had ontwikkeld toen we kinderen waren. "Laten we snel praten. Ze komen misschien terug en dan pakken ze mijn telefoon misschien af."

"De snelle versie is, wat ze ook tegen je hebben, is fysiek, niet digitaal, dus ik kan hier niet veel doen," zegt Blue.

Blue heeft geen problemen gehad met de wet, maar ze lijkt niet veel respect te hebben voor bepaalde wettigheid na voor — zoals zij het noemt — "Agentschap onbekend" te hebben gewerkt. Voorbeeld: ze heeft net toegegeven dat ze net zo nonchalant de computers van de politie heeft gehackt als dat ik zou toegeven om kattenvideo's op TikTok te hebben bekeken.

"Kunnen je oud-collega's helpen?" vraag ik.

"Sorry, nee," zegt ze. "Ik ken een aantal FBI-agenten, maar dat helpt je zaak niet. Als je wilt, kan ik je de naam van een uitstekende advocaat appen."

"Natuurlijk." Maar ik heb geen idee hoe ik die advocaat zou moeten betalen. Dankzij mijn misstappen op de middelbare school wilde geen enkele universiteit me hebben, en ik heb nooit mijn droom bereikt om een rijke bedrijfseigenaar te worden. Momenteel werk ik parttime om de vloer in een tattooshop te vegen en knip ik haar bij een kapperszaak.

"Ik kan je wat geld lenen," zegt Blue, terwijl ze

duidelijk mijn gedachten leest.

"Nee." Ik haat liefdadigheid. "Ik ga wel voor de gratis advocaat."

"Het gaat weer om die kortingsbonnen, nietwaar?" fluistert ze.

"Ik weet niet zeker of ik erover moet praten," fluister ik terug. "Zelfs in code."

Ik hoor haar een paar toetsaanslagen typen. Dan fluistert ze, "Je hoeft niets te zeggen. Ik heb het net gecontroleerd en het antwoord is ja."

Fuck. Ik kan mezelf wel slaan. Na jaren op het rechte pad te zijn geweest, was ik in de verleiding gekomen om Robin Hood te spelen, en dit is het resultaat. Mijn buurtsupermarkt is onlangs vervangen door de uber-dure Munch & Crunch-supermarkt, en mijn oudere buren vertelde me dat ze moeite hebben om eten te kunnen kopen. Dus heb ik een paar kortingsbonnen voor ze vervalst. Waarom is dat überhaupt een misdaad?

"Iemand komt jouw kant op," zegt Blue, terwijl ze me uit mijn overpeinzing laat schrikken. "Ik spreek je later."

Voordat ik me kan afvragen hoe ze dat weet, hangt ze op en gaat de deur open.

Ik kijk naar de man die binnenkomt. Hij is de belichaming van lang, donker en knap, met netjes geknipt, glad achterover gekamd bruin haar dat me aan directiekamers en dwangneuroses doet denken. Zijn sterke kin en gespierde kaak zijn gladgeschoren tot het punt dat het glanst, en zijn ogen, een levendig smaragdgroen twee tinten lichter dan de mijne, zijn samengeknepen van afkeuring, zijn volle lippen tot een dunne lijn getrokken.

Wie is hij en waarom komt hij me zo bekend voor?

In dat perfect op maat gemaakte pak is het onwaarschijnlijk dat hij een agent is. Misschien een advocaat die ik me niet kan veroorloven? Het is mogelijk, maar er is iets irritant eerlijk en nobel in zijn gelaatstrekken die ik meer associeer met padvinders dan met ambulancejagers.

"Honey Hyman," zegt hij met afkeer — en de schok rolt door me heen terwijl ik zijn heerlijk diepe bariton herken, een bariton die hij sinds zijn tienerjaren heeft gehad.

"Gunther Ferguson?" flap ik er vol ongeloof uit.

Is het mogelijk dat ik hem heb opgeroepen door op weg hierheen aan hem te denken, een beetje zoals het aanroepen van een demon? Of misschien ben ik in de politieauto in slaap gevallen en droom ik?

Zo niet, dan is deze man wat er met de jongen is gebeurd die ik haat, degene die me op de middelbare school in de problemen had gebracht, en daarmee bewijst dat karma een verdomde mythe is. Als er enige gerechtigheid in de wereld was, dan zou hij met de tijd vervormd en misvormd zijn geraakt, zoals een slechte Lord of the Sith, maar het tegenovergestelde is gebeurd.

Als een vampier van Anne Rice heeft de boze transformatie hem nog heter gemaakt.

"Is dom spelen je nieuwste spel?" Gunther haalt een

stapel kortingsbonnen tevoorschijn en gooit ze op tafel. "Ga je doen alsof je niet wist dat het mijn winkel is waar je van hebt gestolen?"

Verbaasd kijk ik omlaag.

Yep. Die vakkundig vervalste kortingsbonnen zijn voor die kleine bedrijven verpletterende Munch & Crunch. En inderdaad, ze zijn van mijn hand, maar die winkel maakt deel uit van een multinationale keten van supermarkten, dus hoe kan hij van hem zijn? Tenzij...

"Je bent eigenaar van die Munch & Crunch, zoals een franchise?" vraag ik dom.

Hij gnuift. "Ik ben de eigenaar van het hele bedrijf. Alsof je dat niet wist."

Ik knipper met mijn ogen. "Hoe zou ik dat moeten weten?"

Hij gebaart naar de kortingsbonnen. "Op dezelfde manier als dat je weet hoe je die niet van het echte ding kunt onderscheiden."

Wacht eens even. Is hij gewoon een slimme agent? "Ik ben niet van plan om mezelf te beschuldigen. Ervan uitgaande dat die überhaupt nep zijn, weet ik zeker dat degene die ze heeft gemaakt het heeft gedaan om hun bejaarde buren te helpen die vroeger op de plek winkelden die jouw Munch & Crunch meedogenloos uit het bedrijfsleven heeft geforceerd. Die mensen kunnen zich je normale prijzen niet veroorloven. En dan nog, hoe kon die mysterieuze persoon weten dat jij iets met de winkel te maken had? Ik weet dat mensen zoals jij denken dat je het centrum van het universum bent, maar dat is gewoon niet waar."

Hij zucht. "Ten eerste heb je hetzelfde met mijn vader gedaan. Nu met mij. Als dit niet het doel is, dan moet ik aannemen dat je zoveel frauduleuze kortingsbonnen maakt dat dit onverbiddelijk weer is gebeurd."

Ik duw de kortingsbonnen weg. "Ik geef niet toe — maar hoe zit het met pech?"

Zijn volle lippen vormen een grijns. "Ik geloof niet in geluk."

"Oh, geluk bestaat." Pech is het enige dat kan verklaren hoe verleidelijk zijn mond eruitziet — ondanks wat hij zegt.

"Je kunt zoveel rond de pot draaien als je wilt, maar de zaak tegen je is waterdicht. Sterker nog, ik heb zelfs gehoord dat je deze keer de gevangenis in gaat. Tenzij..."

Wacht. Is dit chantage? "Tenzij wat?"

Een dozijn ondeugende scenario's van wat hij van me zou kunnen eisen gaan door mijn hoofd — een aantal met handboeien (vanwege het politiebureau), anderen met kaarsvet (geen idee waarom) en nog veel meer met een bed bedekt met twee-voor-één-kortingsbonnen.

Zijn groene ogen stralen triomfantelijk. "Tenzij je voor mij gaat werken. Dan laat ik de aanklacht vallen."

———

Bezoek www.mishabell.com/nl/ om jouw exemplaar van *De liefdesdeal* vandaag nog te bestellen!

FRAGMENT UIT CHAGRIJNIGE MILJONAIR

Juno

Als ik te laat ben voor een sollicitatiegesprek en vast kom te zitten in een lift met een irritant sexy, door het oude Rome geobsedeerde chagrijn, dan is het laatste wat ik verwacht dat hij de miljardair-eigenaar van het gebouw is. Ik verwacht ook niet dat ik hem bijna zal doden... per ongeluk, natuurlijk.

Natuurlijk krijg ik niet de functie voor plantenverzorging waar ik op heb gesolliciteerd, maar ik krijg wel een interessant aanbod.

Lucius moet het publiek (en zijn oma) laten denken dat hij een relatie heeft, en ik heb collegegeld nodig om mijn diploma plantenkunde te halen. Onze regeling is voor allebei voordelig - dat wil zeggen, totdat ik gevoelens begin te krijgen.

Als een cactusliefhebber zijn me iets heeft geleerd, dan is het dat als je te gehecht raakt, er een goede kans is dat je gekwetst raakt.

Lucius

Na het incident in de lift, blijf ik blijf met drie dingen achter: mijn favoriete waterfles vol urine, een levensbedreigende allergische reactie en paparazzi-foto's van mijn "vriendin" en ik die mijn oma de gelukkigste vrouw ter wereld kan maken.

Natuurlijk is mijn volgende stap dit (toegegeven schattige) meisje te chanteren - ik bedoel, te overtuigen - om te doen alsof ze met me date. Op die manier blijft mijn oma gelukkig en als bonus kan ik de geldwolven op afstand houden.

Helaas begint mijn aartsvijand, ook wel biologie genoemd te werken, en het hele "niet fysiek worden" deel van onze overeenkomst wordt steeds moeilijker om me aan te houden. Erger nog, hoe langer ik bij Juno ben, hoe meer mijn delicaat vervaardigde ijzige buitenkant wegsmelt.

Als ik niet voorzichtig ben, zal Juno mijn muren volledig afbreken.

———

"Noem je me dom?" snauw ik. Iedereen kan problemen met deze verdomde knoppen hebben, niet alleen iemand met dyslexie.

Hij kijkt naar de knopen. "Je bent dom als je dom doet."

Ik knars hard met mijn tanden. "Je bent een klootzak. En je hebt iets te vaak naar *Forrest Gump* gekeken."

Zijn lippen versmallen zich. "Die film was niet de oorsprong van dat gezegde. Het komt uit het Latijn: *Stultus est sicut stultus facit.*"

Ik rol met mijn ogen. "Wat voor pretentieuze *dwaas* citeert er nou Latijn?"

Het staal in zijn ogen is zo koud dat ik wed dat mijn tong vast zou komen te zitten als ik zou proberen om aan zijn oogbal te likken. "Ik weet het niet. Misschien de 'idioot' die toevallig alles wat met Rome te maken heeft leuk vindt, inclusief hun cijfers."

Mijn mond valt open. "Heb jij deze beslissing genomen?" Ik zwaai naar de liftknoppen.

Hij knikt.

Shit. Hij heeft me waarschijnlijk daarnet gehoord, wat betekent dat ik met beledigingen ben begonnen. Ter verdediging, hij heeft een idiote keuze gemaakt.

Ik adem gefrustreerd uit. "Als je zo'n expert bent in Romeinse cijfers, dan had je me wel even kunnen vertellen op welke ik moest drukken."

Hij slaat zijn armen over elkaar. "Je hebt het me niet gevraagd."

Mijn haar gaat weer overeind staan. "Het aan jou

vragen? Je zag eruit alsof je misschien mijn hoofd eraf zou bijten, alleen maar omdat ik besta."

"Dat komt omdat je me hebt vertraagd —"

De lift komt schokkend tot stilstand, en de lichten om ons heen dimmen.

We staren allebei naar de deuren.

Ze blijven dicht.

Hij draait zich naar me toe en vernauwt beschuldigend zijn ogen naar me. "Wat heb je nu weer ingedrukt?"

"Ik? Hoe? Ik stond naar jou toe gedraaid. Helaas."

Hoofdschuddend loopt hij naar het paneel met de knoppen, en ik moet wegspringen voordat ik vertrapt word.

"Je hebt waarschijnlijk eerder op iets gedrukt," moppert hij. "Waarom zouden we anders vastzitten?"

Waarom is het illegaal om mensen te wurgen? Een paar seconden met mijn handen op zijn keel zou een kalmerende oefening zijn.

In plaats daarvan staar ik naar zijn rug, wat mijn zicht blokkeert op wat hij doet, als hij al iets doet. "De arme lift heeft waarschijnlijk net zelfmoord gepleegd vanwege zijn Romeinse cijfers. Het wist dat als iemand dingen als L en XL ziet, ze aan maten van T-shirts denken voor Neanderthalertypes zoals jij. En laat me maar niet over die XXX-knop beginnen, die een duidelijke verwijzing is naar porno. Het creëert een vijandige werkomge —"

"Zou je je mond kunnen houden zodat ik ons hieruit kan halen?" snauwt hij.

Zijn woorden brengen de realiteit van onze situatie onder de aandacht: er is al meer dan een minuut voorbij en de deuren zijn nog steeds gesloten.

Lieve saguaro, zit ik hier echt vast? Met deze kerel? Hoe zit het met mijn sollicitatiegesprek?

"Stilte, eindelijk," zegt hij tevreden en gaat opzij, zodat ik zie dat hij zijn vinger op de hulpknop drukt.

"Het is een wonder dat het niet in het Latijn is," kan ik niet helpen te zeggen. "Of in Klingon."

"Hallo?" zegt hij in de luidspreker onder de knop, zijn stem druipend van irritatie.

Geen antwoord, zelfs geen ruis.

"Is daar iemand?" Zijn ergernis stijgt duidelijk naar nieuwe hoogten. "Ik ben laat voor een belangrijke vergadering."

"En ik ben te laat voor een sollicitatiegesprek," val ik hem bij, voor het geval het er toe doet.

Hij pauzeert om een dikke wenkbrauw naar me op te trekken. "Een sollicitatiegesprek? Voor welke functie?"

Ik ga rechtop staan. "Ik weet zeker dat mensen zoals jij dit niet beseffen, maar de planten in dit gebouw zorgen niet voor zichzelf."

Wacht. Heb ik te veel gezegd? Zou hij mijn sollicitatiegesprek kunnen beïnvloeden, ervan uitgaande dat deze puinhoop met de lift het nog niet heeft gedaan? Wat doet hij hier eigenlijk, belachelijke liften ontwerpen? Dat kan toch geen fulltime baan zijn?

"Een boomknuffelaar," mompelt hij binnensmonds. "Dat past wel."

Wat een klootzak. Ik heb in mijn leven nog nooit een boom geknuffeld. Ik heb het te druk om met ze te praten.

Hij richt zijn fronsende aandacht weer op de hulpknop, hoewel ik nu denk dat het had moeten worden geëtiketteerd als 'geen hulp.'

"Hallo? Kun je me horen?" roept hij. "Geef nu antwoord, of je bent ontslagen."

Ik rol met mijn ogen. "Is het een goed idee om een lul te zijn tegen de persoon die ons kan redden?"

Hij blaast een hoorbare adem uit. "Het maakt niet uit. De knop moet defect zijn. Ze zouden me niet durven negeren."

Ik haal mijn vertrouwde telefoon tevoorschijn, een mooie en simpele Nokia 3310. "Ben je een beetje vol van jezelf?"

Hij staart ongelovig naar mijn handen. "Daarom zit de lift dus vast. Hij is door een tijdsprong gegaan en heeft ons naar 2008 getransporteerd."

Ik frons bij het gebrek aan ontvangst op mijn Nokia. "Deze versie is in 2017 uitgebracht."

"Hij ziet er nog steeds dommer uit dan een hersendode crashtestpop." Hij haalt vol trots een iPhone uit zijn zak. "*Dit* is hoe een telefoon eruit moet zien."

Ik gnuif. "Zo ziet constante afleiding eruit. Hoe dan ook, als je iNotSoSmartPhone zo geweldig is, had hij dan geen ontvangst moeten hebben?"

Hij kijkt naar zijn scherm, maar ik kan zien dat hij de waarheid al weet: zijn lieveling heeft ook geen ontvangst.

Toch kan ik het niet weerstaan. "Zie je wel? Je genie van een telefoon is net zo nutteloos. Het enige waar het goed voor is, is om mensen in social media-controlerende zombies te veranderen."

Hij verbergt het apparaat, als een beschermende ouder. "Ben je naast al je vertederende kwaliteiten ook nog eens een technofoob?"

Ik denk erover om mijn Nokia naar zijn hoofd te gooien, maar besluit dat het niet de moeite waard is om 65 dollar uit te geven om hem te vervangen. "Alleen omdat ik niet afgeleid wil worden, betekent niet dat ik een technofoob ben."

"Eerlijk gezegd is mijn telefoon geweldig in het blokkeren van afleidingen." Hij plaatst de koptelefoon terug over zijn oren. "Zie je?" Hij drukt op afspelen, en ik hoor de vage riffs van heavy metal.

"Zeer volwassen," zeg ik tegen hem.

"Sorry," zegt hij overdreven luid. "Ik hoor geen afleiding."

Prima. Whatever. Hij heeft tenminste een goede muzieksmaak. Mijn cactus en ik zijn grote fans van Metallica, dat is wat ik denk dat hij luistert.

Ik begin te ijsberen.

Ik zit vast en ik ben laat. Als deze liftstoring zich in de volgende minuut of twee niet vanzelf oplost, dan kan ik de nieuwe baan vrijwel vaarwel zeggen — en als gevolg daarvan mijn collegegeld. Geen collegegeld betekent geen diploma in plantkunde, wat de afgelopen jaren mijn droom is geweest.

Bij de sappen van saguaro, dit is echt slecht.

Ik kijk stiekem even naar het lekkere ding— ik bedoel, klootzak.

Wat zou hij over iemand met dyslexie zeggen die een diploma wil halen? Waarschijnlijk dat ik een universiteit nodig heb die kleurboeken gebruikt. In werkelijkheid zouden kleurboeken zelfs niet veel helpen — ik kan namelijk nooit binnen die stomme lijntjes blijven.

Ik zucht en kijk weg, steeds meer bezorgd. Mijn dromen terzijde, wat als de lift een tijdje blijft hangen?

Het meest directe probleem is mijn groeiende behoefte om te plassen, maar paradoxaal genoeg zal het vinden van vloeistoffen om te drinken een zorg op de langere termijn zijn.

Ik vraag me af... Als je genoeg dorst hebt, absorbeert je lichaam dan het water weer uit de blaas? En zou ik als MacGyver een filter kunnen maken met wat ik bij me heb om het water in mijn urine terug te winnen? Misschien door kattenhaar?

Ik ril, en slechts gedeeltelijk door de krankzinnige airco die me op de een of andere manier zelfs hierbinnen bereikt. Op korte termijn zou het zoveel beter zijn als het warm was in plaats van koud. Ik zou de vloeistoffen uitzweten en niet hoeven plassen, alhoewel ik eerder van de dorst zou sterven. Ik werp stiekem een jaloerse blik op de grote vreemdeling. Ik wed dat hij een blaas heeft zo groot als een zeppelin.

Hij heeft ook een roestvrijstalen fles die waarschijnlijk gevuld is met water dat hij waarschijnlijk niet zal delen.

Er is ook de kwestie van voedsel. Ik heb niets eetbaars bij me, behalve een blik kattenvoer... en, theoretisch gezien, de kat zelf.

Nee. Ik eet deze vreemdeling liever op dan die arme Atonic.

Alsof hij helderziend is, gromt de maag van de vreemdeling.

Shit. Aangezien deze man zo groot en gemeen is, zou hij waarschijnlijk de kat opeten. Daarna zou hij mij opeten... en niet op een leuke manier.

Ik ben zo de pineut.

———

Bezoek www.mishabell.com/nl/ om jouw exemplaar van *Chagrijnige miljonair* vandaag nog te bestellen!